BEAST　警察庁特捜地域潜入班・鳴瀬清花

内藤　了

角川ホラー文庫
23911

目次

【主な登場人物】

鳴瀬《なるせ》清花《さやか》　特捜地域潜入班へ出向させられた神奈川県警の刑事。好物はグミ。
土井《どい》火斗志《ひとし》　特捜地域潜入班の班長。好物はインスタント麺《めん》。
万羽《まんば》福子《ふくこ》　特捜地域潜入班の後方支援室通信官。ヤマンバ化する習性あり。
丸山《まるやま》勇《いさみ》　特捜地域潜入班の連絡係兼生活安全局の指示待ち刑事。祭りと蝶《ちょう》が好き。

返町《そりまち》秀造《しゅうぞう》　清花の元上官。警察庁刑事局刑事企画課課長。

木下《きのした》勉《つとむ》　清花の元夫。
木下澄江《すみえ》　勉の母親。
木下桃香《ももか》　清花の一人娘。

——信仰と懐疑とは互いに相応ずる。それは互いに補い合う。
懐疑のないところに真の信仰はない。
ヘルマン・ヘッセ『クリストフ・シュレンプへの弔辞』——

プロローグ

木漏れ日がフロントガラスに反射してまだら模様にキラキラ光る。木々のトンネルを抜けていく道路は梢《こずえ》の隙間に青空が見えて、また消える。

走る速度がゆっくりだから景色も静かに変わっていく。ときおり強く風が吹き、すると木々が一斉にたわんで、どこかの枝から鳥が飛び立つ。なんの鳥だろうと窓から身を乗り出したとき、背中を優しく叩《たた》かれた。

少年は助手席で前を向く。

「ハラ減ってるか？」

運転席からおじさんが訊《き》く。黙っていると後部座席へあごをしゃくって、

「後ろの黄色い手提げにパンが入っているから食べな」

と言われた。少年はシートベルトを外して伸び上がり、後部座席を覗《のぞ》き込む。おじさんの手提げ鞄《かばん》の隣に自分のリュックも置いたはずだが、くねくね道を走るう

ちに落ちてしまったらしくて見つからない。さらに覗くと、座席と床の隙間に挟まっていた。リュックにはたいしたものが入っていない。お菓子もお弁当も水筒もない。靴下とタオルと野球カードがあるだけだ。

　学校行事のときはプリントが配られて、持っていくものが書かれているけど、夏休みの子供会キャンプはそうじゃない。おじさんが迎えに来てくれて、『上着と靴下とタオルだけあればいい』と言われたままに家を出てきた。

　行ってきますと言ったけど、お母さんたちは部屋で寝ていた。家にいるときはいつも寝ていて、起きればパチンコ、しょっちゅうカラオケ、たまに弟だけを連れていく。どんな理由で自分だけが置いていかれてしまうのか、どうすれば機嫌がよくなって、どんなときに怒られるのか、少年は理解しようと頑張っている。

　どんな子供なら両親を喜ばせることができるのか、何をやったら笑顔になるのか、いろいろと考えて実行するけど、あるときは笑ってくれても別のときには殴られたりするのでわからない。自分は頭が悪いのだ。

「あったか？」

　訊かれて手提げ鞄を引き寄せる。

　袋入りのあんパンがふたつ、よく見える場所に入れられていた。

「食べていいぞ」

「ふたつとも?」

おじさんは少し戸惑った顔をしたけれど、すぐに、

「いいよ。食べな、ふたつ」

と、答えてくれた。少年はパンをわしづかみにして助手席で前を向き、犬歯を使って袋を破った。ほんのり甘いパン生地の、えもいわれぬ香りがした。かぶりついたらパンを離さず、グングンと喉《のど》へ押し込むようにしてひとつを食べ終え、ふたつめは手で袋を破って、前のパンを飲み込むより早くかぶりつく。

「ゆっくり食べろよ、喉に詰まるぞ」

おじさんが心配そうにこちらを向いた。

そんなヘマをするものか。パンは甘くて美味《おい》しくて、きちんとした食べ物の味がする。サイコーだ。ガツガツと貪《むさぼ》りながらおじさんを見た。

おじさんは運転中でハンドルを握っているし、足は座席よりも下にあるから、突然頭を蹴《け》ったり、パンを奪ったりはできなそうだ。少年はようやく脚を伸ばして、少しだけ食べる速度を遅くした。

「うまいか」

頷《うなず》いた。何度も。何度も。

おじさんはまた腕を伸ばして頭を撫《な》でた。

なぜそうされたのかわからない。ぼくはまだ、何もいいことをしていない。ただパンを食べているだけだ。おじさんはどうして殴らないのだろう。どうしてぼくからパンを奪って床に投げ、足で踏んだりしないのだろう。同じ大人なのに、なぜ？

少年は理解ができない。

殴られるのはぼくが悪いことをするからだ。それのどこが悪いのか、ぼくにはちっともわからなくて、どう工夫しても殴られる。何もしなくても殴られる。うざいガキだな、消えちまえ！　お父さんの声がする。

道は次第に細くなる。さっきまで両側が林だったのに、今は片側がすとんと抜けて、道の向こうに高い山が続いている。そっち側はガードレールもない崖《がけ》で、深くて下が望めない。お父さんに蹴られたときテーブルの角にぶつけた痣《あざ》がおでこにあって、おじさんはチラリとそれに目をやってから、「痛いか」と訊いた。

少年は答えず、前髪を振りさばいて痣を隠した。

パンを持つ手にも痕《あと》がある。タバコの火を押しつけられた火傷《やけど》の痕だ。弟が生まれたころのものだから、すでにケロイドになっている。少年は片方の腕が変形しているが、それは骨折後にギプスで固定した腕をねじり上げられたからだった。

おじさんはパワーウインドウを操作して運転席の窓も開け、車内に風を呼び込んだ。崖のずーっと下のほうから川の流れる音がした。少年はパンを食べ終えて、空のビニール袋をポケットにしまった。お腹が空《す》いたときに袋の匂いを嗅《か》ぐためだ。

「シートベルトして」

言われてベルトを引っ張ると、胸のバッジにひっかかった。ベルトからバッジを外しながら、「……あの」と、少年は小さな声で言う。

「パン。ありがとうございました」

おじさんはなぜか悲しそうな顔をした。

「お父さんが暴力をふるうのか？」

唐突に訊かれて少年は、ベルトもせずにバッジを握った。答えずにいると、

「いいバッジだな」

と話題を変えた。少年はますます強くバッジを握った。

「お母さんが買ってくれたのか」

「違う。お父さん」

正確に言うなら、今のお父さんがまだ『お父さん』じゃなかったころに買ってもらった。前のお父さんが出て行って、今のお父さんが来るようになって、弟が赤ちゃんだったころ、みんなで野球を見に行ったのだ。

野球場で、椅子に座って、ジュースを飲んで、お菓子を食べた。バッジはそのときお父さんが買ってくれたものだった。あのときは優しかったのに今は怒ってばかりい

る。思ったよりもぼくが悪い子で、ぼくを嫌いになったんだ。

「今のお父さんが好きか」

　おじさんはまた訊いた。少年は答えず、首を傾げた。

　本当のお父さんのことは覚えていない。どの人がお父さんだったかもわからない。今のお父さんも、最初のころは好きだった。お父さんになってくれて嬉《うれ》しかったけど、今は誰より怖い。

「ギャクタイって言葉を聞いたことあるか？」

　少年は首を左右に振った。

「そうか……うちの瑛太《えいた》が心配してな、彰海《あきみ》くんを子供会キャンプに連れて行ってあげたいって……きみは優しい子だって瑛太がいつも話しているよ。瑛太はきみが大好きなんだ。それで、だからおじさんが、今朝はわざわざきみを迎えに行ったんだよ。お父さんが出てきて反対したら、説得するつもりで行ったんだ。だけど出てこなかったな……お母さんも」

「二人ともお昼まで寝てるから……早い時間は起きてない」

「そうか。じゃ、朝ご飯はどうしてるんだ？」

「食べない」

　おじさんは溜息《ためいき》混じりにハンドルを切った。

少年は自分たち家族が非難されているように感じた。

「彰海くんは段ボールを食べるんだって？」

だから、もう、答えなかった。

「嚙《か》んでいれば糊《のり》の味がしておいしいと、瑛太に話したそうだね」

少年は運転席に背中を向けて外を見た。シートベルトはしていない。

「夏休みは給食がないから、彰海くんが飢え死にしちゃうと瑛太が言うんだ。瑛太はずっときみを心配してるよ……なあ」

おじさんは少年の腕に触れ、

「殴ったり蹴ったり、髪を摑《つか》んだり背中を踏んだり、そういうのは虐待といって、してはいけないことなんだ。お父さんがいつもきみをいじめてるなら――」

「いじめてない。大丈夫です」

少年は頑《かたく》なに答えた。いつもじゃない。いつもじゃないし、時々は何もされない日だってある。おじさんはまた溜息を吐く。

「――先生やほかの大人に相談してほしいんだ。おじさんでもいいんだよ。お腹が空いたり、怪我させられたり、そういうのは辛《つら》いだろ？」

知らずに身体が硬くなる。相談ってなに？　相談したらどうなるの？　ぼくが相談して、誰かがうちにやって来て、それでなにかよくなるの？　前に誰かが来たときは、ぼくが何も言ってないのにお父さんはすごく怒って、トイレでぼくを殴ったんだよ。その後は裸にされて立たされて、根性を洗ってやるとか言って、頭から水を掛けられた。寒くて震えて倒れるまで続いたけれど、誰も助けに来なかった。バッジを握る手がブルブル震え、凄《すさ》まじい恐怖が蘇《よみがえ》る。だから、どうか、そっとしておいて欲しい。いい子になればいいだけなんだ。ぼくがもっといい子になれば。

蝉がうるさく鳴いている。山が叫んでいるかのようだ。少年は、突然答えた。

「キャンプ……行かない。うちに帰る……ぼく、帰る」

気がついてしまった。黙って家を出てきたから、帰ったら酷《ひど》い目に遭わされる。腕が折れたときよりも、ギプスを摑まれたときよりも、もっと酷い目に遭わされる。お父さんがキレて、お母さんや弟を蹴り倒す前に帰らないとヤバい。

「急にどうした。みんな彰海くんを待ってるよ。カレーを作ったり、キャンプファイヤーしたり、虫取りや花火をしようよ」

「ダメです……うちに帰る。帰らないと」

「大丈夫だよ。ご両親には電話してある。きみを迎えに行くことは、お母さんに話してあるよ」

お母さんになんか言ってもダメだ。お父さんに言わないと。

「帰る。ぼく、帰らなきゃ」

考えれば考えるほど恐怖が募って、身の置き場がないほどだ。

おじさんはとても困った顔をした。

「もう少しでキャンプ場だから、そこへ行ってから考えたらどうかな？　バスはもう帰ってしまったし、おじさんも荷物を積んでいるから、キャンプ場までは行かないと……役員だからね、やることがあるんだよ」

恐怖でおしっこ漏らしそう。少年はいても立ってもいられない。タバコの火を押しつけられたり、蹴《け》り倒されたり、腕を折られたりしたときの痛みと恐怖に襲われて、ついに体が震え始めた。おじさんは驚いて訊《き》く。

「彰海くん、どうした？　大丈夫か？」

少年は奇声を上げて立ち上がり、だしぬけにハンドルを摑んだ。

「帰る！　帰して！　帰らなきゃ！」

曲がりくねった山道だ。カーブの先は全く見えない。道は暗くて、とても細い。

「ばか、よしなさい！　危ないじゃないか！」

おじさんは怒鳴った。その声が少年の心に突き刺さる。

古傷が一斉に痛み出し、怒りにゆがんだ父親の顔が恐怖心を呼び起こす。怒鳴られた反動で少年はおじさんに襲いかかった。瞬間、キーッとブレーキの音がして、視界がグラリと反転し、ガクンと車体が斜めになった。衝撃があり、車は宙へ飛び出した。

崖《がけ》を覆う木々の緑が眼前を過ぎ、空と路肩がひっくり返り、フロントガラスが割れるのが見えた。すべてはスローモーションのようで、少年は跳ね、そして何もわからなくなった。

——あんたのせいだよ、年がら年中犬みたいにさ！　堕《お》ろす金もないのに孕《はら》ませて、今さらなに言ってんのよ——

少年は夢を見ていた。

——だから実家に捨ててくりゃよかったじゃねえか——

——そんなの無理よ——

——なんとかしろよ、うるせえんだよ！　このアマ、メスブタ！——

お母さんを殴る音。お母さんの悲鳴とお父さんの怒鳴り声。弟が泣いている。弟を叩《たた》く音もする。お母さんが叫び始めると、お父さんがぼくに言う。彰海！　彰海！　なんとかしろ！　まったく、こりごりだ、ちくしょう、ばかやろう、文句あるのか！　濡《ぬ》れたタオルで叩かれる。耐えると脚で蹴り倒される。それから背中を踏んづけられて、吐けば掃除をしろと言われる。刃向かえば、道具を使って殴られる。

今日のやつは強力だった……少年は夢の中にいた。殴られて意識を失ったぼくを見て、お母さんがお父さんに囁《ささや》いている。捨ててこようよ。どうせあんたの子じゃないし、私も欲しくて産んだわけじゃない……あんな簡単にできると思わなかったし、面倒くさいよ。さっきから弟も動いていない。怖いから死んだふりをしてるんだ。お母さんが押し入れを開けて、弟をケースに入れている。泣くと入れられるケースに死んだふりした弟を仕舞う。そんなことしないで。少年は泣いている。いい子になるから捨てないで。ぼくたちを捨てないで。

何がいい子だ、具体的に言ってみろ……父親の話は支離滅裂で理解ができない。いい子ってのはな、大金稼いで親に楽させんだよ。桃太郎《ももたろう》みたいに鬼退治して、財宝を奪ってくるんだよ。そういうのがいい子ってんだ。

でも、あれはおとぎ話だ。鬼なんかいない。財宝もない。

なのに言うんだ。おまえになんかできるはずない。

できるはずがないと思ってることを、それならどうして求めるのだろう。ぼくはどうすればいいのかな。捨てるつもりなら、どうしてぼくらを産んだのかな。

頭がガンガン痛んでいた。額に水が滴って、その冷たさで目を開けた。真っ黒な枝と隙間に輝く星が見え、濃い夜の匂いがして、虫の鳴く音がした。リーリーリー……シーシーシー……リーリーリー……夜だ。夜になっちゃった……少年は身体を起こした。地面に触れた手は濡れて、摑んだ枝がぬるっとした。枝ではなくて根っこかもしれない。耳を澄ませば沢の音がして、首をひねると関節が痛んだ。

キャンプ場に着いたのかな。花火は？　キャンプファイヤーは？

「おじさん？」

呼んでみたけど返事はなかった。

「おじさん？　瑛太ん家《ち》のおじさん！」

虫の声と沢の音、あとは森の匂いだけがする。深くて、冷たくて、湿っている。静かすぎて怖いくらいだ。立ち上がろうとすると足が痛んだ。くじいてしまったようだけど、痛みには慣れていた。少年は木の幹にすがって立ち上がる。

「おじさん、おじさーん！」

誰も答えない。人の声は聞こえない。でも……。

十メートルほど離れた場所に光があった。白くぼんやりした小さい光だ。それがピョコピョコ動いている。大きさは八百屋《やおや》さんの犬くらい。豆柴《まめしば》という犬だ。

少年は目をこらす。どちらを向いても森だった。地面が斜めになっていて、身体を傾けていないと落ちそうだ。沢の音が遠いから、落ちたら怪我をするはずだ。おぼろな月明かりが下草に当たって葉っぱの先が光っているが、その下の地面がどうなっているかはわからない。少年は幹にすがり、次には腕を伸ばして枝を摑《つか》んだ。引っ張ってみて大丈夫なら一歩前に出る。虫は騒がしいほど鳴いていて、首を回すたび頭が痛んだ。誰もいない。おじさんもいない。

前方で光が揺れている。少年はそれを目指した。

キョキョキョキョキョ！　と、なにかが鳴いた。風が吹くたび梢《こずえ》が揺れて、冷たい水が落ちてくる。雨ではなくて、ただの水。葉っぱが湿っているのだろう。

真っ黒な木立の隙間で、それは白く光って見える。草の間を飛び跳ねている。

少年は慎重に進んだ。

飛び跳ねている。ピンピンピン。けれどもなかなか前に進めない。暗がりで足が滑って、少年は枝を折って尻餅《しりもち》をついた。白いものは目前だ。

「あ」

と、思わず声が出たのは、それがこちらを振り返ったからだった。

痩《や》せてあばら骨がくっきり浮かび、お腹がえぐれた犬のような生き物だ。前脚が二本とも欠けていて、だから上手に歩けなくて、地面に伏せて後ろ脚で藪《やぶ》を蹴っていたのだ。尻尾《しっぽ》は細く、口が大きい。獣は動きを止めて少年を見た。

「なにもしないよ。怖がらないで」

山の中、独りで暗闇に残されるのは恐ろしい。でも、お父さんよりは怖くない。もう何も怖くない。少年は獣に近づき、背中に触れた。痺《しび》れるような感触があった。遠慮がちに頭にも触れ、小ぶりな耳の付け根を優しく掻《か》いた。犬はそこが気持ちいいのだと、八百屋のおばさんが教えてくれたからだった。

「ぼくはアキミ。湯本《ゆもと》彰海。八歳なんだ」

気がつけば、下のほうでもチラチラと光が揺れていた。たくさんの光はこちらを気にしているようで、仲間がいるんだ、と少年は思った。

「あそこへ行きたい？」

白い獣は答えない。だけど嫌がるそぶりもみせない。

「脚がないから行けないんだね？　大丈夫。ぼくが連れていってあげるよ」

頭の痛さも捻挫《ねんざ》の痛みも、もはやどうでもよくなった。少年は獣の細い腹に手を回し、そっと抱えた。空気のように軽かったけれど、獣を抱えると枝や幹に摑まることはできなくなった。立って下りられるとは思えない。ましてや暗くて道も見えない。考えて、尻で斜面を下ることにした。獣を傷つけないよう胸に抱き、踵《かかと》で地面を確かめながら下って行く。茨《いばら》や小枝が顔を傷つけ、目に刺さりそうだから、方向を見定めてから両目をつぶって滑っていった。

キョキョキョキョキョキョ！　森が鳴いているんだと少年は思った。

沢の音が大きくなって、目を開けて確かめると光は随分近くになった。唇に塩辛いものが触れ、藪で頬が切れていたんだとようやくわかった。痛みはほとんど感じなかった。前脚がない生き物を仲間のところへ届けなきゃ。ぼくに仲良しの瑛太がいるように、この生き物も仲間がいたら生きていけるはずだから。

ウーフ、ウーフ、ハッハッハァ……ウーフ、ウーフ……と、音がした。獣を抱いたまま尻をずらして方向を変え、目を閉じたままで光のほうへ進んでいくと、腕の獣が伸び上がるような動きをした。驚いて目を開けると、すぐ前に同じ生き物が何十匹と集まっていた。腹部がえぐれて骨が浮き、頭の大きい痩せた犬。口は耳まで裂けて眼光鋭く、なのに耳が垂れている。ウーフ、ウーフ、と生き物たちは、喉《のど》を鳴らして少年を見上げた。いつの間にか光る獣に囲まれていたのだ。

なぜか恐怖は感じなかった。夜になって、今さら家に帰れない。お父さんはぼくを殺すだろうし、ぼくが死んだらお母さんが喜ぶだろう。だから、もう、どうでもいい。考える力も残っておらず、生きる希望は元よりなかった。

少年は抱えた一匹を地面に降ろした。すると、ウーフ、ウーフ、ハッハッハ……ウーフ、ウーフ……喉の鳴る音が大きくなって、獣たちは少年に道を空けた。その先に桶《おけ》のような物が置かれている。前脚のない獣が地面を進み、桶の前で振り向いた。呼ばれた気がして、四つん這《ば》いでそばへ行く。立ち上がらなかったのは獣たちを怖がらせないためだ。

沢沿いの窪地《くぼち》に石が積まれて、桶はその上に載せられていた。伸び上がって蓋《ふた》を取り、中を覗《のぞ》くと、白飯がびっしり詰め込んであって、「あっ」と思った。

あまりに空腹だったのだ。

考えるより早く木桶に腕を突っ込むと、少年は飯を摑み出して頰張った。米の粘りとデンプンの甘さ、稲の香りが身体を満たし、血液となって全身を巡り、生き返った心地になった。貪《むさぼ》るように飯を喰《く》い、そうしてやがて少年は、それを見守っている獣たちに気がついた。肋骨《ろっこつ》が浮くほど痩せているのに、獣は静かに待っている。食物を独占して貪り喰っているのは自分だけだ。

「ごめん。ごめんね、独り占めして」

少年は自分を恥じて木桶から飯を摑み出し、獣たちに分けて与えた。前脚のない獣にも食べやすいよう介助してやった。ウーフ、ウーフ、ハッハッハ……風が吹き、沢の流れがドドドと響き、山は静かにホウホウと鳴く。すり鉢の底のような谷から見上げると、ずっと遠くの空の高みに星々が湧き出すように瞬いていた。


【秩父《ちちぶ》で行方不明になっていたあきる野《の》市在住の宮藤正隆《くどうまさたか》さん（四十二歳）の車が崖《がけ》下《した》で発見され、車内から宮藤さんが発見されましたが、その場で死亡が確認されました。宮藤さんは子供会の役員で、荷物などを運ぶため自家用車で秩父のキャンプ場へ向かったまま行方不明になっていました。現場はガードレールのない場所でカーブが多く、宮藤さんはハンドル操作を誤って崖下に転落したものとみられています】

第一章　ヤマンバの降臨

十一月下旬、早朝。卒園式も入学式もつい先日だった気がするのに、もう一年が終わろうとしている。時間のスピードは年々速さを増すようで、めまぐるしく変化していくあれこれに心の整理をつける間もない。

立ち止まってコートの襟を立て、鳴瀬清花《なるせさやか》は霞《かすみ》が関《せき》を見回した。今年、自分は神奈川県警を追われて左遷され、夫と離婚して同居人になった。

晴れ渡る空には羨望《せんぼう》の眼差《まなざ》しで見上げてきた桜田門《さくらだもん》のビル群がそびえている。いつかはそこへ行きたいと憧《あこが》れた警視庁捜査一課もそこにはあるが、清花が向かっているのは警察庁の、しかも刑事局の企画課だ。この春までは神奈川県警の捜査一課で班を率いて出世コースを突き進んでいたのに、今は知る人もない新設部署で地味な仕事に就いている。この日は『お偉いさん』が進捗《しんちょく》状況を視に来るので、準備のために企画課へ向かうところであった。

「うん」

と、自分に頷《うなず》いたのは、今の仕事にようやく誇りを持てるようになってきたからだ。新部署では凶悪犯を追うこともなければ、聴取も逮捕も送検もしない。ないないづくしの特捜地域潜入班だが、やりがいはある。そのことを清花は自分の胸に刻んだ。

「あれ？　班長じゃないですか？」

声をかけられて振り向くと、そこにはかつての部下がいた。スーツの上にコートではなくジャンパーを羽織り、両手をポケットに突っ込んだ初老の男だ。

「忠《ちゅう》さん」

小走りで近づくと、男は照れくさそうに片手を出した。

「どうも……お元気そうで」

「忠さんこそ」

軽く手に触れて清花は言った。

こんなところで何をしてるの？　と、彼のようなたたき上げの刑事《デカ》に訊《き》くのはバカだ。早朝に管轄区以外にいるのは捜査中だからである。神奈川県警の管轄区内で事件が起きたのだと思うけれども、恥ずかしながら最近の清花は所轄署が追っている事件についてはサッパリ知らない。手柄を挙げようと躍起になって、管内ばかりか他の所轄の事件までサーチしていた自分はもういないのだ。

「これから本部に出勤ですか？　朝早いのに相変わらずですね」

忠さんは眉尻《まゆじり》を下げて眩《まぶ》しそうな顔をした。

「特別なのよ、今日は特別。上が視察に来るから準備をね……」

歳はいっても長身で痩《や》せ型、飄々《ひょうひょう》としてどこか憎めない忠さんは、背中に鉄板が入っているかのようにいつも背筋を伸ばしている。物腰穏やかながら聴取は凄腕《すごうで》、そんな彼が部下だったのも遥《はる》か昔のことに思える。

清花も真っ直ぐ背筋を伸ばし、忠さんに向かって頭を下げた。

「忠さん、ごめんなさい」

「え」

と、相手は声に出し、腰をかがめて、

「どうしたんです班長？　急にやめてくださいよ」

コソリと清花に囁《ささや》いた。顔を上げて、

「もう班長じゃないわ」

と、苦笑する。

「神奈川県警にいたときは、忠さんに仕事を任せることができなくてごめんなさい。むしろベテランの忠さんから学ばせてもらうべきだったのに、余裕がなくて、できなくて、さぞ鬱陶《うっとう》しい上司だったことでしょう。許してね」

相手はポカンと口を開け、次には首を傾げて眉根を寄せた。

「ええ、どうしちゃったんです？」

どうかしたつもりはないが、正直な反応なのだと思う。

「部署を離れてわかったことがたくさんあるの。私は人間力が欠けていた。白と黒しかないと思っていた。虚勢を張るのに精一杯で周りが見えていなかった。優秀な人たちと働いていたのに、それを認めることもせず、誰にも弱みを見せられなかった」

そして、「酷《ひど》い上司よ」と付け足した。

「いまさらだけど、会えてよかった。いつか謝りたいと思っていたから」

「……いや……まあ」

忠さんは人差し指で鼻の下をポリリと掻《か》くと、

「班長は、その……」

言葉を探してニタリと笑った。

「若いし血の気は多いしで、いきなりのところはありましたがね、私個人はそれほどやりにくいと思ったことはなかったです。いえ、お世辞じゃないですよ？　そもそも刑事なんて仕事に就くのは、『理不尽』に対して『真っ当な怒り』を持てる人間で、そこが大切なんですわ。間尺に合わない仕事ですけど、厭《いや》なら刑事になんかならなきゃいいんで……班長は、歳取ってこなれていけばいい刑事になると、こう言っちゃなんですが、楽しみにしているところもありました。いまさらですが」

ツンと鼻の奥が熱くなる。空回りして部下の信頼を裏切ったあげく、呆《あき》れられて、切り捨てられたとばかり思っていた。失敗した。嫌われた。失格だった。もともと向いていなかった。自分を責める言葉ならいくらでも湧いてくるというのに、歳を取って人間がこなれていけばいい刑事になれるだなんて、それを楽しみにしていたなんて凄腕のベテラン刑事に言われたら、なんと答えるべきなのだろう。

清花は唇をキュッと嚙《か》み、目をしばたたいて頷いた。

「忠さん、ありがとう。がんばります」

そしてもう一度頭を下げた。忠さんは小指の先で眉毛を搔くと、

「じゃ、私はこれで」

と、踵《きびす》を返した。清花もすぐに歩き出す。

桜田門を背にして立つと、街路樹が茂るビル群は車の流れを分ける中州のようだ。

清花はますます背筋を伸ばし、横断歩道を中州へ渡った。

「田中昌子《たなかまさこ》さん、星《ひかり》ちゃん母子《おやこ》には『転居費用の公費負担制度』を紹介、活用してもらい、新しい職場と環境で新生活が始まっています」

警察庁本部の会議室で、若い刑事の丸山勇《まるやまいさみ》はホワイトボードに書かれた『児童連続行方不明事件』の項目に、『被虐待児童とその家族への支援』と書き足した。それからくるりと首を回して、会議用テーブルに座るメンバーを見た。ラフな服装を好む勇もさすがに今日はスーツ姿で、清花もほかのメンバーもきちんとした恰好《かっこう》だ。

「あれ以降、牡鹿沼山村《おがぬまやま》の阿久津《あくつ》さんと連携をとっていて、さらに二名の児童が村に預けられたことも書いときますか？」

清花は組んだ脚の上で報告用にまとめた仮の書面を読んでいた。

『地域潜入班』と聞けば恰好いいが、その実は潜入の実行部隊を清花とボスの土井火斗志《どいひとし》、後方支援に万羽福子《まんばふくこ》、班の連絡係で生活安全局の刑事でもある丸山勇が四人だけで回すチームだ。出世コースをまっしぐらに進んでいた清花の左遷先がこの班で、注目度が低いうえに凍り付きそうなケースを調査する部隊である。

できてまだ半年程度。『事件が起きてからでなければ捜査もしない』と非難されがちな警察の新たな姿勢を誇示するために、寄せ集めの人材でとりあえず発足した部署だった。それでも上層部は成果を求め、今日は『視察』に来るという。めざましい成果があればマスコミを呼んで発表の場を設け、なければ今しばらくは静観を続けるか、責任の押し付け合いが始まるのだろう。勇がホワイトボードに書き出したのは、班が最初に取り上げた児童連続神隠し事件の真相と経緯だ。

「そうか——……あのあと二人も村に行ったか……すごいね」

無精髭《ぶしょうひげ》をきれいに剃《そ》って、ボサボサの髪を七三に撫《な》でつけた土井は、自画自賛しながらボールペンで頭を掻いた。一応スーツは着ているが、痩せてひょろひょろしているせいでまったく様になっていない。

「でも、こうも考えられるよな？　子育ての環境は社会的に逼迫《ひっぱく》していると」

「核家族が多くなったこと、女性の社会進出に子育て意識が追いつかないこと、物価の上昇と賃金の問題……一番はやっぱり……社会全体で見た場合に子供の価値が低く見積もられているせいだと思うわ——」

パソコン越しに万羽福子が言った。

「——私が子供の頃には、まだね、遅くまで外で遊んでいると、早く帰りなさいって声をかけてくれるお爺《じい》ちゃんやお婆ちゃんがいたものだけど」

資料から顔を上げて清花も言った。

「今は下手に声がけすると不審者と疑われたりするものね。阿久津さんの限界集落では村民みんなが家族みたいなものだから、そのあたりが上手《うま》くいっているのね。それなんだけど、私たちが関わったことで村に負担を強いているなら、たとえば『民間シェルターに対する交付金制度』を活用して財政援助するとか、そこまで踏み込んでフォローするべきじゃないかしら」

その村には子守講といって村民が協力して子育てをする風習があり、それが今も続いているのだ。

「それがね、清花ちゃん。あそこは交付金制度の対象外なの」

万羽福子が眉をひそめた。

「それにそもそも村の人たちが、行政制度の利用をよしとしないかもだよ」

椅子に座って片足を高く蹴《け》り上げながら土井も言う。組んだ両手を膝《ひざ》に置き、探偵のように首を傾げて清花を見つめた。

「一番は……下手に行政を関与させると、村が大切にしてきたものを壊してしまうかもしれません。それでもいいと思いますか？」

「まあそうか……そうですねぇ」

清花は答えてホワイトボードを見た。返町《そりまち》上官への報告書には、班の活躍やその内容がつまびらかにされているものの、公にできる成果としてホワイトボードにあるのは『被虐待児童とその家族への支援』だけ。上層部がメディアやプレスに誇れると喜ぶ成果は何もない。

「被害者と犯人がいる捜査と違って、ぼくらがやってる仕事はさ、派手にお披露目できる内容を期待されても困っちゃうよな？」

班の責任者なのに、土井は他人事《ひとごと》のように苦笑している。

「もともとが、地味ーな目的で立ち上げられた班ですもんねえ」

と、勇も言った。

「それを半年程度で成果見せろって、上層部のコンセプトがブレブレなんじゃないかしら。成果ではなく地道なフォローがこの部署の意義だったはず」

清花は文句を言いながら、スーツのポケットからグミのケースを取り出した。テーブルに載せ、蓋《ふた》を開けて福子のほうへ滑らせると、彼女は中身をつまんで口に入れ、ケースを清花に返してきた。

「やった、俺もいいすか？」

勇が走ってきて覗《のぞ》き込む。

「一気に持ってかないでよ？　在庫、それしかないんだから」

「はーい」

と答えてリンゴと梅とコーラとレモンを選び、全部まとめて口に入れた。

「ええ、どんな組み合わせ？」

福子が目を丸くする。

清花は様々な味のグミを持ち歩き、味の組み合わせで作業効率を上げる癖がある。中身が終わってしまわぬうちにケースを引き寄せ、土井に渡すと、グミグミした食感が苦手だといつもは食べない土井もレモン味を取って、奥歯でグッと噛みしめた。

「ブレブレはともかく、やっぱりここは成果ゼロだとマズいよな。何かお土産は持たせなきゃ」

「まあ……そうですね」

清花は梅味を口に入れ、ケースをしまって勇を見上げた。

「牡鹿沼山村のケースについて、児童失踪《しっそう》事件の裏にシェルター機能があったと付け足すのはどう？　班の調査でそれが判明したので、今後同地で児童失踪事件が起きた場合は、先に村へ確認すれば捜索人員や時間や経費を軽減できる。とか……」

「うーん……いや……それはやっぱりマズいでしょう」

酸っぱさに顔をしかめて土井が言う。

「何がマズいんですか？」

土井は黒縁メガネの奥で大きな眼をギョロギョロと動かした。

「牡鹿沼山村の神隠し事件は、全容を隠すことで被虐待者の身に危険が及ぶことを防いだケースだよ？　当事者と村が秘密を守り通したからこそ、子供たちは護《まも》られながら成長できた。一方で事実が公になればDV加害者が逆恨みして、子供を隠した当事者や村を襲撃するかもしれない。心ない噂やデマが飛ぶかもしれない」

「村は本当の意味でシェルターなわけですもんね」

と、勇が言った。

「それにね、サーちゃん。村へ行く前に子供たちがどんな目に遭っていたのか、興味本位で晒《さら》される可能性だってあると思いませんか？　報道は匿名だったとしても、SNSですっぱ抜かれたら消えない烙印《らくいん》を残してしまうし、本当の意味で子供たちを救えないと思うんだよな」

「土井さんの言う通り……法律だけでは解決できないことって多いから。それに」

福子は人差し指をピンと立て、

「メディアが注目しがちな背景を持つ案件は特に、心ない人たちが好奇心で村を荒らしたり、好き放題に吹聴したり、そう言うことがありがちだと思うのね」

と、頷《うなず》いた。

「うーん。そうですね。村が事情を明かしてくれたのだって、土井さんを信用したからですもんね。それは裏切れない……ですよね……うん」

そう言って清花は腕組みをする。

「てか、つまり、成果として発表できる内容は何もない、ってことっすか」

勇が首をすくめると、

「こー、まー、るー」

と、土井は眉尻《まゆじり》を下げた。

「いいわ。なら、こうしましょうよ」

福子は突如前歯をむき出してニタリと笑った。

目の高さにマーカーを持って席を立ち、ホワイトボードに近づくと、勇が『被虐待児童とその家族への支援』と書き足した部分を消して、『児童連続行方不明事件・真相解明』と書き換えた。さらに『田中星ちゃんを無事発見』と項目を足し、『母親の許《もと》へ送り届けたのち生活安全課と連携して行政の支援につなぐ』と、太字で書いた。

「この場合の行政支援は母子へのもの。それなら成果のひとつにならない？」

「いいわね。我が班に期待される『心ある警察活動』に訴えかけそう」

「さー、すー、がー」

土井の称賛に福子はドヤ顔を見せた。

『お偉いさん』たちは、どうせ細かい部分になんか興味がないから。然《しか》るべき場所で発表できて評判を呼ぶ成果と、あとはさっき土井さんも言ってたように、見栄えのいい結論を見せればいいと思うのね、同じ事実でも角度を変えれば」

「たしかに見栄えがいいですね」

清花が言うと、

「でしょ？」

と、福子はニッコリ笑った。

「では次。『花嫁屋敷焼失事件』についてはどうする？」

土井が訊《たず》ねると、清花らは互いの顔色を探り合った。それは地域潜入班が青森で遭遇したケースであり、極めてセンシティブな背景を含んでいた。

勇はホワイトボードを離れて席に着き、難しい顔で仮の報告書をペラペラとめくり始めた。仮の報告書は福子がまとめたもので、公にしていいかどうか不明の箇所には赤いアンダーラインが引いてある。現状では、班が関わった事件のまとめは赤い線ばかりだ。真実は上層部が欲しがる『聞こえのよい』内容ではないからだ。

福子も席に着いてパソコンを引き寄せ、両手で髪を掻《か》き上げてから人差し指でキーを叩《たた》いた。それからマウスを動かして、モニターを確認して言った。

「当該事件の実際の成果は、架空サイトへの問い合わせを現在までに四件確認。うち三件については然るべき相手とつないで結果が出ている……んだけれど……」

顔を上げて土井を見る。

「これを成果とするならば、事件の背景を説明しないと辻褄《つじつま》が合わなくなっちゃうのよね。そして守るべき芯《しん》がブレていく……どうなの？　土井さん」

「うーん」

土井は唇をひき結び、その両端を上げて腕組みをした。わずかに目を閉じてから、天井を睨《にら》んで溜息《ためいき》を吐く。

「どー、しよーっ、かな」

「難しいっすよね。それをすると事件として立証しなきゃならなくなって、故人や遺族ばかりか『市井の人』も騒がせちゃいますもんね」

「私個人は成果よりも大事なことがあると思う。ていうか、ここはそもそも、そういう班なわけだから」

勇と清花が続けて言うと、土井は目をしばたたき、三人を見てニヤリと笑った。

「だよね……うん。じゃ、この件はナシにしとく?」

福子の眉がピクリと動いた。

「あのね、土井さん。そういうわけにはいかないの。花嫁事件は特に、清花ちゃんの新幹線代、三人が使った飛行機代、高速代に燃料代、所轄署や大学や消防署、老人ホームへの手土産代、あれやこれやとけっこうな経費がかかっているわけだから。公費を使って成果がナシじゃ困るのよ」

「そうだよな……参ったな」

福子にガツンと叱られて、情けなくも土井は頭を抱えた。

捜査も調査もきちんとしたし、背景も判明したのだが、公にしていい事実は少ない。はみ出し者が集められた新設部署がボンクラな成果しか上げられないなら、存続が危ぶまれるのは当然だ。

「返町課長の立場もあるし、半年で成果が一件じゃ、確かに恰好《かっこう》つかないわよね。刑事だって捜査本部《ちょうば》が立てば二ヶ月で成果を要求されるわけだから」

と、清花も言った。返町課長は清花を出向させた張本人で、捜査権のない警察庁に特別捜査権を持つ部署を作ってコールドケースになりかけた事件を調査させたいと提案した一人である。モデルケースとして始動した部署に華々しい成果を期待するのは、お偉いさんに限らず返町も同様だろう。

「成果二ヶ月と言うけどさ、捜査本部には本庁の精鋭と所轄の刑事、ほかにも相応の人数が動員されるけど、こっちはたったの四人だからねえ」

「人数多けりゃいいってもんでもないですけどね」

勇は呑気《のんき》に笑っているけど、成果が認められるか否かは矜持《きょうじ》に関わる。ホシを挙げることより犯罪を未然に防ぐことを重視すると言えば聞こえはいいが、仕事である限り成果は常に求められるのだ。稼働したばかりのこの部署を、しかもようやくやりがいが見えてきたタイミングで、清花は解散させたくなかった。

「それならば、花嫁事件でも結果として報告できる項目を探し出すしかないわね。もう一度、みんなで角度を変えて検討しましょ」

思いは同じなのか福子が言った。

四人は頭を突き合わせ、懸命に『手土産』を吟味した。

午後一時半過ぎ。返町が刑事局長と広報課長を伴って現れる時間になったとき、清花らは相変わらず会議室にいた。地域潜入班は古いキャンピングカーに活動拠点を置いている。警察庁本部には福子のデスクがあるが、通常業務と兼務で班の仕事をしているだけなので、上官を招くような部屋がないのだ。

会議室は部屋の二カ所にドアがある。この日は上座にホワイトボードを設置して、それと向き合うようにお偉いさんの席を作った。土井がボードの脇に立って説明をし、席と直角になるように置いたテーブルにパソコンと投影機をセットして、福子と勇はそこから投影画像その他を操作する。

清花はお茶の接待係で、客の背面に当たる後方の入口脇に給茶テーブルを準備した。広報課長は大の和菓子好きだと噂に聞いて、福子がお茶請けに選んだのは大納言小豆《だいなごんあずき》を琥珀糖《こはくとう》で固めた和菓子だ。ポットに急須《きゅうす》にお盆に茶托《ちゃたく》、準備はすべて整った。

やがて、廊下を大きな声が近づいてきた。一人がダミ声を張り上げていて、愛想笑いが追随してくる。会議室では土井が立ち上がって上着の裾《すそ》とネクタイを伸ばし、ホワイトボードの脇に移動した。福子と勇は定位置に、清花は入口ドアの脇に控えて来客を待つ。思わず緊張の面持ちになるのを、土井だけが脱力して見えるのは、貧相な容貌《ようぼう》のせいである。そんなボスを横目で見ながら清花はドアに手を添えた。

「ああ？　なんだここは、ただの会議室じゃないか」

と、ダミ声が言う。

「地域潜入班の拠点は機動車両ゆえ、本日はこちらに席をご用意しました」

答えているのは返町だ。

「部屋が借り物とは惨めだな」

ダミ声がそう言ったので、清花らは視線を交わした。

土井が「コホン」と咳払《せきばら》いする。

同時にノックの音がしたので、清花は自動ドアよろしく引き開けた。

「お疲れ様です」

土井は九十度に腰を折り、勇と福子は立ち上がってテーブル脇で、清花もドアの近くで、それぞれ同時に会釈する。と、

「おう。お疲れ」

と、愛想よく返事をしたのは返町だった。

「局長。課長。紹介します。あちらが班長の土井くんで」

「地域潜入班班長の土井火斗志です」

土井は慇懃《いんぎん》に名乗ったが、顔を上げるといつもの情けない表情である。

「後方支援室、通信官の万羽福子です」

「連絡係の丸山勇です」

「神奈川県警から出向中の鳴瀬清花です」

それぞれが自己紹介すると、刑事局長はジロリと全員を見渡して、

「ふむ。まあ、よかろう」

と、横柄に応《こた》えた。ホワイトボードの前に置かれたテーブルには、すでに三名分の報告書が載せてある。広報課長がそそくさと真ん中の椅子を引き出して局長を座らせ、返町は課長の椅子を引き出した。そして自分は立ったまま、

「それでは土井くん。報告を頼むよ」

と、ようやく末席に腰を下ろした。

勇と福子も着座する。清花と土井は起立したままだ。

警察は上下関係の厳しい世界である。年齢的にも階級も清花のほうが勇より上だが、清花は出向組で勇は正規の班員なので、今日のお茶当番は清花が担う。彼女は静かにドアを閉め、客の背後に準備した給茶ブースへ移動した。どのタイミングでお茶を出すかは返町が合図してくれるはず。視察報告会といっても内輪のセレモニーみたいなもので、新設部署がきちんと仕事をしていると返町が示せればそれでよく、成果があればさらにいいという程度のことだと考えていた。ところが入室前から不機嫌でピリピリしている刑事局長に、清花はイヤな予感を覚えた。

他の班よりひとつでも多くの白ボシを挙げなければと、常にピリピリしていた昔の

自分が思い出される。刑事の本質はハンターであり、他の班が捜査に失敗すると手を叩《たた》いて喜ぶ輩《やから》もいるほどだ。

「それでは報告させていただきます」

心なしか土井も緊張しているようで、いつもよりワントーン高い声を出している。みすぼらしい外見と相まって余計に頼りなげに見え、小学校の学習発表会を参観している気持ちになった。こんな大人になってさえ、人は同じことを続けているのだ。ヒトシ叔父《おじ》ちゃん、がんばって。と、清花は土井に口パクをした。

「ご存じの通り、警察庁特捜地域潜入班の発足は本年四月。管轄区の壁を越え、各署が抱えるコールドケースのうち、共通性と関連性があるとおぼしき案件をピックアップして再調査、もしくは刑事事件の可能性を持つ情報を精査して結果を所轄署につなぎ、未解決事件の捜査および再発生防止に役立てることが……」

ところが、ひとたび喋《しゃべ》り始めると土井は滑舌が滑らかだった。

あの風貌《ふうぼう》で、あの体型でありながら、警視庁捜査一課の敏腕指揮官だったのだから当然か。彼と一緒に行動していても、清花はそのことをすぐに忘れる。

土井はキャリア組にも拘《かか》わらず自ら率先して現場に立つのがポリシーだったが、それはあまりよい方法ではなかったと前に話してくれたことがある。結果として上官からは煙たがられ、部下からは変人扱いされる羽目になったと。

もしも当時の土井に会ったら、憧《あこが》れたろうか、呆《あき》れたろうか。

土井は『児童連続行方不明事件・真相解明』について説明している。犯人がいない案件なので局長や課長の反応は想像以上に薄い。

「まあいいが……それは所轄の生活安全課がやっていることと、どう違うのかね」

土井の報告を聞くと、ダミ声の局長は鼻で嗤《わら》った。

「小児の行方不明事案が多い同地において、わが班は捜索や保護の協力体制を構築しました。さらにこの事案の背景に児童虐待や家庭内ＤＶがあると判明。然《しか》るべき行政機関と連携を取って、児童や保護者の生活の安定につなげる模索もしています」

「それは警察の仕事かね？　送検事案はどうなっているんだ」

「所轄署と連携することで捜査を引き継ぐ流れです――」

横から返町が静かに言った。

「――もともとは、多忙な捜査一課が人員を割けずにコールドケースになっていきがちな事件を調査しようと立ち上げられた班ですからね」

「そんなことはわかっている」

刑事局長は返町に不満をぶつけた。

「では聞くが、班が発足して以来、逮捕や送検はできたのかね？」

「わが班に逮捕権はありませんから」

答えて土井は涼しい顔だ。局長はムキになる。

「この班の働きによって、所轄署が、逮捕及び検察官送致ができたか訊《き》いておるのだ」

「所轄署につないだ後の動きについては我々に報告が上がってきませんので、お答えしたくともできないのです。今後の改善策として双方向に連絡し合えるようにできると嬉《うれ》しいですね。そうなれば、もっと具体的なご報告ができることでしょう」

しれしれと土井が言う。

「なんだと、口の減らない奴め」

返町が後ろ手に指を動かした。雲行きが怪しくなってきたのでお茶を出せと言っているのだ。清花は高級なお茶を淹《い》れ、和菓子を添えてテーブルに運んだ。

報告書類を汚さぬ位置に茶を置くと、和菓子好きな広報課長は「お」と、小さく声を出したが、刑事局長は振り仰いで、冷たい目で清花を睨《にら》んだ。

ホワイトボードの脇で土井が訊く。

「さらに詳しい調査過程の報告をお望みですか？」

それを合図に、勇がホワイトボードに牡鹿沼山村の写真を投影させた。

「こちらが件《くだん》のキャンプ場です。行方不明になった児童のうち、死亡が確認された者は一人もいませんでした」

「ほほう、それはいいですなあ。明るいニュースじゃないですか」

広報課長は好意的に言ったが、

「それじゃ何かね？　行方不明になったと大騒ぎして、警察やマスコミを動かして、事件は結局なかったというのかね？　子供の親は何をしていたんだ。どうして警察に報告してこない」

刑事局長はご立腹のようだ。

「失踪《しっそう》した児童らは家庭内ＤＶや性被害などを受けていました。それゆえ加害者に生存情報が漏れるのを恐れたようです。個々のケースについても説明しますか？」

「土井班長は、ほぼすべてのケースについて詳細な調査報告書をまとめています」

返町が補足したものの、刑事局長は返事をしない。広報課長は首をすくめて和菓子を眺め、局長が菓子に手を出さないのでお茶だけすすった。

「いや、いい。説明はけっこうだ」

ようやく局長が言う。土井が福子に視線を送るとキャンプ場の投影は消え、焼け焦げた屋敷の画《え》が映し出された。局長の背中がピクリと動く。

「こちらは当班に届いたメールから調査事案とした案件です」

と、土井が言う。

「放火かね？」

「焼身自殺でした」

そして事件の経緯を報告した。悲惨な画像は局長らの興味を惹《ひ》くものだったが、成果として報告できるのは第二の焼身自殺を防いだことだけだ。

特捜地域潜入班が関わった案件と成果は、極めて地味なものに終始した。局長は大納言小豆の菓子を二口で食べ終え、ビールを干すように高級茶を飲み、勝ち誇った顔で鼻を鳴らした。

「犯罪捜査の一線にいる者は昼夜を問わず靴底をすり減らして頑張っているというのに、窓際部署は呑気《のんき》なものだな。土井くんは敏腕捜査官だったと聞くが、これは窓際族が鼻クソをほじりながらやるような仕事じゃないか」

清花はピクリと眉《まゆ》を上げた。土井は表情を変えないが、勇は唇を引き結んでいる。福子は俯《うつむ》いているので表情が窺《うかが》えない。

局長は椅子を引き、前のめりになって、隣にいる返町の顔を覗《のぞ》き込んだ。そしてわざわざ課長に訊いた。

「この部署の活動には華々しさの欠片《かけら》もないが、これでイメージアップにつながるのかね？　あ？　どうなんだ、広報課長」

返町は局長に顔を向け、

「広報のやり方次第と思いますが」

「いやいや、なかなかいいと思いますよ。地味なケースを扱うのは、とかく『事件が起きなきゃ動かない』と非難される警察のイメージを、ですな」

「イメージの話などしていない」

広報課長は黙ってしまった。

「いえ、広報にイメージは必要でしょう。当然ながら現実と乖離《かいり》しないことが重要ですが」

むしろ返町が冷静に答えると、局長は勝ち誇ったように腕組みをした。

「返町課長は、イメージが必要などとよく言えたものだな？　ならば最初から、最新鋭の機器を搭載した車にすればよかったじゃないか。私が苦労して相応の予算を出してやろうとしたのに――」

そして土井を睨み付け、

「――腐ったキャンピングカーを捜査に使うと言い張ったのは誰だ？　それでイメージアップにつながるのかね？　みてみろ、結果として、こんなクズのような成果しか上げられていないじゃないか」

あ、そうか。清花はこの視察報告会が土井をつるし上げるためのものだったのだと気がついた。部署の発足当時は、鳴り物入りで最新鋭の特殊車両をメディアに告知、大々的なセレモニーを行う予定だったが、目立つ車両で潜入捜査などできないと土井が反対してオンボロキャンピングカーを提供し、五分の一の予算で改造させたと聞いた。

もしかして、晴れ舞台を奪われた張本人が刑事局長だったのか。そう思ったらムラムラと闘志が湧いてきた。ボスである土井が耐えているのだから黙っているべきだとわかっているのに、言葉は清花が止める間もなく外に出た。

「お言葉ですが」

局長は大きく身体をひねって後ろにいる清花を睨んだ。

「失態で飛ばされた女警部補か……なんだね？」

カチンときた。そういうのをモラハラとかパワハラと呼ぶのだ。

「刑事局長が何をもってクズのような成果と仰《おつしや》るのか、私には理解ができません。わが班は取りこぼしがちなケースに着目し、時間が経って捜査が困難になった事件の背景や原因を探っています。実際に牡鹿沼山村のケースでは不明児童を発見、保護し、その後についても成果をしっかり出しています。これは従来のやり方では決して明らかにならなかったことです」

「ふん」

と局長はまた笑い、清花に背を向けて土井に言った。

「部下の躾《しつけ》もなっていないな」

ハラスメント行為に及ぶ輩《やから》は『躾』という言葉を好む。共通ルールを身につける訓練は言葉の暴力に頼らなくてもできるのに、都合よく解釈をねじ曲げて相手を罵《のの》る。刑事だったときに見聞きした犯罪者の姿や言い分が脳裏をよぎり、清花は怒りで真っ赤になったが、土井の瞳《ひとみ》がこちらを見たので口を閉じ、心の中で吐き捨てた。

（やなヤツ）

そういう輩とわかっていたら、ぐぅの音も出ない成果を突きつけてやったのに。

負けず嫌いで反撃の虫が頭をもたげる。班の報告書をすべて晒《さら》せば、通常の捜査では成せなかったあれこれがわかる。けれども土井は保身のために成果を利用したりはしない。人が天寿を全《まっと》うし、家族や親しい者との時間を大切に生きること。突然命を奪われるような犯罪を未然に防ぎ、一般人の生活を守ること。返町と土井はそれをやろうとしているわけだから。

「おい、お茶くみ」

と、振り向きもせずに局長は言った。あからさまな嫌みを込めた口調であった。

「湯飲みが空いたぞ、気が利かないな。新人のときに習ったろうが。相手の気持ちを推し量るのは警察官として基本中の基本だ」

俯いている福子の肩がピクリと動いた。彼女も耐えているのだと思いつつ、清花は、上官より先にメンバーへお茶を運んでやろうかと意地悪なことを考えていた。局長が難色を示したら、『気が利かない上にしつけ甲斐もなくてすみません』と、ニッコリ笑って言ってやる。お盆に湯飲みを三つ並べて、ゆっくり急須《きゅうす》に湯を注ぐ。その間も局長の口撃は止まず、土井に集中砲火を浴びせ始めた。

「出世コースを追われた者は惨めだな。活躍の場を与えてやっても卑屈になって活《い》かし方すらわからんらしい。考えが古すぎるとは思わないかね？　世は情報社会だぞ。組織も新陳代謝を求められ、反応はSNSなどで即座に拡散される時代だ」

カタカタカタカタ……と、何かを叩《たた》く音がした。急須から顔を上げて振り向くと、福子の両手が凄《すさ》まじい速さでパソコンのキーを叩いていた。マウスを動かし、またキーを叩き始める。隣の勇が土井を見て、土井は目玉をパチクリさせた。

猫背になってパソコンを見つめる福子は、心なしか髪が逆立っているようだった。勇がそっと二の腕に触れ、睨《にら》まれて手を引っ込めた瞬間、ガタン！と椅子を蹴《け》り倒し、福子は立った。

「局長ーっ！」

移動してホワイトボードをガシッと摑《つか》み、

「こ・れ・をっ」

局長の鼻っ面へと押し出した。両脚を開いて屈《かが》み、下方からガン見している。笑っているつもりなのだと思うけど、上下ともに歯肉を剝《む》き出した凄まじい顔だ。

「見てくださいっ！」

そしてすぐさまデスクに戻り、ボードに数字の羅列を投影すると、またも局長の前へ移動した。歯科医に開口器を使われたような口で言う。

「これは当初の特殊車両の準備予算とっ、実費の差額ですっ」

舐《な》めるほど顔を近づけて福子は叫んだ。全身がプルプル震えているが、奇妙な笑顔は作ったままで、細めた両目がギラギラしている。何事かと恐れをなした広報課長が椅子を後ろに引くのが見えた。

「警察庁の経費は国庫計上の警察庁予算と都道府県警察予算、つまり国民の血税で作られますっ。それでっ、こ・ち・ら・はっ……」

声は次第に大きくなって、局長を睨む眼は瞬《まばた》きもしない。唾液《だえき》が飛ぶのか局長は顔を背けたが、福子はますます近づいて髪を掻《か》き上げ、それが針金のようにピンピン立った。放電しているかのようだ。

清花は驚いて土井を見たが、土井も勇も福子を見たまま引きつっている。

「最新鋭機器の導入経費とっ！　その多寡による検挙数の割合の差を数値化したものですっ。局長がこだわっておられる送検ギャーッ……小せえ○×ガーッ」

福子は大仰に腕を振り回して数字を指した。次第に語尾がわからなくなる。

「警察官の使命は国民の安全と安心を守ることですねっ！」

バン！　と、両手でテーブルを叩き、

「その崇高な使命に出世コースとか関係ありますっ？　見栄《みえ》や体裁が○△ならば、あんたは××△でっ！」

局長に迫るのを、土井が背後から腕を回して口を塞《ふさ》いで下がらせた。しかし福子は土井をはねのけ、

「そんな姑息《こそく》な根性でっ、国民の安全やっ、生活ガーッ！　守れるとでも○×△」

「わかりました万羽さん、はい、わかりました。よくわかります」

素早く福子を抱え取り、勇が出口のほうへ引きずっていく。素早くドアを開けたのは土井だ。

「△××とかカンケーねぇんじゃっ、おら局△っ！」

ケツの○がナントカと聞こえた途端にドアを閉め、土井は何事もなかったかのようにヘラリと笑った。ドン、バタン！　万羽さ、ガン！　ぎゃ！　と、声がして、騒音は廊下を遠ざかっていく。

「あ、そう、お茶でしたね、お茶……鳴瀬くん」

清花もようやく我に返って、

「はい、すみません」

慌てて急須を取ったとき、今度はノックの音がした。

「どうぞ！」

振り向いて、大声で言ったのは返町だ。

福子の変貌《へんぼう》ぶりに言葉を失っていた一同は、救いを求めるようにドアを見た。

覗《のぞ》くような姿勢で入って来たのは背の高い男性で、とぼけた声でこう訊《き》いた。

「益体もない事件でも真摯《しんし》に対応してくれるという部署はここですか？」

年の頃は四十前後。伸びきった天然パーマに無精髭《ぶしょうひげ》、濃い顔つきによく似合うツートンのセットアップを身につけていた。

手もみするような勢いで土井が答える。

「益体もない事件ですか？　もちろんですとも、伺いましょう。ここが、そういう部署ですから」

室内に奇妙な沈黙が訪れた。

毒気を抜かれたとでも言えばいいのか、刑事局長も広報課長も、無言でことの成り行きを見守っている。男性は二人を無視して土井の近くへ歩いて行くと、土井とだけ名刺を交換した。

「千葉大学の法医人類学者、宗像健司《むなかたけんじ》先生ですか」

上官たちには素早く清花がお茶を勧めた。

刑事局長はようやく仏頂面に戻ってお茶をすすったが、返町が目配せしたので清花はすぐさま局長の視界を離れ、土井と宗像の後方へ移動した。給茶ブースに戻らないのは、自分も『益体もない事件』を捜査する身であるからだ。仕事に誇りを持つのなら、何一つ他人任《ひとまか》せにはしないでおこう。清花がここで学んだことの一つだ。

改めて闖入者《ちんにゅう》を窺《うかが》うと、ボサボサの髪といい、無精髭といい、濃い顔といい、平素の土井を彷彿《ほうふつ》させる容貌《ようぼう》だった。但し、土井は貧相に見えるのに対し、オーラ漂う宗像はイタリア映画に出てきそうなセクシーさを持っていた。福子の豹変《ひょうへん》で凍り付いた空気を、宗像は好奇心へと塗り替えた。場の雰囲気を一切読まず、偉そうな人たちを無視して土井の前に立つ彼は、人差し指で鼻をこすりながら伸びきったパーマをガリガリ掻いて、抜け毛を何本も床に落とした。

「あー……では……実は、ですね」

上着のポケットから何枚かの写真を出すと、あろうことか上官たちのテーブルにバラバラ置いた。遺体写真であった。

土井の背後から首を伸ばして窺うと、事件の被害者というよりは、遭難者のようだった。服装は山歩きのそれで、右足首が折れて逆向きになっており、顔に擦り傷、手は血だらけの、七十代とおぼしき男性だ。宗像は腕を伸ばして、土井が確認しやすいように写真を並べた。身体全体を写したもの、傷だらけの顔を写したもの、折れた足首を大写しにした写真のほかに、傷口だけを写したものなどがある。刑事局長も広報課長も、自分たちからは逆さに置かれたそれに見入った。

「秩父の山で発見された滑落遺体です」

大学で講義するような調子で宗像が言う。

「十月下旬。この人物がフィールドワークに出たまま戻らなかったために救助要請が出され、警察と消防が発見したときには、すでに失踪《しっそう》から十日近くが経っていました。遺体の状況は発見時で死後二日程度だったので、遭難してからしばらくは生きていたようです。電波が不安定な地域でGPSも利かなかったらしいです。司法解剖の結果、胃から白飯、木の実の他に鉱物が出ましたが、遺体があった場所にはその植物も鉱物もありませんでした」

「だから？」

刑事局長が宗像に訊いたが、宗像は鼻で嗤《わら》って答えなかった。

「この人物は太田穣《おおたみのる》氏といって、国立歴史民俗博物館に勤務していた民俗学者です。退職後は幻のニホンオオカミの研究をしていたそうです。太田先生は生体を探すため、頻繁に秩父の山を訪れていたんです」

「それが何か問題かね」

局長はまた訊《たず》ねたが、無視して宗像は土井を見る。そして傷口を写した一枚だけを抜き出した。うなじから肩にかけて、何かに噛《か》まれた痕《あと》がある。

土井は写真を手に取ると、メガネを上下させながら確認した。

いつもの調子で呟《つぶや》くと、宗像はニンマリと口角を上げた。

「そう。コーカソイドとネグロイドを合わせたような歯列弓。歯列前面がコーカソイドで、奥歯がネグロイドの特徴を持つ」

「それって白色人種とか、そういう？」

と、清花は訊いた。何を今さら、という顔で宗像が言う。

「そうです。コーカソイドは白色人種群で歯列弓はV字型、ネグロイドは黒色人種群で四角型。我々日本人は黄色人種群のモンゴロイドで円弧型、シャベル状切歯という特徴を持つ。法医実務の教科書には、概《おおむ》ねこんなふうに書かれています」

その脇で、土井はメガネを上げ下げしながら写真を見ている。

「嚙み痕が鋭いなあ。なんの歯形ですか？」

「わかりません」

と言いながら、宗像はまたも上着の、今度は内ポケットに手を突っ込んで別の写真を取り出すと、カードのように広げて一枚を土井に渡した。

そちらは司法解剖をしたときの写真で、腕に残された嚙み傷が写されていた。肩にあった傷よりも形状がハッキリわかる。

「……歯形かな」

「右腕ですね」

土井の呟きに宗像が言う。

「左腕は二ヵ所で折れていて、そちらに傷はありませんでした。どう思われます？　なんの噛み傷か、私にもわからないのです」

生活反応があるので生前についた傷だと言う。

「夫婦喧嘩《げんか》で奥さんに噛みつかれた痕じゃないかね」

刑事局長が脇から言った。はは……と広報課長が愛想笑いをしたが、宗像はジロリと眉《まゆ》を上げ、またも別の写真をテーブルに載せた。

「二年前、やはり秩父山地で亡くなった方の写真です」

その遺体にも首の付け根と肩の部分に噛み傷らしきものがある。但し、野生動物による損壊が激しくて、歯形の一部は欠けていた。

「こちらはそれよりさらに前ですが、遺体の状態が悪いこともあり、当時は歯形と思えなかった。これらの写真を私に下さったのが、亡くなった太田先生なのですよ」

「だからなんだというのだね？」

と、不機嫌な声で局長が訊く。土井は前に出てテーブルの写真を一列に並べると、局長らの前に頭を突き出して眺めた。清花も土井の隣に進み、同様に写真を覗き込む。それらの遺体は滑落事故で死亡したように見え、噛み痕が死因かどうかはわからない。

「何かに襲われたと思うんですね？」

清花が問うと、

「どう思われますか？」

と、逆に訊かれた。

「滑落地点は特定できているのかな」

問いかけるでもなく土井が呟く。

「遊歩道や登山道から落ちたわけじゃないので、特定できていませんね。太田先生は山に分け入ってニホンオオカミを探していたので」

「ニホンオオカミが噛んだのか！」

局長が声を上げると宗像は嗤った。

「さっきも言いましたが、コーカソイドもネグロイドも人間ですよ。狼じゃない」

局長は顔を真っ赤にした。

「山で死んだ人間が人間に噛まれていたらなんだと言うんだ。人に噛みつく不審者が、山に潜んでいるとでも言いたいのかね」

「そのとおりです」

意外にも宗像は真面目に答えた。

「咬合力《こうごう》……人の噛む力は概ね体重と同程度と言われています。有事であれば女性ですら七十キロ程度の力を発揮でき、動脈など簡単に噛み切ることができるのですよ。

致命傷を負わせないまでも感染リスクがあるし、さらに言うなら、歯列弓が人に似ているからといって、この歯形の主が人間だとは言い切れない。ここを……」

見て欲しいと言うように、宗像は噛み傷の一部を指した。

太田穣氏の腕は二カ所に大きくて深い穴があり、その間を四つの穴が埋めている。傷の深さを測るために差し込んだ器具のメモリは十ミリを超え、裏側も同様だというから、細い腕なら突き破られていただろう。

「犬歯というより牙《きば》ですね。人はこんな形状の歯を持たない。だから最初に訊《き》いたんですよ。益体もない事件にも真摯《しんし》な対応をしてくれますかと」

ガリガリと頭を掻《か》いて抜け毛を落とすので、広報課長は自分の湯飲みを引き寄せた。

「私の専門が骨と歯なので、太田先生はこれらの写真を持って訪ねてきたんですけども、当時はまったく興味が持てなくて……というのは話が民俗学的見地からの見解だったので、写真を預かったまま忘れてました。ところが先日、懇意にしている東大法医学部の教授から、噛み痕のレアケースとして問い合わせが来たのです。何の噛み痕か教えてほしいという……驚きましたねえ。原野山林で見つかる遺体は野生動物に食い荒らされていることが多いので、普通は噛み痕まで調べたりはしないんですが、その先生はまあ優秀というか、私の研究に役立つのではないかと連絡をくれたというわけです。でもまさか、それが太田先生だったとは……」

「ここはそういう部署ですからね──」

と、好意的な声で返町が言う。

「──ときに宗像先生ご自身はどう思っておられるのです？　正体不明の何かが山にいて、登山者を襲っていると思われますか？」

「亡くなった太田氏もそう考えて宗像先生のところへ行ったんですか」

返町に続いて清花が訊くと、宗像の大きな目はピタリと土井を見て止まった。

「そうです。太田先生が私のところへいらしたときは、あの山で人ではないなにかを見たと。それが登山者を襲ったのかもしれないから、歯形を調べて欲しいと写真を持って来たんです。でも……さっきも言いましたが、最初の写真は肉が腐敗して歯形も不鮮明、何より歯形かどうかもわからず、二年前の写真でようやく歯形らしき形状を確認できたという具合でした」

「……人ではないなにか」

土井がボソリと呟くと、溜息《ためいき》混じりに宗像は言った。

「人狼《じんろう》です。太田先生はそう言っていました。もしも『正体不明の何か』で止まっていたなら、私ももう少し真剣に話を聞いたかもしれませんがね、そういう結論に結びつけたい感じが見えたので、荒唐無稽《むけい》な妄想に付き合うのは時間の無駄だと考えて、あまり真剣に聞きませんでした。太田先生はロマンチストで、幻のニホンオオカミを追い続けていた人ですし……生きたニホンオオカミの記録は明治期を最後に絶えていますが、先生は秩父に生き残りがいると信じていたクチです」

「ジンロウってなんだ？　まさか狼男かね」

局長が口を挟んできたのを遮るように返町が、

「秩父は狼信仰が生きている土地ですしねえ」

話の向きを変えさせた。クールな感じに宗像が言う。

「受け売りですが、狼信仰を持つ神社は秩父の荒川《あらかわ》上流で二十一社を数えるそうで、特に有名なのが三峯《みつみね》神社ですか。三峯神社の御祭神は狼ではなく伊弉諾尊《いざなぎのみこと》、伊弉冉尊《いざなみのみこと》ですけど、神使がお犬様と呼ばれる狼で、それが神格化されたものが大口真神《おおくちのまかみ》。大口真神はニホンオオカミのことだそうです」

「でも、人狼って……」

考え込んだ清花の横で、宗像は意味ありげにニヤリと笑った。

「だからこちらへ伺ったんです。こんな話も笑い飛ばさずに聞いてくれると思ったからこそ。太田先生は本当に事故死だったのか、もしくは何かに襲われたのか。ほかの遭難者はどうだったのか、調べていただけないでしょうか」

「もちろんですとも」

返町は立ち上がり、土井より先に請け合った。

「秩父はキャンパーや登山者に人気のスポットだし、観光客も参拝者も多いですから。宗像先生が言われるように、同様の歯形が残るご遺体が数年前から見つかっていたというのであれば、新たな犠牲者を出さないためにも調査してみるべきでしょう。それにはまさにこの部署が適しています」

ずっとおとなしかった広報課長も両手を挙げて、

「いやいや確かに。調べて事件を未然に防ぐ。山岳遭難者の捜索や救助も警察の大事な仕事ですから、まさに面目躍如ということですな」

「それにはもう少し詳しい話を聞かせていただかないと」

土井がそう呟《つぶや》くと、

「そうだな。では土井くん。我々は去るから後は頼むよ」

返町は自ら席を立ち、上官二人も立ち上がらせた。

清花が走って行ってドアを開け、三人を見送ってからドアを閉めると、

「こういうことでよかったんですかね？」

片足に体重をかけて立ったまま、苦笑して宗像がそう訊いた。

「こういうこととは？」

と、土井も訊《たず》ねる。上官らが去ったテーブルには写真が並んだままだったが、それぞれに並べ替えながら宗像が答えた。

「話を聞いてもらえるだろうかと電話をしたら、返町という人が出て、この部署は出張が多くて担当者が都内にいることはほぼないと言われたんですよ。それで一週間以上も待たされました。ようやく電話が入って、『この日なら責任者がいます』と時間と場所を教えられたのが今日だったというわけです」

土井は怪訝《けげん》そうに眉根《まゆね》を寄せたが、頓着《とんちゃく》せずに宗像は続けた。

「しかも条件が妙だった」

そう言って「クック」と笑う。

「いや……捜査班の置かれた立場はしっかり説明していただきました。なんでもそうですが、新しいことを始めようとすると、苦労は付きものですね。ここへ来たなら部屋にはすぐ入らずに、廊下で待機して欲しいと頼まれたんです。獣のような雄叫《おたけ》びがするはずだからと」

清花と土井は顔を見合わせた。

「獣かどうかはともかくとして、聞いたとおりに暴れる女性が引きずられていきましたけど……あれ、大丈夫だったんですかねえ」

宗像から見えないように顔を背けて、清花はコッソリ笑ってしまった。

返町が策士なのは知っていたけど、こんなことまで仕組むとは。出張が多いのはその通りだが、福子という窓口があるから、宗像がここへ来ずとも話は聞けたし、その場合は自分らが千葉大へ出向けば済んだはずなのだ。

「絶妙のタイミングでノックしていただき、助かりました——」

と、ニコニコしながら土井は言う。内輪の恥を隠そうともしない。

「——警察も大学も同様だと思いますけど、予算というのがありまして」

「わかります」

「今ほどの三名が予算を握る人たちで、まあ、ぼくらは貧乏チームなんですよ。宗像先生が直接こちらへ来てくださったことで、幸運にも面目が保てたし、上司が請け合ってくれたこともラッキーでした」

チラリと清花に目を向けて、

「実行命令が下されたようなものですからね」

土井が笑うので、

「きちんと調べさせていただきます」

と、清花は深く頭を下げた。

「では、よろしくお願いします」

「ときに宗像先生。太田穣さんのご遺体について状況を訊《き》くなら、東大の法医学部に問い合わせればよいでしょうかね?」

「まあそうですが、石上《いしがみ》先生はお忙しいので……そうだなあ……その場合、うちは法医学分野で東大と協力体制を取っているので、私に連絡をもらえれば話を通しますよ。尤《もっと》も石上先生は警視庁でも有名ですから、すでにご存じかもしれませんけど」

その人物の噂は神奈川県警にいたときに聞いたような気もするが、清花は一緒に仕事をしたことがない。一方、警視庁本部の刑事だった土井はピンときたようだ。

「承知しました。では、宗像先生には追って進捗《しんちょく》状況をお知らせしますね」

「それはリップサービスでなく？　いや失敬」

宗像は苦笑して、

「警察は忙しいでしょ？　なのにこちらの催促ナシに結果を知らせてくれるとは……ま、そういう部署という触れ込みなので、そうなんでしょうけど」

と、『忙しい』の語気を強めた。

「そうできるよう頑張っているところです」

土井が差し出す右手に軽く触れ、宗像は部屋を出て行った。

見送ってドアを閉めようとしたとき、戻ってきた勇と福子が宗像に会釈してすれ違うのが見えた。化粧直しをしたらしく福子は涼しい顔つきだったが、勇は前髪が酷《ひど》く乱れてネクタイはよれ、目の下に隈《くま》ができていた。

第二章　サンタさんと寂しいオオカミ

残るカレンダーはあと一枚。師走《しわす》の声を聞くころは朝日の昇る時間が遅く、夕暮れの気配はあまりに早い。遅くまで外で遊べた夏とは違い、長い夜に閉じ込められる子供らは体力が有り余っている。

千葉大の宗像と会った日の夜。清花は元夫と彼の母、一人娘の桃香《ももか》と暮らすマンションで、娘がリビングをウロウロと歩き回るのを見守っていた。彼女は義母《はは》と買い物に出て、アドベントカレンダーを買ってもらって帰ってきたのだ。自立する箱形のカレンダーには日付を記した窓があり、クリスマスまで毎日一つずつ開けていく。中にはオモチャやお菓子が入っているということで、桃香はそれを胸に抱き、置くべき場所を探しているのだ。

桃香は小学一年生。小さな頭で一生懸命に考えている。

カレンダーをダイニングテーブルに載せておくと家族の誰かが勝手に開けてしまう

かもしれず、玄関に置くとお客さんがコッソリ開けてしまうかもしれない。キッチンカウンターは踏み台がないと手が届かないし、床に置いたらネズミや小人がお菓子を盗んでいくかもしれない。あちらへ置いて、こちらへ移動し、とうとう場所を見つけてテレビチェストの隙間にきっちり押し込むと、満足したように腕組みをして、カレンダーを眺め始めた。

隙間はもともとドングリ虫のビンが置かれていた場所だ。秋に公園で拾ってきたドングリを土と一緒にビンに入れておいたところ、幼虫が出てきて土に潜った。桃香はそれをかわいがり、成虫になるのを楽しみにしていたのだけれど、暖かい部屋ではほかの個体より早く成虫になり、お友だちのいないひとりぼっちになってしまうよと教えると、考えて、一大決心をして、ビンをベランダに出したのだった。

それ以来、桃香は『かわいそう遊び』に凝っている。

「そこに置くの？」

キッチンカウンターから清花が訊くと、桃香は得意げに「うん」と答えた。

「ここならサンタさんにも見えるから」

どういう理由でサンタに見えると思うのか、わからないけど清花は言った。

「ママたちにもよく見えて、クリスマスが来るってわかりやすいね」

カレンダーを背中で隠して桃香は言った。

「ママは窓を開けちゃだめだよ」

「どうして？　ママも開けたい」

意地悪に言うと、

「ダメぜったい」

と、唇を尖《とが》らせる。桃香は義母の口まねをした。

「十二月になるまで開けちゃダメなのよ。毎日ちゃんと一個ずつ開けないと、何日になったかわからなくなっちゃうでしょ？　だから桃香が独りでやって、他の人は触っちゃダメなの」

それから少し考えて、

「でも、開けたらママにも見せてあげるね」

と、妥協案を提示した。

「そうなのね。何が入っているのかな」

桃香は母親に教え諭すように言う。

「わからないけど、お菓子とかオモチャとかじゃない？」

「冬は楽しみがたくさんねえ」

箸《はし》や取り皿をカウンターに載せながら義母が笑った。清花も大皿に惣菜《そうざい》を盛り付け始めた。地域潜入班に出向して日勤になった清花は、自宅で過ごす時間が増えた。帰れば義母と夕食を作り、その間に勉《つとむ》が桃香の宿題を見てくれる。入浴は桃香の気分次第で誰とするかを決める。今日はカレンダーの置き場探しに時間を取られすぎたので、宿題を見るのはこのあとになる。

義母や娘に内緒で離婚届を提出し、家賃と光熱費を払って同居を続けるという自分たちなりのけじめをつけてから、清花たちにはギスギスした感じがなくなった。夫婦という殻を破ったことで、互いに対して過度な期待も、甘えもなくなったからだと思う。夫婦だったとき、ケンカの原因はいつも桃香のことだった。他に本当の理由があっても、桃香を引き合いに出して相手を責めた。夫婦は他人になれても親子関係は解消できないから、桃香が互いの切り札だったのだ。

夕食をとって片付けを終え、リビングで食後のお茶を飲む義母と勉の近くへ、桃香はたくさんの人形を抱いてきた。ソファに座る勉の隣に数体を並べると、お気に入りの羊のぬいぐるみだけを抱えてその場を離れ、テレビの脇にポンと置く。一度リビングを離れて廊下へ出ると、戻って羊に駆け寄り、きゅっと抱く。

「メイちゃん、どうしたの？　ひとりぼっちで、お友だちいないの？」

メイちゃんは羊の名前だ。桃香は羊を優しく撫《な》でて、

「ひとりぼっちでかわいそう」

と、頬をこすりつけて泣きそうな顔をする。これが、桃香が最近はまっている新しい遊びだ。ソファの上とテレビのそばは次元が違う設定らしく、羊は仲間のところへ行けない。羊と桃香は互いに『ひとりぼっち』のようなのだ。

今は羊にカレンダーを見せて、

「いいこと教えてあげるから、泣かないで」

と、慰めている。

「十二月になったらね、『1』のところから開けてもいいの。開けたらね、中に何かが入っているの。なんだと思う?」

「ああ……うっかりしてたわ。飴《あめ》やキャラメルだったらどうしましょう」

食器を拭《ふ》いている清花のところへ、コッソリ走ってきて義母が言う。歯磨きが一人できちんとできるようになるまで、歯にくっつきやすいお菓子はなるべく与えないようにしようというのが、義母と清花の協定だった。

「ごめん、清花さん。あまりにも可愛くて、私のほうが夢中になって買っちゃったけど……あれ、飴は絶対入ってるわよね?」

義母は少しだけオロオロしている。同居が始まってからずっと手作りおやつを作ってくれる勤勉な義母だ。拭き終えた食器を片付けながら清花は言った。

「小学生になって行動範囲が広がって、ずっと禁止はできませんもの――」

義母は厳密に食器の置き場所を決めている。以前はそのやり方に反発を覚えもしたが、素直に従ってみれば作業効率は格段に上がった。結婚時は義母に感じた対抗意識も、捨ててしまえばほとんど価値のないものだった。

「――だから歯磨きをしっかり教えて、飴もウエハースも解禁していいんじゃないでしょうか。お友だちの家でごちそうになるかもしれないし、強く禁止しすぎた反動で食べ過ぎになることもあると思うし」

「そうよねえ。そうだわねえ」

「桃香は話を聞く子だから、しっかり話せば理解できるよ。もう一年生だし」

人形と並んだソファから勉が会話に入ってくる。当の桃香はテレビの前から姿を消して、カーテンに潜り込んでしまっている。ベランダに置いたドングリ虫のビンを羊に見せてやっているのだ。

「ドングリ虫はね、お外に出しておかないと、ひとりぼっちになっちゃうんだよ」

勉は清花らに顔を向け、小さな声で、

「サンタに手紙を書くって言ってたぞ」

と、囁《ささや》いた。今年のクリスマスプレゼントについて、清花も勉と相談しなきゃと思っていたところだ。

「あ、そうそう。そういえば――」

義母《はは》もひそひそ声を出す。

「――桃ちゃん、お手紙のために頑張って漢字を練習してるわよ。『絵』という文字よ、絵本の絵」

清花と勉は視線を交わした。

「欲しいのは絵本かしら？」

「うーん……『ひとりぼっち』に凝ってるからな……そういう系の本か？」

「あれかしら？　オオカミと羊が出てくる――」

またオオカミ……と、宗像のことを考えながら清花は言った。

「――『あらしのよるに』だったかしら……シリーズ化されているのよね」

カーテンをモサモサ揺らして桃香が外に出て来ると、義母が素早く、

「桃ちゃん、バアバとお風呂《ふろ》にしましょ」

と誘った。孫をお風呂に追い立てながら、プレゼントを決めちゃいなさい、とドヤ顔で振り返る。最近は義母の仕草がチャーミングに映る。それが以前はどうしてわからなかったのだろう。どうして同居の最初から今と同じ気持ちでいられなかったのか。苦笑混じりの溜息《ためいき》を吐く。湯飲み茶碗《ぢゃわん》を片付けてテーブルを拭いていると、

「任せていいか？」

と、勉が訊《き》いた。絵本を探してくれというのだ。

「もちろんよ。準備しておくわ」

そして会話はプツンと切れた。

順応性や適応力という面で、男性は女性よりもセンシティブだと清花は思う。視線を逸《そ》らして桃香の人形たちとテレビを見ているかつての夫が誰よりも愛《いと》しかった日は遠くないのに、憎み合ってもいないのに、彼の妻にはなれずに終わった。でも、彼だから桃香だったのだ。大切なあの子は私と勉でできている。

「ねえ？　少し資料を読みたいんだけど」

そう言うと、勉は短く、「どうぞ」と答えた。

清花はシンクを拭き上げて、仕事をするため寝室へ向かった。


コールドケースから共通点を割り出していく通常の仕事と並行して、清花らは秩父山域で起きた遭難事故を調べることにした。閑職部署と揶揄《やゆ》されようと、やる気になればやるべき仕事は山ほどあるのだ。

寝室の小さなデスクにパソコンを載せ、ニホンオオカミについて調べ始めた。画像検索でヒットしたのは国立科学博物館に所蔵されている剝製《はくせい》だが、それは犬にも狐にも見えるという程度の地味な印象の動物だった。一九世紀までニホンオオカミは東北《とうほく》から九州《きゆうしゆう》にかけての広い範囲に分布していたが、一九〇五年一月に奈良県で捕獲された若いオスを最後に生息情報が途絶え、『長期間にわたり信頼できる生息の情報が得られていない』というレッドリストの判定基準によって『絶滅』したとされているらしい。

しかし幻のニホンオオカミらしき動物を撮影したという情報は近い過去にも数件あって、現場のひとつが秩父であった。その個体がニホンオオカミであるという確証は得られていないため、独自に『秩父野犬』と呼ばれている。

清花自身は奥多摩《おくたま》までしか行ったことがないので、秩父山域について調べていくと、絶滅種が生き残っていてもおかしくないと思えてきた。そこには、東京、群馬、埼玉、山梨、長野と、一都四県にまたがる山地が広がり、特に奥秩父は標高一七〇〇メートルから二六〇〇メートルほどの山塊だという。天候が変わりやすく、携帯電話の電波も届かぬ場所があり、多重遭難事故が起きていたこともわかった。

「……これは……」

ネットの航空写真を見ると、折り重なる山々が広大すぎて、秩父市などはそれに食い込む谷底なのかと思えるほどだ。道も構造物も集落もない山塊は、人よりも獣が棲《す》むのに相応《ふさわ》しい。清花は剥製の写真をまた呼び出した。

ニホンオオカミは学術的調査が始まる前に絶滅してしまい、詳しい生態がわかっていない。大きさは中型の日本犬程度でエゾオオカミのような群れは作らず、森の巣穴に棲んで数頭から十頭程度で行動するという。胴長で四肢と耳が短く、一見すると不恰好《ぶかっこう》だが、生息域に適応した姿なのだろう。小柄で群れ自体も小さいならば、深山に生息している限り人目につきにくいともいえる。でもまさか、人狼《じんろう》って……。

考えていると寝室のドアが開き、ベールのようにバスタオルをかぶった桃香が入って来た。まだ羊を抱いていて、表面だけが濡《ぬ》れている。

「やだ、メイちゃんもお風呂に入れちゃったの？」

驚いて訊くと、桃香はタオルの裾《すそ》で羊の頭を拭きながら、

「メイちゃんはお風呂に入りたかったのに、バアバが入れちゃダメだって」

浴槽に沈められる前に義母が救出したらしい。

「そうね、バアバの言うとおりだと思う。冬だし、メイちゃん風邪引いちゃうよ。もっと暖かくなって、すぐ乾くくらいになってからお風呂に入れてあげようよ」

髪を拭いてやってから、タオルの乾いた端っこで羊の表面をポンポン叩《たた》いた。風邪を引くと言われて納得したらしく、桃香も羊を拭き始めた。

「メイちゃん風邪引いちゃった？　苦いオスクリ飲みますか？」

羊の額に手をあてて熱を測る仕草をしている。難しい顔で濡れたタオルに羊を包み、モニターを見上げて小首を傾げた。

「ママ、犬飼うの？　でもこの子……ボサボサしていてお顔がこわいね」

下唇を突き出したので、よく見えるようにモニターの角度を変えてやる。

「これは犬じゃなくて狼よ」

「七ひきの子ヤギを食べたオオカミ？　でも犬みたい。犬に見える」

絵本に出てくるオオカミは灰色で巨大で長い耳、尖《とが》った牙《きば》と大きな口を持っていて、子ヤギどころか三匹の子豚も、赤ずきんのことも食べようとする。清花は膝《ひざ》に娘を抱き上げた。

「そうね。ママも犬みたいって思っちゃった。でも、これは絵本に出てくるのとは違う種類で、むかし日本にいた狼よ。日本の狼だからニホンオオカミと呼ばれるの。外国のより小さくて……そうだな……学校の文房具屋さんのワンコくらいの大きさよ」

小学校の正門脇にある文房具店では年老いた柴犬《しばいぬ》を飼っている。

「消しゴム屋さんの犬はコロだよ」

そう言うと、桃香はモニターを指して、

「色は同じだけどコロのほうが可愛い。この子は口が大きくて耳がへん。お手とかお座りとか、できるのかなあ……コロはできるよ、お利口だもん」

「ニホンオオカミはもういないのよ。人が滅ぼしてしまったの」

「どうして？　子供や馬を食べるから？　『むかしばなし』の本で読んだよ。狼は馬や牛をさらって食べたり、タビビトの後ろをついてくるんだよ」

絶滅の原因についてははっきりしたことはわかっていないが、明治期に西洋犬が導入されたことで狂犬病やジステンパーなどの伝染病が流行したこと、罹患《りかん》した個体が人間を襲う恐怖などから害獣として駆除されたことなど、外的要因と人的要因が複合的に作用したせいだと考えられているようだ。

「どうしていなくなったのか、本当のところはわかっていないの。色々なことをきちんと調べる前に絶滅してしまったからよ」

「ゼツメツしてどこへ行ったの？」

わからないので首を傾げた。

「みんな死んだの？」

曖昧《あいまい》に頷《うなず》くと、桃香はモニターをじっと見て、

「……かわいそう」

と、タオルごと羊を抱きしめた。

童話に出てくる狼は食いしん坊でずる賢い悪役だ。それなのに桃香は『かわいそう』と言う。もしもニホンオオカミが生き延びていたとして、野犬や犬に近い種と交雑し、ニホンオオカミの遺伝子を持つナニカになっていることだろう。

宗像は言った。歯形から推測するに人ではないナニカかもしれないと。

人狼、狼人間、狼男……ありえない。

桃香を床に降ろしてパソコンをスリープさせると、娘の頭に手を置いて言う。

「ママはもう少しお勉強しないとダメだから、パパに宿題見てもらいなさい」

桃香は素直に「わかった」と言い、羊を連れて出て行った。その背中を見送りながら、赤ちゃんだったのに随分しっかりしてきたなと思う。感慨に浸っているとスマホが鳴った。電話は土井からで、明日は勇がマンションまで迎えに来ると言う。

「承知しました……でも、なぜですか？」

訊《たず》ねると、土井はいつもの調子で、

「滑落した太田穣さんのご遺族が会ってくれるらしいんだ。だから勇くんと行って話を聞いてきて」

と、結論だけを答えた。

「ボスでなく丸山くんと？」

「そう。ぼくは他にやることがあるから」

「わかりました。ちなみに、やることってなんですか？」

「キャンカーはタイヤ履き替えるのも大変なんだよ。じゃ、よろしく」

いつものように電話が切れて、入れ替わりに勇からメッセージが入った。

――丸山です。明日は午前八時四十五分ころ迎えに行くので、マンションの駐車場側に出ていてください――

——承知しました。よろしくお願いします——

返信すると清花はグミのケースを出してストックしてある分を足し、スーツの上着のポケットに入れた。名刺入れの名刺が切れていないか確かめてからクロゼットを開け、地味な色とデザインのブラウスを選んだ。

調べてみると、太田氏がフィールドワークに出たのは十月二十八日の金曜日だった。一晩だけ山にこもって二十九日の午後に下山する予定が戻らず、翌三十日未明になってから骨折して動けないと本人から電話が入ったため、奥さんがすぐさま救助要請を出した。司法解剖の結果、死因は低体温症による心停止とある。

尾根を縦走する登山者と違い、森に分け入るのが常の太田氏はGPSを携帯していたが、充電切れか、電波の不安定な場所にいたかで追跡できず、携帯電話もつながらなかった。乗っていた車が発見されても遭難地点が判明せずに捜索は難航。数日後、キノコ採りに入った土地の人が捜索場所から離れた沢筋で遺体を発見したという。

遭難時に鑑《かんが》みて遺体が新鮮であり、また原因不明の傷があったことから司法解剖に回されて、嚙《か》み痕《あと》のデータを宗像が受け取ったのが翌週の月曜日。宗像が警察庁本部に来たのが今日だ。遺族はようやく葬儀を終えたころだろう。傷心なのに聴取に応じてくれるのは、宗像と疑問を共有しているからか。山に人狼がいるという。

スリープしたパソコンに目をやって、

「そんなわけない」

と、清花は自分に呟《つぶや》いた。地域潜入班に左遷されて関わった事件は、神隠しに死霊婚。それで次は人狼って、

「……まさかね」

もう一度呟いてから、捜査手帳をバッグに入れた。


桃香を学校に、勉を職場に送り出したあと、清花は身支度を整えてマンションの駐車場側にある公道脇で勇を待った。

よく晴れて風が爽《さわ》やかな朝だった。神奈川はまだ紅葉が終わらず、植え込みのドウダンツツジが見事な赤色に染まっている。空は随分高くなり、雲も見えない。日陰は風が冷たいが、まだ寒いというほどでもない。出勤していくママ友たちと何度か会釈を交わしていると、勇が運転する軽自動車が狭隘《きょうあい》道路を走ってきた。通るのがほとんどマンション住民で、一方通行の道である。

車が止まると素早く助手席に乗り込んだが、発進するときこちらを見ているママ友の一人に気がついた。シートベルトをしながらバックミラーを覗《のぞ》いていると、

「おはようございます」

と、勇は言って、

「なんですか？」

ミラーで後ろを確認しながら、

「なんか知り合いですかね、止めますか？」

と、清花に訊《き》いた。ママ友は反対方向へ歩き出していた。

「いいの、大丈夫。おはようございます」

清花はグミを一粒出して、口に放り込んでから、

「丸山くんもいる？」

「や。歯を磨いたばっかりなんで」

珍しく勇は断った。狭隘道路を抜けて信号で止まると、清花は勇の顔を見て、

「くだらないことが気になっただけ。自分がイヤになっちゃうわ」

「なんすか」

と、勇はもう一度訊く。

「さっきの人、桃香のクラスメイトのママさんなの。悪い人ではないんだけど、ラウドスピーカー……って、言ったらわかる？」

「あー」

発進しながら勇は頷く。

「おしゃべりってことですか」

「桃ちゃんのママが『若い男と車で出かけた』って言われそうだなって」

「その通りじゃないですか」

真面目な顔で勇は言った。

「なんか悪いんですか？　仕事でしょ」

清花は絡めた指を前に伸ばしてストレッチをしながら、

「悪くない。仕事だものね」

そして勇を見て言った。

「自分に後ろめたさがあるのかな……ほら、離婚したのを隠してるでしょ？　だから詮索《せんさく》されるのが怖いのかも。前なら……刑事をやってた頃ならば、一切何も気にしなかった。気にする余裕がなかったとも言えるけど、でも今は家にいる時間が長いから、必然的にご近所さんと関わる時間も増えて……ゴミ出しとか、集団登校とか、環境整備……」

「それって普通のことですよ」

清花はレモン味のグミをもうひとつ食べた。

「そうなのよね……今まで如何《いか》に楽をして、刑事をやってきたかっていう……家庭を守るって大変だわ。特に人間関係が。うちはバアバがいて助かってるけど、私にはご近所付き合いが難しい。刑事だからってわざと壁を作って避けてきたところがあるから、今さらどうしていいかわからないのよ」

勇は首を回して清花を窺《うかが》い、すぐ前を見て白い歯を見せた。

「県警本部でブイブイ言わせてた女性警部補が、今は凶悪犯よりご近所付き合いに悩んでるって、いや、それ面白すぎますって」

「言うわね。私も丸山くんみたいな性格だったら」

苦労はないのに、と言いかけて、清花は言葉尻《ことばじり》を変えた。

「よかったのに」

自称令和のお祭り男を公言している丸山勇は施設で育ったと、以前に土井が言っていた。今のところ勇については生活安全局の駆け出し刑事で祭りと蝶《ちょう》が好きなことしか知らないが、素直で屈託のない性格は彼が苦労して作り上げたものかもしれず、天与の才と決めつけるのは失礼だと、咄嗟《とっさ》に清花は思ったのだった。

そんな清花の気持ちも知らず、

「俺は俺に生まれて楽なんで、オススメしますよ」

と、呑気《のんき》に笑う。つられて清花も笑ってしまった。

亡くなった太田穣氏の自宅はあきる野市にあるという。

現地までは車で約一時間。高層ビルが建ち並ぶ都市部から緑豊かなあきる野市へ向かえば、先に奥多摩、さらに秩父山塊へとつながっていく。カーナビのガイドに従って住宅地を通り抜け、やがて車は一面に畑地が広がる場所へ出た。西多摩郡と境を接する、あまりに長閑《のどか》な場所だった。

「このあたりだと思うんだけどな」

低速で走行しながら、勇はハンドルに寄りかかるようにして首を伸ばした。

「あ……あれかな？」

畑地の奥に再び住宅地が見え始めたくらいの場所だった。畑地を貫く農道脇に、何軒かの立派な家が並んでいた。それぞれに敷地が広く、建物自体も新しい。低い丘を背景にしていることもあり、家々はリゾート地に建つ別荘さながらだ。

「バラの庭がある水色屋根の平屋……って、やっぱあれだな」

その家はたしかに平屋でくすんだ水色の屋根、壁の色はアイボリーだった。太田穣氏の家である。故人が暮らした土地や住処《すみか》を目にすると意識が変化して、相手を死者としてより生者として考えるようになる。遺体写真でしか知らない彼は、確かに生きて、ここで暮らしていたというわけだ。庭に植えられたバラの色、景観に溶け込むデザインの家、敷地を囲む白い柵《さく》。どんな家族や奥さんがいて、どう暮らしていたかが具体的に想像できて、その人の輪郭が立体的に立ち上がる。そこにはもう遺体の写真ではなく、生前の彼のイメージがある。

瀟洒《しょうしゃ》な家には新しくバラを誘引するアーチが作られていたが、根元に植えられたバラはまだ苗だった。彼は花を見る前に山で命を落としたのだ。

勇は農耕車用道路の端に車を停めた。

「車はここへ停めてくれって言われてるんです」

飄々《ひょうひょう》と言うので、清花は上着を手にして車を降りた。周りに建物がないせいで、車外では風が強く吹きつける。天気がよくても風は冷たく、木枯らしと呼ぶに相応《ふさわ》しい。収穫を終えた畑は土色で、緑色に茂っているのは冬大根や長ネギのようだ。勇も運転席から降りてきて、バラの庭がある平屋を指した。

「きれいでセンスがいいですね」

「ほんと。庭のある家に住んだら桃香が喜びそうだけど」

「清花さんって、桃ちゃんのことばかり考えてるんですね」

勇は眩《まぶ》しそうに笑っている。考えるのは桃香のことばかりでもないけれど、きれいなもの、楽しいもの、美味《おい》しいものや興味深いものを見ると、つい、娘の喜ぶ顔を思い浮かべてしまうのだ。反対に、恐ろしいものやおぞましいもの、犯罪や事件に触れるときには娘を守らなければと奮い立つ。

太田家の庭は手入れが行き届いていて、充実した生活ぶりが窺えた。玄関はどこなのか、白い柵には一ヵ所だけ切れ目があって、簡易門扉の先にアプローチが続いていたが、それ以外に入口はない。インターホンもないので門扉の前から建物に向かって、大声で、「ごめんください」と呼びかけてみる。

「こんにちはー」

警察庁の者ですが、とは言えないので繰り返す。

「ごめんください、こんにちはー、太田さーん」

しばらくすると白いサッシの窓が開き、六十がらみの女性が顔を出した。玄関はアプローチを進んだ反対側にあるそうで、女性は門扉まで迎えに出てきてくれた。そうした設計を敢《あ》えてしたのは亡き夫で、民俗学的な理由があると彼女は言った。

「風水というのでもないんでしょうけど、夫なりのこだわりで……でも、確かにいいことは多いです」

庭を進んで建物の側面を通り、ようやく玄関前に立つと、奥さんははにかんだ。

「玄関がわかりにくいと、押し売りや勧誘の人が来ないんですよ」

太田穣氏と彼女とは年齢が十以上も違ったようだ。小柄で色白、ハキハキとした印象の女性で、白いセーターにカーキ色のスラックスを穿《は》いている。

ようやく玄関を入ったところで、勇が先に自己紹介をした。

「本日は貴重なお時間を割いていただき、ありがとうございます」

名刺を渡して『特別捜査班の丸山勇』であると名乗った。微《かす》かに線香の匂いがした。清花も班の名刺を出して、「鳴瀬です」と、頭を下げると、上がり框《がまち》に立ったまま、奥さんは二枚の名刺を見下ろして、

「穣の妻の栄子《えいこ》です」

両手を揃えて一礼し、スリッパを出して応接室へ二人を通した。

太田穣氏が生前に応接室兼書斎として使っていたらしき部屋だった。壁の一面を書棚とし、専門書が数多く並べてあった。執務用のデスクにパソコンと筆記用具があって、書類の束や、執筆中の学術書とおぼしき原稿や、封筒などが積まれていた。壁に掛かっているのは証書の類《たぐ》いで、修了証書や学位授与証明書、合格証書などがところ狭しと並んでいる。

「これで全部じゃないんです。飾りきれないのでファイルに入れてあるんです」

と、静かな声で奥さんは言った。

書斎は故人の生き様や性格が色濃く残るものだった。太田穣氏のチェストの上には、ガラスケースに入れられた獣の頭骨が置かれていた。飴色《あめいろ》になった骨には干からびた肉片がこびりついていて、大きくて鋭い牙《きば》が並んでいる。

「ニホンオオカミの頭骨です」

ケースに視線を移して彼女は言った。

「山梨の旧家を取り壊すとき、解体業者が、仏壇の奥にしまってあるのを見つけたのだと言っていました。むかしは魔除《まよ》けに持つ家が多かったとか」

まさかと思ったが、そうなのか。清花は驚いて骨を見た。

「本物ですか？」

「そう聞いています。DNA鑑定をする話もあったんですが」

「私もネットでニホンオオカミを検索してみたんですけど、ニホンオオカミは剝製《はくせい》が四体しか残っておらず、頭骨も貴重で、レプリカを作ったりしているようで……」

清花が言うと、奥さんは、

「剝製はともかく頭骨は、ある程度数が残っているはずだと主人は言っていましたよ？　江戸《えど》の後期から明治にかけては狼の遺骸《いがい》を欲しがる家が多かったそうで、狩って売買していたそうです」

「ひゃあ、遺骸なんかどうするんです？　熊や鹿みたいに敷物やかぶり物にするのかな。オオカミの皮をかぶるって……ちょっとカッコいいかもしれないですね」

頭骨を覗《のぞ》き込みながら勇が訊《き》いた。

「インテリアではなく宗教的な……憑《つ》き物落としや病気の平癒祈願に使われたんです。イノシシ除け、火除けや魔除け、盗賊除けや災難除けなどにも」

「魔除けになるんですか？　頭骨が」

勇は目を丸くして、

「見た目が怖いから玄関に飾ったのかな。あ、でも仏壇にあったんですもんね」

と、首を傾げた。

「私は主人のような専門家ではないのであれですが、憑き物落としをするときは病人の枕元に置いたそうです。秩父や奥多摩では骨を削って服用させたそうで、実際に薄くなった頭骨が見つかると言っていました。あとは、そうですね、子供の夜泣きにも効くとかで、この骨も木箱に入れて大切に保管されていたものです。隠し持つ家は多いと主人は言ってましたが、お年寄りが亡くなって、あることすら知らずにいるお家《うち》も多いのかもしれません」

さあ、どうぞ。と、奥さんに勧められ、清花たちは応接用のソファに座った。

家の外観はメルヘンチックな感じであったが、室内は壁も家具もブラウンで統一されて、いかにも学者の書斎という雰囲気だ。本棚には同じ高さの本が几帳面《きちょうめん》に並べてあるし、イレギュラーサイズの本はそれ用のスペースに集めてある。修了証書には五十代くらいの穣氏が写っていて、グレーヘアに銀縁メガネ、細面の、きっちりとした性格の人物に見えた。捜査資料の写真よりもイケメンだ。

一度部屋を出て行った奥さんは、間もなくお茶を淹《い》れて戻ってきた。

清花らの前に茶を置くと、向かいのソファの片隅に腰を下ろした。

「この度は、まことにご愁傷様でした」

と、清花が頭を下げると、勇も倣って頭を下げた。

「お気持ちの整理もついていないうちに申し訳ありません。でも、千葉大の宗像先生からお話を聞いて、現地のことを調べてみたいと」

「ええ。ぜひお願いします」

清花の言葉を遮るように、奥さんは顔を上げて身を乗り出した。

「主人は山に慣れていました。もちろん、うっかり足を滑らせるようなことはあるかもしれないと、わかっています。でも……」

その様子から、何かまだ聞かされていないことがあるのだと清花は思った。まがりなりにも犯罪捜査の第一線にいたわけだから、顔色を見る技術には長《た》けている。

「気がかりなことがあるなら仰《おっしゃ》ってください」

話を聞く気があると示すため、大げさなほど頷《うなず》きながら、

「宗像先生は山に人ではない何かがいるようだと仰っていました」

敢《あ》えて人狼《じんろう》と言わなかったのは、否定も肯定もしないためだ。さらには妄想を笑うつもりがないことを眼差《まなざ》しの強さと真摯《しんし》な表情に込めて、彼女を見つめた。

勇もそれがわかったようで、大真面目な声で補足した。

「嚙《か》み痕《あと》の歯列弓が特殊だったと聞いていますが」

「ご主人は幻のニホンオオカミの研究をされていたんですよね。頻繁に山に入っていらしたんですか？」

奥さんは清花と勇を交互に見やった。右手で左手を握っているから、打ち明けていいものか、まだ迷っているのだろう。すかさず勇がこう言った。

「秩父は三峯神社など、狼信仰の盛んな土地と聞きました。狼は鹿や猪など畑を荒らす害獣の天敵だから、大口真神と呼ばれて神格化され、ありがたがられていたんですよね」

「狼は……」

自分の膝《ひざ》を見るようにして奥さんが言う。

「主人は山梨県笛吹《ふえふき》市の御坂町《みさかちょう》というところの出身で、頭骨を譲ってくれた解体業者さんとは幼なじみだったんです。昔は主人の実家にも同じような骨があったそうですが、箱には入れず、仏壇の上にそのまま置かれていたので、子供の頃は怖かったと……悪さをすると年寄りが仏壇を指さして『狼が来るぞ』と叱るので、狼の骨だということは伝わっていたようですが、実家を解体したときになくなってしまったんです。それが民俗学を学び始めたきっかけで、ニホンオオカミには特別な思い入れを持っていました。頭骨を保存している家や個人は、埼玉、東京、神奈川に多いこともあり、江戸中期の狼信仰や、江戸末期のお犬様信仰と関係していると、主人は考えていたようです」

「山でつながってるからかなあ。あ、山梨も、群馬も、長野もそうか」

「長野は上田《うえだ》の高校で狼の頭骨を保管しているそうです。三峰山《みつみねさん》や御嶽山《おんたけさん》は修験者の霊山で、眷属《けんぞく》としてのお犬様信仰は山岳信仰と結びつきが深いとのことで、『講』の分布も狼の遺骸を保有している個人の分布と重なるそうです。あ、ご存じかもしれませんけれど、この場合の『講』は、同じ信仰を持つ人たちが作る参詣講《さんけいこう》の結社組織を言うようです」

清花は今までニホンオオカミについて考えたことすらなかったし、昔話に出てくるそれを現実から遠い世界の幻のように感じていた。しかし、それはバケモノでもなんでもなくて、明治期まで各地に生息していた生き物なのだ。

「長野や山梨で狼の遺骸を持つ家は珍しく、丹沢《たんざわ》、秩父、奥多摩あたりが圧倒的に多いので、主人は奥多摩から秩父までを頻繁に捜索してました」

「骨を探していたんですか？」

「いえ、生体です。秩父山地の飯能《はんのう》市域でニホンオオカミらしき個体が写真に撮られたということで、その人を訪ねて詳しい場所を聞いたり……」

奥さんはモジモジして先を言おうとしない。本当に話したいことがあるのに、言うのを躊躇《ためら》っているようだ。それはなぜかと清花は考え、久々に出会った忠さんと、彼の聴取の仕方を思い出して調子を合わせた。

「すごいですね。でも、それって本当のニホンオオカミだったのかしら」

奥さんは至極冷静に答えた。

「研究の進んでいない動物ですし、野犬などと交配した種だったのかもしれないし、個体の特徴がたまたまニホンオオカミと似ていただけかもしれないので、やはりDNA鑑定が必要なんだと思います。写真だけでは判別できないんです」

「なるほど。それはたしかに幻ね」

と、勇も言った。

「じゃ、もしも俺がニホンオオカミっぽい動物と遭遇したとして、捕獲するか、体毛や糞《ふん》を手に入れてDNA鑑定しないと認められないってことなんですね――」

「――大変だなあ」

「巣穴を見つけられればいいんですけど。主人はそうするつもりでいたようです」

「ニホンオオカミは巣穴で子育てすると、ネットにも書いてありました」

「秩父には天然の巣穴というか、鍾乳洞《しょうにゅうどう》や洞窟《どうくつ》が多いんです」

「そうか――……どこかに生きてんのかなあ、ニホンオオカミ」

勇が呟《つぶや》いたときだった。

「実は……」

奥さんはおもむろに立ち上がり、穣氏のデスクの引き出しを開けて小型のボイスレコーダーと写真を持ってきた。

「あの……主人はむかし、こんなものを録音したことがあったんです」

そう言うと写真のほうはソファに載せ、レコーダーはスイッチを入れてテーブルに置いた。意を決したような表情に、話しあぐねていたのはこれだと清花は思った。

ザザザ……びゅううぅ……ザザザ……ザザ……聞こえてきたのは風の音のようだった。マイクが砂粒を拾うような雑音がして、録音者の上着がこすれる音や、機械の置き位置を確認するような音がする。

奥さんは人差し指を唇に当て、しばらく聞いて欲しいとジェスチャーで示した。行ったこともない秩父の山の、月夜の森の情景が頭に浮かぶ。やがて、ジジ……と音が聞こえた後に、囁《ささや》くような男性の声で、

——二〇一九年。今日は……三月の十六日……——

「主人の声です」

と、奥さんは言った。

——二十二時四十三分……ジジジ……ここは……吉田《よしだ》石間《いさま》を城峯《じようみね》神社の方角へ一時間ほど歩いたあたり……ただいまの気温……植生は……——

学者らしく情報を細かく記録しているときだった。どこか遠くで、

おぅおぅおぅおー……。

と、獣の鳴く声がした。奥さんの瞳《ひとみ》が清花らを見つめる。

オウオウオー……オゥオウオゥオー。

風と乾いた葉ずれの音に重なって、何かがもの悲しげに鳴いている。声は呟くように、囁くように、泣くかのように掠《かす》れて消える。

録音者がレコーダーを手に取る音がした。真っ暗な森の中、頭上にかざされた小さい機械が懸命に音を拾おうとしている。おうおぅお。オウオウォー……オウオウオゥオー……何種類かの声が混じっている。おうお……オウオウオー……。

「遠吠《とおぼ》えですか」

と、勇が訊《き》くと、

「狼は冬から春にかけて繁殖期を迎えるんです」

と、奥さんが答えた。

「行動が活発になって頻繁に遠吠えをするそうで、これを録音したときは、ものすごく興奮して帰ってきました。実はこれを録音する二、三年前にも、ニホンオオカミの研究グループが山に備え付けていた録画機材に遠吠えが録音されたことがあり、それが大陸狼の遠吠えに近かったということで」

「ほんとうに狼かしら。野犬とかじゃなく」

奥さんは悲しそうに微笑んだ。

「でも主人は信じたかったんだと思います」

勇はしばらく考えていたが、顔を上げて清花を見つめて、

「この音源、然《しか》るべき場所へ持ち込んで調べてもらったらどうですか？」

と訊いた。

「主人も大学へ持って行ったりしたんですが、ニホンオオカミの音源がそもそもないので、結論が出なかったんです」

「ニホンオオカミと比べることはできないとしても、別の角度からわかることがあるかもしれません」

と、勇が言う。

「ご主人が生涯をかけて調べたことですし、俺たちにも協力させてもらえませんか」

「音源をお借りできますか」

勇に続いて清花が訊くと、奥さんは泣きそうな顔で微笑んだ。

「ありがとうございます」

俯《うつむ》いて目頭をつまみ、レコーダーのスイッチを切って差し出してきた。清花と勇は顔を見合わせ、機械は勇が受け取った。話を進める役は清花だ。

「わかりません」

「夜十一時近くの録音だったようですが、ご主人は頻繁に山中で野宿しておられたんでしょうか。独りで」

「そうです。夢中になって山奥に入りすぎ、予定を過ぎても帰ってこないこともよくありました。ただ、そういうときは電波が届く場所を探したり、ダメなら集落まで下りて電話したりと、私が心配しないように配慮してくれていました。正直、こちらは諦《あきら》めていたところもあったんですが」

奥さんはソファに載せた写真に手を置いた。

「主人はニホンオオカミに取り憑《つ》かれてましたから」

彼女はキュッと唇を嚙《か》み、何かを決心した顔で、ソファにあった写真をテーブルに載せた。向きを変え、清花と勇のほうへ滑らせる。清花らは頭を寄せ合って写真を見たが、森を写してあるだけとしか思われなかった。

「わかりませんよね」

彼女は笑い、藪《やぶ》の隙間を指さした。

森は木々が密集して緑濃く、地面近くには低木が藪を作っていた。落ち葉から苔《こけ》むした木の根が張り出しているのだが、その後ろに影のようなものがあり、そこだけがブレていた。

「何に見えますか？」

奥さんは二人に訊いた。

根っこの手前にシダの葉があった。豊かな森は手前が暗く、奥が明るい。木々の根元も緑に覆われ、様々なグリーンが折り重なっているが、言われてみれば何か写り込んでいるようだ。シダの葉と比べると痩せた大型犬のようにも思え、灰色だ。

「これですか……なんだろう」

と、勇が唸《うな》る。清花も首を傾げてしまった。

「手前のシダはピントが合っているから、被写体が動いていたってことね」

「ですね……動物ではあるんだろうけど鹿や熊じゃないですね」

「鹿や熊より細い感じね」

「うーん……でも……シルエットが、ちょっと人間ぽくないですか？」

勇が言うのでゾッとした。清花も同じことを考えていたからだ。

人間であると仮定するなら四つん這《ば》いだろうか。けれど普通のヒトではありえない。影は全身が黒と灰色の二色で、進行方向を向いているはずの頭部が背中と一直線になっていた。この感じは何かに似ている。なんだろうかと考えて、祭りの扮装《ふんそう》だと清花は思った。原始的な祭りである。木の皮で作った簑《みの》を着て、顔には泥を塗りたくり、異形に扮した若者たちが子供を追い回す奇祭のような。そう考えて見直せば扮装した何かに見えなくもない。頭部から背中にかけて馬のたてがみのような長くて黒い毛が生えており、四肢は藪に隠れてまったく様子がわからなかった。

「少し鼻面が長くありません?」

一部を指して勇が訊いた。

「や、不鮮明なんであれだけど……こっち側が頭だとすると……」

床を見下ろし、ソファの座面より少し高いくらいの位置を撫《な》でるようにした。

「高さはせいぜいこのくらいですよね? 人が屈《かが》んで移動するには低すぎる感じじゃないですか? 背中も真っ直ぐで、尻《しり》が上がっても下がってもないし、人間じゃないですよ」

「そうよね。灰色なのは体毛かしら」

「……すねえ」

勇が言うので清花が訊いた。

「ご主人は、この写真についてどう仰《おつしや》っていたんですか?」

「はい。実は……」

奥さんは頷《うなず》いた。

「これは今年五月に秩父の山中で撮ったものです。ニホンオオカミは猪や鹿をエサとするので、主人は主に里山近くの照葉樹林帯から夏緑樹林帯を探していたんですが、昨年の冬頃から頻繁にその近辺に出かけるようになりました。と、言いますのも」

昨年の冬に初めてこの個体を見たからです。と、奥さんは言った。

「秩父では十二月に『夜まつり』を行います。妙見《みようけん》祭礼や秩父夜祭と言ったほうが有名かもしれませんけど。お祭り直前の十数日間、物音を立てない『お籠《こ》もり』があって、山の神を迎え入れる『神事の入り』となるわけです。主人はこれを調査しているときに、狼にも人にも見えるモノと遭遇したんです」

「え」

と、勇が眉根《まゆね》を寄せた。

「狼にも人にも見えるモノ？」

清花が復唱すると、奥さんは首をゆっくり左右に振った。

「山の神ですね。土地の人ならそう言うでしょう」

「え。それは比喩《ひゆ》ですか？　それとも」

勇は怖そうに身をすくめたが、奥さんは、

「比喩ではなく実体です」

と、即座に返した。

「主人はヒトオオカミと呼んでいました。満月に近い夜でした。木々が葉を落としていたので森は明るかったそうです。秩父の山に入るたび何かの気配は感じていたけど、そのときは唸る声を聞いたとか。息を殺してあたりを見ると、遠くに青白く燐《りん》が燃え、主人から十数メートルしか離れていないところに何かがうずくまっているのがわかったと。残念ながら影しか見えなかったそうですが、警戒した動物が発する悪臭がしたそうで、熊かと思って咄嗟《とっさ》に懐中電灯を向けたら、もういなかった。なぜ写真に撮らなかったのかと主人は悔やんで……それ以来、憑かれたようにその生き物を探すようになりました。あれは狼か、山の神だと」

そしてもう一枚の写真を見せた。

「その動物がいた場所です。主人は足跡だと言うんですけど」

それは倒木の下を写したもので、湿った土に肉球の一部とおぼしき跡はあったが、全体の形状はわからなかった。ギュッと押しつけたのではなくて、蹴《け》り上げた感じの跡だ。凹《へこ》みの横にボールペンを置いて大きさがわかるようにしている。最も鮮明な肉球のひとつが人の親指ぐらいの大きさだった。

「熊や犬とは動き方が違い、人間でもないと話していました。体毛は灰色、たてがみが黒、体長が一メートルと少し、肩高は六十センチ前後で、ニホンオオカミの体格から大きく外れるわけではありません。尻尾《しっぽ》は三十センチ前後と言われていますが、一瞬で長さはわからなかった。ただ、尻尾は複数生えていたようだ、と」

「…………」

清花らはまたも無言で顔を見合わせ、

「千葉大の宗像先生が『人狼《じんろう》』と言っていたのがソレですか？――」

と、清花が訊《たず》ねた。

「――ご主人は、ソレに襲われたと思われますか？」

「はい」

奥さんは頷いた。

「しつこく追い回して怒らせたのかもしれません。イヌ科の動物は嗅覚《きゅうかく》が発達しているから、主人の匂いを覚えて怖がらなくなっていた可能性もあります。主人のほうでは恋い焦がれても、狼にとってはエサだったのかも」

そして苦しげに唇を噛んだ。

「複数の尻尾があって、人間じゃないのにヒトオオカミって……」

と、勇が呟《つぶや》く。その通りだと清花も思って、こう訊《き》いた。

「獣じゃなくヒトを感じたのはどのあたりだったんでしょう？」

「動き方だと言っていました」

「動き方……具体的には？」

「わからないんです。私にはわからない」

奥さんは悲しそうだった。なぜ私よりオオカミを選んで死んだのかと、その表情が語っている。清花は以前に、家族より刑事を選んだと勉に責められたことを思い出した。故意に選んだわけじゃない。それをするのが自分の役目だと、だからやるしかないのだと、頑《かたく》なに信じていただけだ。

「噛《か》み痕《あと》について、宗像先生はコーカソイドとネグロイドを合わせたような形状だったと仰っていました。これはどちらもヒトの歯列弓です」

「……やっぱ狼男っすかね」

清花の言葉に重ねて勇が呟くと、奥さんは訂正した。

「狼男ではなくヒトオオカミです。満月の晩に変身する怪物ではなくて、そういう『生き物』が実在すると主人は考えていたようでした。もしくは『狼憑《つ》き』のような『現象』と考えたのかもしれませんけど」

「狼憑きって、なんですか？」

清花が訊くと、奥さんは苦笑しながら首を傾げた。

「私がそう呼んでみただけで、狼憑きが本当にあるのかわかりません。狼に憑かれたのは主人です……これも主人から聞いた話ですけど、狼信仰が拡大した背景に、幕末の外国船来航とコレラがあったということです。昔は原因不明の病を妖魔《ようま》のせいと考えたので、外国から『あめりか狐』や『千年もぐら』が入ってきてヒトに取り憑き、コレラを起こすと考えたんです。だからオオサキやクダなどの憑き物を落とすのに頼ってきた犬や狼への信仰が流行《はや》って、狼を神使とする寺社から『お犬様』や『ご眷属《けんぞく》様』を借りて祓《はら》おうとした」

「えーと……あの……」

もぞもぞと尻を動かして、勇は身体を乗り出した。

「……俺は全然知らなくてあれなんですけど、それってお寺や神社で狼を飼ってて、それを貸し出したってことですか？」

「そうではなく、狼を描いたお札などを拝受してきて祀《まつ》るんです。オオサキには三峯神社のお犬様、八日見山龍頭《ようかみやまりゅうかみ》神社のお犬様とか、色々言われたようですが、お借りして清浄な場所にお祀りし、洗米と御神酒《おみき》を供えてお世話をし、一年経ったら神社にお返しするんです。講でお犬様を借りた場合は当番を決めてお世話する」

「なんの当番ですか？」

「扶持《ぶち》と呼ばれる食事の世話や、お籠もりといって、一カ所に集まって拝みをあげたり飲食したりする信仰行事の当番ですね。多くは口伝で形式も様々なようですが」

「ふぇー……奥さんの知識もすごいですねえ」

と、勇は頷いた。

「ここ数年は夫婦の会話がそればっかりで……主人の熱弁を聞かされているうちに、すっかり覚えてしまいました」

「ザッツ日本人って感じで興味深いです。てか、俺はどうして知らなかったのかなあ」

　勇の脇を肘《ひじ》で小突いて、清花は脱線しそうな話を元に戻した。

「それじゃ、さっき仰《おつしや》っていた狼憑きは？　それは信仰とは違うんですか？」

　奥さんは両目を細めた。

「狼憑きは、自分を狼と思い込んでしまった人間という意味です」

「話をまとめさせていただきますが……肩高六十センチ程度、体長一メートル程度で二足歩行をせず、全身が体毛とたてがみに覆われて、尻尾が何本もあったのに、ご主人はソレを、ヒトと思っていたわけですね？」

「ヒトのようなモノという程度でしょうか、わかりません。ますます熱を上げて過去の遭難事故など調べ……千葉大の宗像教授を訪ねたのも、遭難者に嚙み傷らしきものを見つけて興奮してのことでした。学者は仮説を証明したくなるんです」

　なるほど。太田穣氏はソレが正体不明の生き物である可能性だけではなくて、ヒトである可能性も疑っていたということか。そうだとすれば、これは確かに地域潜入班向きの事件だろう。清花は頷《うなず》き、話を進めた。

「では、ご主人が遭難されたときのことを詳しく聞かせていただけませんか？　辛《つら》いことを思い出させてしまって申し訳ありませんが」

「何度も同じことを説明させてすみません」

勇も真摯《しんし》に頭を下げた。奥さんは断らなかった。

「夜中に主人が電話してきたんです……ああ、ええと……順を追ってお話ししますと、十月二十八日金曜日の早朝、主人はいつも通りに準備して、『今日は寄居町《よりいまち》から山に入る』と。目星をつけた場所にテントを張って待ち構えるのが常でした。最近は、遠吠《とおぼ》えを録音したあたりの森に焦点を絞っていたんです。荒川上流の、鍾乳洞《しょうにゅうどう》や洞窟《どうくつ》が多い地域です」

「巣穴がありそうですもんね。野宿や野営には慣れていたんですか？」

「はい。機材も軽量にして、登山用の携帯食、装備もコンパクトにしていましたし、年齢の割に身体機能も高かったです。発見されたとき主人がいたのは沢筋で、予想した場所と違っていたので、たぶん何かを追いかけていて足を踏み外したのだと思います。携帯電話とカメラだけは持っていましたが、何も写っていませんでした」

奥さんは両手の指をもみ合わせながら話している。随分しっかりと、しかも客観的に言葉をつないでいるものの、その目は次第に充血してきた。夫が学者であることやその人生の有り様を、この人は懸命に守ろうとしている。だからこそ、こんなタイミングでも聴取に応じてくれたのだ。それが夫の生き様で、そんな夫を愛していたから。

あまりにも毅然《きぜん》と振る舞う彼女の心の裏側を、清花は密《ひそ》かに感じ取る。

「発見場所は野営した場所と違っていたということですね」

「そうです。でも、テントも装備も見つかっていないので、野営の場所はわかっていないんです」

清花がメモを取る横で、勇がスマホで情報を調べる。奥秩父には二千メートルを超える山々もあるが、寄居町にあるのは五百メートル程度の低山だ。

「二十九日の夜に帰る予定でしたが、夕方に大滝《おおたき》温泉から電話してきて、もう一泊していくと」

「延泊の理由についても言っていましたか？」

清花が訊くと、奥さんは残念そうに首を傾げた。

「訊かずにいつも、『はい』と答えていました。学者の探究心は止められないんです。そのことになると本当に、もう、子供みたいに純粋に……」

言葉に詰まると洟《はな》をすすって、先を続けた。

「次に電話がきたのは三十日の……午前三時を回ったころで、そんな時間に電話してくることはなかったのですが、主人は興奮してました」

「興奮とは？」

首を傾げて訊くと、奥さんは薄く笑った。

「このことは誰にも話していないんですが……あの晩、主人は、『栄子、見たぞ、ぼくは見た』。開口一番、そう言ったんです。私は腹立たしくなりました。夜中の電話なんて不吉でドキッとするじゃないですか。それなのに、『ヒトオオカミだ。光っているんだ』って」

光っている？　メモを取る手をはたと止め、清花は奥さんを見たが、相手は冷静沈着な学者の妻の顔を捨て、話を聞いて欲しいと訴える被害者遺族の顔に変わっていた。

「通話を録音しておけばよかったんですけど、そのときは、真夜中に電話してきてヒトオオカミなんて、と思ったのです。あの歳で夢を追い求めるのは素敵だし、主人の生きがいなんだからと考えながらも、呆《あき》れて言葉が出ませんでした」

奥さんは静かに微笑んでから、

「しかも主人が一方的に喋《しゃべ》るばかりで、ほとんど会話になりませんでした……電波状態が悪くて私の声が聞こえなかったのかもしれないけれど……それが……話しているうちに『足を折って動けないんだ』なんてポロッと言うんです。そんなこと、一番最初に言うべきだって思いませんか？　私はゾッとして、何度も訊《き》きました。何があって、今どこにいるのかと」

「ご主人はなんて？」

と、勇が訊いた。

「釜山《かまやま》神社から北西に進んだどこか、とだけ。乗っていった車は神社の駐車場にあったんです。でも、野営した場所や装備は見つからない。携帯電話とカメラ以外は、G

PSも見つかっていないんです」

「一方的に喋ったそうですが、具体的にはどんなことを言っていましたか？」

　勇は訊《たず》ね、

「どんなことでもかまわないので」

　と、促した。奥さんは溜息《ためいき》を吐く。

「ヒトオオカミ……何度もそう言いました。あとは……主人の悲鳴……辛《かろ》うじて聞き取れたのは『ムリ』、でしょうか……『置いてけ』みたいな？」

「置いてけ？　何をですか？」

　奥さんは首をひねった。

「置いてけ、ではなかったのかもしれません。置いていく……それも変ですね。追ってけ、追ってくる？　とにかく支離滅裂だったんです。怪我の状態を訊ねても、まともな答えは返ってきませんでした。『栄子、幻じゃなかったぞ』。そんなものを追いかけたから、足の骨を折ったんじゃないですか……バカを言っている体力があるなら、場所をハッキリ教えて欲しかった。GPSを調べたけれどつながらない。今まで喋っていたのに、もう、携帯電話もつながらない。すぐ警察に電話して……」

「それでも発見できなかったんですね」

　奥さんは頷いた。膝《ひざ》に落ちる涙を隠そうともせずに。

「釜山神社の近くにはいなかったんです。主人がいたのは西南の方角、釜伏峠《かまぶせ》の崖下《がけした》でした」

そこでしばらく生きていたのだ。

「……どんなにお辛かったか」

清花は彼女に同情した。もしもそれが自分だったら、勉がそんな状況になったら……考えるだけで震えがきそうだ。自分ならばどうするだろう。所轄署や消防に任せられずに山へ入って、二重遭難の危険を冒したろうか。いや、それはできない。そしてずっと考えるのだ。もう少し早く発見できたら、死なせずにすんだのに、と。

奥さんの気持ちを思うといたたまれなかった。

「辛いというより、どうして？　というほうが強かったです。焦って、イジイジとして、疲れて、また焦って、主人が見つかったときには抜け殻のようになっていた気がします。その後が忙しくて、悲しむ暇すらないようで、やっと今、いつものように目が覚めても主人がいない。いつもの景色に主人がいない……そういうことを嚙《か》みしめて、納得しようとしている感じです……そこへあなた方が来て下さった。お話をつないで下さったのが宗像先生。あの方も学者ですから、歯形を見たら調べずにいられなくなったんでしょう。でも、今さら正体がわかっても、主人は帰ってきませんから」

「もしも何かがいて、それがご主人を襲ったのなら、少なくとも、これから山に入る人たちを危険から守ることができます」

勇が力強く言って拳《こぶし》を握る。

奥さんは一瞬だけ顔を上げたが、何も言わずにまた俯《うつむ》いた。

「本当にいたのかどうか……嚙み痕《あと》だって、あの山ならではの何かかも……音声があるのも、写真のことも、言わずにいようと思っていました。もちろん宗像先生にも話していません。ヒトオオカミなんて……」

「奥さんは正体を知りたくないんですか？」

不思議そうな顔で勇が訊くと、彼女は微笑みながら首を傾げた。

「私も『いる』と思いたいんです。だから正体は知りたくないです。最期のとき、主人はアレに会えたんだって、せめてそう思いたい」

そして二枚の写真を清花のほうへ押し出した。

「お持ちください。私は学者でもないし、これを手元に残しておく気もありません。いっそ破いて捨てたかったけど、あの人が大事にしていたものだから、それもできない……だけど腹が立つんです。怒りじゃなくて嫉妬《しっと》でしょうか。莫迦《ばか》ですね」

苦しげに眉根《まゆね》を寄せて、清花は写真を受け取った。

「わかりました。お預かりします」

頭を下げたが、奥さんは目を逸《そ》らして反応しなかった。

夜中に奥さんに電話してきたとき、ソレはご主人のそばにいたのだ。すぐに殺すことはせず、何度も嚙んで、いたぶって、死ぬのを待っていたのだろうか。もしも携帯電話が切れなかったら、奥さんは恐ろしいものを聞いただろうか。

太田穣氏のデスクは背中側が窓であり、むき出しのアーチの手前でブッシュのバラが咲いていた。寒風にさらされた花はひっそりとして、固く閉じたつぼみがほかにもあったが、咲けるかどうかはわからない。庭の手入れは奥さんの仕事か。クリスマスも新年も、彼女は独りで迎えるのだろうか。寒くて暗くて花のないシーズンが、早く終わってしまえばいいのに。

農耕車用道路へ戻って車に乗るとき、

「どう思います？」

太田家の庭を見ながら勇が訊いた。

「どうって何が？」

キーを開け、運転席に乗りながら、「ヒトオオカミっすよ」と勇は言った。

「あれって、モデルになった事件とかあるんですかね？」

「ヒトオオカミ？　狼男？　さあ……」

言いながら助手席に乗ってシートベルトをすると、清花はスマホで狼男を検索してみた。

「私はオカルトに詳しくないけど、フランケンシュタインとドラキュラは元ネタが小説だから、狼男もそうかもね」

「でも、ドラキュラにはモデルがいたんですよ？　ルーマニアだったかな……串刺《くしざ》し公とも呼ばれたワラキア公国の君主で、敵兵を何万人も串刺しにして、それを見た大国の兵が恐れをなして逃げたとか。見方を変えれば名君ですよね」

「ザンコク……正当防衛は成立しなそう」

「や、成立でしょ。行政も司法も立法も、君主が握ってたわけだから」

「あ、あったわ」

清花はスマホを持ったまま、勇のほうへ身体を向けた。

「狼男の元ネタは小説でも漫画でもないみたい」

「てか……漫画って……」

「ヒトオオカミも太田氏の造語じゃなかったみたいよ。狼憑《つ》きも書いてある。狼と人が結合した呼称は、もとは人食い狼を指していたのが、『狼憑き』、つまりヒトが獣化する状況を指すようになったって……ヒトの獣化？」

「太田氏が言おうとしていたのも、それですかね」

「そうね。ん？　まって……ええと……ローマ帝国の末期に『そういう症例』が多発したって記録もあるみたい。ヒトの獣化が多発って、なに?」

勇は眉をひそめて考えていたが、やがて「あ」と、声を上げ、

「もしかして狂犬病じゃないですか?」

大きく自分に頷《うなず》いた。

「感染者が凶暴になったり、人に噛みついたりしたのを、獣化、狼憑き、狼人間と考えたんじゃ? それに狂犬病は犬や狼に噛まれて発症するから、狼男の伝承とも合ってます。清花さん、ソレ系の映画って観てないですか? 狼男に噛まれると、狼男になるんですよ」

「噛まれてなるのは吸血鬼でしょ?」

「狼男もです。噛まれるとなる。これって感染ってことでしょ」

「一理あるわね……あ、でも、こうも書いてあるわよ。先天的に狼もしくは人間に変身する能力を持つ『狼人間』に対し、後天的に変身できるようになったモノを『狼憑き』と呼ぶって」

「噛まれてなるのが狼憑きで、それとは別に狼人間もいるってことか……保菌者ですね」

勇はコクコク頷いて、「深いなー」と言う。

「太田氏は専門家だから、言葉を分けて使ったのかもしれないわね」

「じゃ、ヒトオオカミは何なんすかね」

片手ハンドルで頭を掻《か》きながら呟《つぶや》いている。

「ていうか、この班で仕事してると時々わかんなくなるんですよね……俺、今いる時代は現代だよな、間違ってないよなって」

「それ、わかるー」

清花は笑い、情報を要約した。

「狼男は小説から生まれたわけじゃなく、もっと古くからの言い伝え、もしくはやっぱり『現象』だったということね。丸山くんが言うように狂犬病を誤解したというのはありそう。病気を憑き物と考えていた時代は特に」

「そうなると……人間にたてがみはないし、尻尾《しっぽ》だってないですよ？　ヒトオオカミにはそれがあったんですもんね」

「そのことだけど、仮装かもしれないわ。自分を狼と信じ切っている、もしくは狼に見せかけて扮装《ふんそう》をしたナニモノかが」

「登山者を襲ってる？　じゃ、噛み傷はどうなるんです」

「千葉大に行って宗像先生に詳しい話を聞かせてもらおうかしら」

「その人ですけど、写真や資料は置いていかなかったんですか？」

「あ、そうか」

と、清花は言った。宗像は写真を置いていったはずだ。

「資料はボスが持ってるわ。あのときは、丸山くんと万羽さん、いなかったものね」

車は農村地帯を抜けるところだ。二人しか乗っていないのだから声をひそめる必要はないのに、なぜか小声になって清花は訊《き》いた。

「あれって、どうなってたわけ？……万羽さんだけど」

勇は前を向いたまま、渋い顔で前髪を持ち上げた。その額にピンポン球くらいのコブができ、熱を持ったように赤く腫《は》れ上がっていた。

「うわー痛そう。それ……廊下で『ぎゃ』って声がしたけど、そのときの？」

「ヤマンバ降臨」

前髪でコブを隠して勇は答えた。

「ま、コブくらいで済んでよかったし、それが俺でよかったんだけど……万羽さんって、普段は柔らかそうにプクプクしてて、女神みたいにニコニコなのに、ヤマンバになると凶暴かつ怪力なんすよ。変身の兆候はよく見ているとわかるんですけど、早口で甲高い声、振り向いたときの目つきがヤバい、それが初期症状で、末期になると上下の歯肉をむき出して、動くときも腰をかがめた大股《おおまた》になるんです」

あまりにもその通りなので笑えてくる。

「あと、不思議なのは髪の毛が逆立つんすよ。あのときも『やべえ』と焦って廊下に出したら振り払われて、おでこにクリティカルヒットを喰《く》らったんです」

　プッと清花は噴き出した。

「笑い事じゃないっすよ」

　勇は痛そうにコブを押さえた。

「湿布を貼っておけばいいのに」

「家に帰れば貼ってます」

　牧歌的な風景はあっという間に過ぎ去って、車はゴミゴミした住宅地をカーナビの案内に従って進んでいる。横断歩道で停止して、歩行者を行かせながら勇は言った。

「万羽さんってメチャクチャ優秀なのに真面目すぎるから、突然キャパを超えちゃうんです。普通なら……いや、何が普通かわからないけど……たとえば俺なら、いい加減な性格だから適当にスルーできちゃうところも、あの人は全部聞いて受け止めて、しっかり堪《こら》えて考えて、って、ギリギリまでやっちゃうから」

「爆発しちゃう？　実はあのとき、私も腹が立ちすぎて、局長に最もダメージを与える方法を密《ひそ》かに考えたりしてたんだけど――」

　清花を見て、「こーわっ」と、勇は言った。

「――全部万羽さんに持ってかれちゃった。あとね、あのとき宗像先生の訪問を仕込んでいたのは返町課長だったのよ？　展開を予測して廊下で待たせていたみたい。結局、あれで報告会はおひらきになったわけだから」

「マジすか。返町課長ナニモノ」

と、勇は笑った。

「そもそも……初めから雲行きの怪しい会だったわよね」

「ですね。刑事局長はボスに一矢報いるチャンスを狙ってるんで、あれもその一端だったんだろうなって」

「丸山くん、なにか事情を知ってるの？」

勇はニタニタしながら、

「や。最新鋭の車を導入するって発案した刑事局長に……土井さんがどんな手を使ったのかは知りません」

「私もね……ねちっこくイジってくるなと思っていたのよ」

「刑事は執念深いっすからねーっ」

そうでなければ干し草に落ちた針を拾うような捜査は続けられない。だから執念深さは刑事に必要なスキルでもある。清花はスマホの電源を落として外を見た。

今は道路脇に建物が立ち並んで視界を遮り、遠くの景色は見えないが、幻のニホンオオカミが潜む山々がそう遠くない場所にあると思うと不思議な気がした。

それはどんなところだろうかと想像してみるも、清花の脳裏に浮かぶのは、せいぜい観光パンフレットに出てくるような光景でしかなかった。

第三章　神使が棲《す》む山

勇と一緒に太田家を訪ねた週末、清花は家でぬいぐるみの掛け布団を縫っていた。お風呂《ふろ》に入り損ねて風邪をひいたメイちゃんが、高熱を出して寝込んでしまったからである。桃香がラップで水を巻いて氷嚢《ひょうのう》を作り、額に置いたら水が溢《あふ》れ、病状はさらに悪化した。最初はハンカチを掛け布団代わりにしていたが、これでは寒くてかわいそうだと訴えるので、掛け布団を作ることにしたのだ。裁縫の腕はからきしで義母《はは》のほうがうまいのだが、お願いするわけにもいかず、キッチンクロスにタオルを挟んで四方を縫って、厚みのある布団を作る作戦だ。そんななんちゃって布団でも桃香は大いに喜んで、おぼつかない運針をする清花のそばを離れようとしない。

ソファでお茶を飲みながら、裁縫の得意な義母もチラチラと作業を見守っている。ありがたいのは口出しせずにいてくれることだ。

「ママすごーい」

メイちゃんを抱いてテーブルに伸び上がり、桃香は足をバタバタさせる。

針目はまったく揃っておらず、いかにも不恰好《ぶかっこう》な仕上がりだけど、そこはまったく気にしていない。そのいじらしさに胸がキュンとする。刑事をやっていた頃は、遊ぼうとか、ご本読んでと言われると、プレッシャーに感じて、つい、『忙しいからまた今度』と言ってしまったけれど、子供はこんな些細《ささい》なことでも嬉《うれ》しいんだと、目からウロコが落ちる気がした。満足するまで付き合わなければならないと考えるのは大人の感覚で、間違いだった。ほんの一瞬、わずかな時間を向き合ってあげれば満足したのに、こうでなくちゃと考えすぎて面倒にしていたのは私だったんだ。

「はい。できた」

糸を切って布団を渡すと、桃香は飛び上がって喜んで、早速メイちゃんを寝かせにいった。おもちゃ箱から小さいスプーンを持って来て、薬入りのゼリーを飲ませている。メイちゃんは『ひとりぼっちでかわいそう』なので、桃香は懸命にお世話する。

「勉がね、本屋に連れて行こうとしてフラれたのよ」

裁縫道具や糸くずをかたづけていると、義母が寄ってきてコソッと言った。

クリスマスプレゼントは絵本と決めて清花が準備するはずが、完璧《かんぺき》主義の勉はそれが本当に桃香の欲しい本なのか探ってみようとしたのだろう。上手《うま》くいかなかったみたいだけれど。

「ぼっち遊びに夢中で、お出かけしたくないんでしょうね」

苦笑しながら清花が言うと、

「お出かけ特典にアイスクリームをつけないからだわ。勉はそういうところがまだダメなのよ」

と、義母も笑った。

彼は寝室で音楽を聴きながら趣味のゲームに興じている。子煩悩な父親ではあるが、娘にフラれて凹《へこ》んでいるわけでもなさそうだ。ああ、こんなだったな、と清花は思う。二人の関係がギクシャクするまで、休みの過ごし方はこんなだった。互いに好きなことをして、やるべきことは手分けした。洗濯と料理、冠婚葬祭は清花の仕事、風呂掃除と大工仕事と自治会の付き合いは勉の仕事。食事は一緒にとるけれど、それ以外の時間は干渉しない。それで上手くいっていたのに子供が生まれて環境が変わり、私たちは、いつしか父親と母親になった。

「お茶飲む？　清花さん」

「いただきます。ていうか、私が淹《い》れ……」

そのときテーブルでスマホが震えた。プロフィール画面にあるのは土井の名前だ。

「紅茶でいいでしょ？」

義母が気を回して訊いてくれ、すみませんと清花は答えた。急いで頭を整理して、

「木下《きのした》です」

とスマホに告げた。

「明日、秩父まで行くことにしたよ」

いつもながら土井の出動要請は唐突だ。

「承知しました。場所的に近いので日帰りですか？」

訊《き》くと、

「や。太田氏同様に夜の山を見てみたい」

と、土井は言う。

「寒いから暖かい恰好で頼むよ」

「一泊ですか？」

「西武《せいぶ》秩父駅までバスが出てるし、サーちゃんは途中で戻っていいよ。ぼくはしばらくいるかもしれない。現地を見たら調べることも出てくるだろうし、そうしたら、サーちゃんたちと手分けしてもいいしね」

「調べることとは？」

「それは、行ってみなけりゃわからないじゃないですか」

いつもの調子で土井は言う。彼との仕事はいつも雲を摑《つか》むように曖昧《あいまい》だ。

「今回は勇くんも連れて行くから。天気予報を確認してはいるけども、万が一雪が降ったら大変だからね」

「スタック要員ってことですね」

「それもあるけど、彼は狼男がツボなんだってさ」

清花は眉間《みけん》に縦皺《たてじわ》を刻んだ。

「興味本位ってことですか？」

「まあ、一番は……勇くんの祭り好きは病気だろ？　来月頭は秩父夜祭って有名な祭事があるらしい」

その話は太田氏の奥さんからも聞いている。

「それまで下りてこない気ですか」

「そうじゃないけど色々ね。今回は山の中を歩くので、そのつもりの装備で頼むよ。登山靴持ってる？」

「はあ？」

そんなの持ってるわけがない。心で言って時計を見た。店へ走って調達できる時間に電話してくるあたり、まったく憎たらしいったら。

「わかりました。登山靴と、あと、何を用意すればいいですか？」

「手袋、防寒着……標高千メートルくらいの山を歩くと店員さんに言って相談すれば、必要なものを教えてくれるよ。じゃ、明日の朝、車で迎えに行くから。勇くんに聞いたらサーちゃんのマンションは接面道路が狭いんだって？　地図で調べたら北側にファミレスがあったから、そこの駐車場でピックアップする」

時間を告げると土井はさっさと電話を切った。

リビングには紅茶とドライフルーツが並んだが、清花は申し訳なさそうに、

「すみません……明日からまた出張になったので、登山靴を買いに行かないと」

義母に告げると彼女は笑って、

「いつも急ねえ」

と、紅茶を飲むように勧めた。

「飲んでから行ったらいいわ。登山靴は逃げないし」

そして勉を呼びに行く。清花は冷たいミルクで紅茶を冷まし、干しイチジクを摘まんで紅茶を飲んだ。桃香がやって来てテーブルに着く。

「ママ、おでかけ？」

「そうなの。仕事で使う靴を買いに行かないと」

優しく頭に手を置いて、空にした紅茶カップをキッチンへ運んだ。洗って伏せているところへ勉と義母が戻ってきた。

「お義母《かあ》さん、すみません。ちょっと行ってきます」

元夫には「ごめんね」と言って、清花は部屋を出て行った。

玄関で郵便受けを確認すると、実家から封書が届いていたので鞄《かばん》に入れる。そして清花は家を出た。離婚して名字を鳴瀬に戻したとき、自分の両親には事情を話して、実名郵便物の受け取り先を実家にしたのだ。だから清花宛ての郵便物が届くと、それを封筒で送ってくれる。義母《はは》は離婚の事実を知らず、もちろん桃香にも話していないが、二人で話し合って決めたとはいえ、義母に後ろめたい気がしているのも事実だ。最近は話せば理解してくれるはずだと思うようになってきたけど、自分ではなく勉の母なのでタイミングは元夫に任せている。

マンションを出ると、日陰のエントランスにビル風が吹き付けていた。清花はコートの襟を立て、灰色になった空を見上げた。

「登山靴って、いくらするのよ……」

スニーカーで十分な気がするけれど、『山を舐《な》めてる』と言われるんだろうな。そもそも私は山を知らないんだから、ここは素直にボスの言うことを聞いておこうか。ヒトオオカミの話を思い出し、清花は足早にマンションの敷地を出て行った。

翌月曜日午前八時二十五分。清花はリュックを背負って紙袋を持ち、ファミレスの駐車場脇で土井のキャンカーを待っていた。履いているのは登山靴、それ用の靴下に防寒用のスラックス、ウールのシャツにフリースにアウター。経費で落とせるわけでなし、土井に言われたとおり店員に相談したら、とんでもない散財を強いられた。

土井は時間に正確で、早く来すぎることはあっても遅れることは絶対にない。それは後手に回れば命に関わる捜査の第一線で戦う癖が抜けないからだ。

この日の空は晴れ渡り、放射冷却で寒いはずが、装備をした清花には暑いほどだった。汗で身体を冷やさないこと、汗を吸い取り発散させつつ保温もする、素材にこだわるのが吉という店員のアドバイスは的確だったというわけだ。

道路を眺めていると、車列の向こうに背の高い車が見えた。キャンカーのいいところは、車高が高いので遠くからでも認識しやすいことである。わざわざ駐車場に入らなくてもいいように、清花は車道近くへ移動する。渋滞中なので停車しなくても乗れそうだ。

特捜地域潜入班の捜査車両は平成十二年式のトヨタコースター。ロングベースのキャンピングカーだ。排気量四一六〇ccのディーゼルターボ、色はグレーと白のツートンで、太ったイモムシみたいだと見るたび思う。渋滞中の車列に倣って、土井の車はイジイジという感じで近づいて来る。ウインカーを出したが、停車するまでもなく清花のほうから駆け寄って、すぐさま助手席に乗り込んだ。近づいてくる間に車を見て、助手席が空いているのを確認したのだ。後部にもドアがひとつあるのだが、移動時は内側からロックされているので開けられず、運転席から解錠操作もできない。勇が後ろにいるならドアを開けてくれるが、後部のダイニングスペースは土足厳禁なので、登山靴を脱ぐ間がモタモタしてしまって他の車両の迷惑になる。

「おはようございます」

ドアを閉めると車はすぐに動き出し、

「おはよう」「おはようございます」

と、二人は言った。勇は後部座席に座っていた。

「登山靴買いましたけど、高かったです。あと、他にも色々買わされて」

開口一番文句を言うと、

「サーちゃんは、『買わされた』とか言わないの」

呑気《のんき》な声で土井が答えた。

「決めて買ったの自分でしょ？　命を守るためですよ」

「清花さん、あったかそうだし、決まってますよ」

後ろからヘラリと勇も言った。今日はおでこに湿布を貼っている。身体をねじってリュックを下ろすと、清花は勇に紙袋とリュックを渡してシートベルトを装着した。

「んぁ？　なんか、いい匂いがするんですけど」

紙袋を覗《のぞ》き込んで勇が言う。

「山登りグッズを買い込んでいたら、バアバがおにぎり握ってくれたの。土井さんたちと食べてって」

「ひえぇ……おばあちゃんマジ天使」

つい先日のことだった。チームのみんなが桃香の音楽会を見たいと言い出して、はからずも家族に紹介するチャンスが生まれた。最初は（なんで来るの？）と思ったが、そのとき土井が勉や義母に挨拶《あいさつ》して、清花の仕事への理解を促してくれたのだ。そんなわけで、勉も義母もメンバーのことを知っている。飄々《ひょうひょう》としていて人当たりのいい勇は特に、義母のお気に入りになっていた。

「登山に行くわけじゃないんだけどねぇ」

情けなく眉尻《まゆじり》を下げて土井が笑う。

「いや、でも手作り弁当とか、俺、マジ憧《あこが》れなんすよ」

「バアバはお料理上手なの。なんということもないお料理だけど、美味《おい》しいのよね」

「そういうのがいいんすよ……ちょっと味見してもいいですか」

「ダメ」

清花がぴしりと言ったので、勇は名残惜しそうに紙袋を手放した。

「ぼくも袋麺《ふくろめん》を持ってきたけど、おにぎりは嬉《うれ》しいなあ」

「インスタントラーメンは定番ですもんね」

「いや、今回はうどんとそばにしたんだよ」

土井は得意げに鼻をピクピクさせている。報告会ではスーツを着ていたけれど、すでに髪はボサボサで、無精髭《ぶしょうひげ》の生えたみすぼらしいオッサンだ。

「そばは乾燥ネギ付きで、うどんはワカメと油揚付きだよ」

「具なしのラーメンから進化したってことっすね」

「料理しない勇くんに言われたくないぞ」

はいはい。と勇は言って、上に向けた手のひらを清花の脇に出してきた。

「なに？」

「清花さん。グミくださいよ。海苔《のり》の匂いを嗅《か》いだら腹減っちゃって」

「朝ご飯食べてこなかったの？」

「ムリですよ。八時半にここへ来るには」

仕方がないのでグミのケースを勇に渡した。

「山では補充できないんだから、半分以上は食べないでよ」

わかってますって、と言いながら、勇は何粒も手に取って、後部座席に身体を預け、バス遠足に行く子供のように外を見ながら食べ出した。

「ホント丸山くんって子供みたい。班長もいりますか？」

いらないと土井が手を振ったので、清花もメロン味を一粒だけ口に入れ、あとは上着のポケットにしまった。市街地の渋滞を抜ける頃、前を見たまま土井が言う。

「勇くん。例の書類をサーちゃんに渡してくれない？」

姿勢を正した勇がクリアファイルに入った書類を助手席に出す。宗像が置いていった写真などを福子が資料にまとめたものだ。

「ご遺体の写真や歯形のほかに現地の基本的な情報も入っているから、着くまでに頭に入れておいて。太田氏が怪しんだ他の遭難者については万羽さんがまだ調べ中。追って連絡が入ると思う。今回、ぼくらはただの観光客だ。ぼくが叔父《おじ》さん、サーちゃんは姪《めい》、勇くんは姪の友人、いとこでもいいけど」

「彼氏じゃなくて？」

「その設定必要？」

清花が怖い顔をしても、勇はヘラヘラと知らん顔だ。

「特に関係性を訊《たず》ねられることもないと思うけど、いちおうさっきの設定で」

土井が喋《しゃべ》るのを聞きながらファイルを開いた。

冒頭にはしっかりと、秩父山地に関する基本情報がまとめてある。一都四県にまたがる山地というのは知っていたけど、奥秩父の標高二千メートル超えの山塊を、北アルプス、中央アルプス、南アルプスに比して東アルプスと呼ぶのは知らなかった。清花は福子の優秀さを改めて感じ、勇の額にできたコブを思い出して、「くす」と笑った。いや、笑い事ではないのだけれど。

突如ヤマンバ化してしまうことに、福子自身は悩んでいるのかもしれないし、そのせいで地域潜入班なんて怪しい部署に送られたわけだから。だけどこの班だって捨てたものじゃない。ヘンテコな連中ばかりだけれど、もしかして自分もそう見えるのだろうか。横目でチラリと窺《うかが》うと、

「え、なに？」

前方を見ているくせに土井が訊ねた。

「いえ。万羽さんは優秀だなと」

考えの初めのほうだけ伝えると、土井はくしゃりと笑顔を作って、

「そうなんだよね」

と、得意げに言う。優秀な福子は独身で、今では自分も独身だ。潜入班は独身ばかり。桃香から、ひとりぼっちでかわいそうと言われそうだけど、独身とひとりぼっちはイコールじゃない。清花は勝手に頷《うなず》いた。

資料をめくると、狼信仰、お犬様信仰に関するまとめがあった。宗像の話と同様に、荒川上流域の秩父山地一帯には三峯神社や寶登山《ほどさん》神社など、『お犬様』と称して狼を祀《まつ》る神社が二十一社もあるらしい。太田氏が駐車場に車を停めていたという、釜山神社の名前もあった。

イヌ科の狼は火の気配をいち早く感知することから火除《ひよ》けの護《まも》りに、不審人物の侵入に気付いて吠《ほ》えることから盗賊除けに、赤ん坊の夜泣きに効くといわれるのは、夜泣きは憑《つ》き物のせいだと考えられていたことからくるという。憑き物除けは言うに及ばず、お札などを貼ることで『お犬様』の霊験を借りれば、憑き物どもは恐れをなして退散したということらしい。

「神奈川に住んでいてアレですけど、狼信仰についてまったく知りませんでした」

独り言のように呟《つぶや》くと、土井がチラリとこちらを向いて、

「狼や犬神への信仰は全国的に見られ、三峯、山津見《やまつみ》、その他山の神と、大きく三つの系統に分かれるらしいよ」

「それってどう違うんですか？」

後部座席から身を乗り出して勇が訊《き》いた。

「山津見系統は福島の山津見神社が本社で、本殿は虎捕山《とらとりやま》の頂上にあり、東北地方に信仰者が多いんだって。三峯系統は北海道から四国まで全国各地に広がっている。お犬様のほかに、ご眷属《けんぞく》様、単におおかみと呼ぶこともあるようだけど」

「大口真神っていうんですよね」

「お犬様やご眷属様を神格化したものをそう呼ぶみたいだ。『おおかみ』の語源について、オホは大なり、カミは神なり、これを山神と号するなり。と、鎌倉《かまくら》時代の辞書

かなんかに書かれているとかいないとか。つまり『大神』は『山の神』ってことになる。食物連鎖の頂点にいた獣だと考えれば宜《むべ》なる哉《かな》だ」

「博識、ビックリ」と、清花は言った。

「そういう情報、ボスはどこから仕入れてくるんです？」

「付け焼き刃の知識だよ」

「しかもネットの」

と、勇が笑う。

「私も日本に狼がいたことぐらいは知っていたけど、信仰の対象になっているのは知らなかったわ。火除け、盗賊除け、夜泣きに病気、御利益もたくさん。そういうんじゃなく、人を呪ったり憑き殺したりするものかと」

「犬神なんかの俗信と混同されがちな感じはありますね。俺もなんとなく誤解してたんで。ヒトが嚙《か》み殺されたとか聞けば当然ですけど」

「いや。千葉大の宗像先生は、嚙み殺されたとは言ってなかったよ？　遺体に嚙み傷があったと言ったんだ。サーちゃんも証言は歪曲《わいきょく》せずに正しく聞いて勇くんに伝えないとね」

その写真もコピーが添付されていた。

あのときはザックリ話を聞いただけだが、資料には太田穣氏の検死写真のほかにも、太田氏が千葉大に持ち込んだという遭難者の写真があった。嚙み痕《あと》と言われればそうも見えるが、ハッキリしない。対して太田氏の遺体は肩口に歯形が残されていた。ほかには手首や腕にも鮮明な歯形と内出血の痕がある。服を脱がせる前の写真を見ると、衣服の上から嚙みついて引っ張ったかのように、衣服が裂けた部分もあった。

飛びかかってくる獣を腕で防ぎ、そのときにバランスを崩して転落したのだろうか。獣は追ってきて、さらに肩口に嚙みついた。太田氏はどうやってそれを追い払ったのか。カメラのフラッシュを焚《た》いたとか。

奥さんは何も写っていなかったと言っていたけど。

「カメラって、写さなくてもフラッシュ焚けるよね？」

誰にともなく問いかけると、

「焚けますよ。どうしてですか？」

と、勇が訊いた。

「ううん……怖かっただろうなって思って……」

指先で写真を撫《な》でた。足を折って動けないのに、そんなものに狙われながら数日間を生き延びたなんて。奥さんは詳しい話をしなかったけれど、夫の最期を想像したに違いない。それなのに彼女は戦慄《せんりつ》に耐え、『最期のとき、主人はアレに会えたんだって、せめてそう思いたい』と言ったのだ。清花は激しく胸が痛んだ。

「先《ま》ずは三峯神社へ行ってみよう。信仰を知らずに土地のことは理解できないと思うからね。三峯神社では月に二度、赤飯《あかめし》というものを炊いて、神社のお犬様と、諸国に貸し出しているお犬様にお供えするそうだ。赤飯は小豆飯《あずきめし》に酒をかけたものだとか」

「俺も調べてみましたけど、講で狼を信仰すると、だいたい『ごはん』を供えるみたいですね」

「扶持《ぶち》と呼ぶらしいよ」

「その話は太田氏の奥さんからも聞きました。神社には狛犬《こまいぬ》や狐がいるけれど、食事を用意するって珍しいわよね。おいなりさんに油揚が供えてあるのは見たことあるけど」

「だから大口真神なんじゃないですか？　神格化された神様のお使いっていう」

ドヤ顔をして勇が言った。

「今ね、桃香が大切にしているぬいぐるみが風邪引いちゃって、真剣に看病してるのよ。作り物ということは理解しながら、完全に感情移入しちゃってる。神様のお使いにごはんをあげるのと似ているわ。信仰って、霊的に実在する何かに真心で接することなのかしら」

「それ、わかりやすいですね」

と、勇が言った。

「だったら逆に、現実と信仰をごちゃ混ぜにして、自分を狼だと信じる人がいても不思議じゃないってことにならない？　神様の山を守ろうとして侵入者を襲うとか」

土井は「うーん」と、首をすくめた。

「可能性はあるかもしれないけど……思い込みは危険かな」

「……そうですね」

清花は素直に頷いた。

「だから、今のところぼくらは、手元のデータから事実だけを確認しておきませんか。宗像先生が歯列弓のことを言っていたから、ぼくもちょっと調べてみたけど、コーカソイドとネグロイドが何たら言うのは」

車は中央《ちゅうおう》自動車道に入っていく。土井は正面を向いたまま、

「前歯部分が異様に突き出たV字型、奥歯はガッチリとした四角型だったということらしい。面白いことに、歯列弓の形状や顎《あご》の奥行き、かみ合わせの状態などから、ある程度は顔の形状を想定できるそうなんだ。で、宗像先生がＡＩに予測図を作らせたところ……」

それからチラリと振り向いて、

「奇妙な結果が出たんだってさ」

と、頷いた。

「画像を借りてコピーしてある。もっとめくって」

　言われて清花が書類を見ると、簡易的な線で描かれた頭蓋骨《ずがいこつ》の側面画像が現れた。噛み痕から割り出した歯の長さや鋭さなどを元にデータを作り、ヒトの頭蓋骨と組み合わせたものだが、それは奇妙な形状だった。下顎と前歯が前方にせり出して、犬歯は牙《きば》のように尖《とが》っており、前歯も長くて突き出している。頭の丸みはあまりなく、上下から押しつぶされたかのように額と鼻が前方に突出していた。

「類推した形状の歯が自然におさまるようＡＩが計算すると、頭蓋骨はそうなるらしい」

　比較できるように人間の頭蓋骨と狼の頭骨の線画がついている。前歯と牙は狼に似て、人間の頭蓋骨では穴だけになる鼻の部分も狼のように飛び出している。

「それ、俺も見ましたけど、狼っぽくもあり、人間っぽくもありますよね。だけどあくまで噛み痕から描き起こしたものだから、人間が付け牙を装着してたら」

「なに？　付け牙って」

　清花が訊くと、勇ではなく土井が答えた。

「コスプレファッションの流行で仮装目的の義歯というか付け歯が売られているんだってさ。素材も様々で、セラミックや金属のほか、キラキラのビーズを用いたものまであるらしい。ただ、それが噛み痕を残せるほど強度があるかと言えばノーだ。あくまでもコスプレ用なんだよね」

「ってことは、やっぱりヒトオオカミがいるのかなあ」

秩父市までは車で二時間ほどの道のりだ。そして秩父市街地から三峯神社まではさらに一時間ほどかかるのだという。後部座席にいる勇が清花の背もたれに伸び上がることで、車内は捜査会議の場となった。

「亡くなった太田氏についても万羽さんに調べてもらった。民俗学者としての記録はあったけど、ニホンオオカミの研究家はもっとコアな人たちがいて、太田氏の歴史は浅かった。リタイアしてから調べ始めたようだしね」

「奥さんもそう言ってました。秩父夜祭を取材中、たまたま正体不明の生き物と遭遇したことで、むしろ狼探しよりもそっちのほうに火がついたという感じでしょうか」

「実家に祀《まつ》られていた頭骨が民俗学をやるきっかけだったみたいっすよ」

土井は頷《うなず》き、こう言った。

「ニホンオオカミよりもその生き物を追いかけていたってことね」

清花はAIが起こした画像に見入った。土井もチラリとそれを見て、

「太田氏が撮った写真と音源は、万羽さんが科学警察研究所に提出して調べてもらってる。意外にも、幻のニホンオオカミの話をしたら食いつきがよかったってさ」

どういう意味かと顔を上げると、

「ニホンオオカミのファンは思った以上に多いってことらしい」

おどけた調子で言いながら、眉尻《まゆじり》を下げて土井は笑った。

「音分析をする第三研究室にもオタクがいて、大陸狼、アメリカアカ狼、シベリア狼なんかのほかにも、コヨーテやディンゴの音源を持ってるそうだ。すぐに調べると言ってたそうだから、わかれば万羽さんが連絡をよこすよ」

「あのブレブレ写真も、なんとかなりそうなんですか？」

そちらに関して土井は曖昧《あいまい》に首を傾げた。

「ムリじゃないかなー。あまりにもボケ過ぎだからね」

「大きさ程度は割り出せると思うんだけどなあ――」

後ろから勇が言う。

「――足跡の写真なんかはボールペンと比べれば指の大きさが割り出せるはずだし、そこから類推してピンボケ写真に写った生き物の体格を割り出す……そこは実際に写った植物なんかと比較してもいいと思うし」

清花も頷き、写真のコピーを確認した。死ぬ前に太田穣氏は何を見たのか。そしてソレは実在し、過去にも登山者を襲っていたのか。危険なナニカが潜んでいるのか、いないのか、それによって山の印象は随分変わる。

「太田氏以外の遭難者についてはどうですか？　各所轄署に問い合わせれば、噛《か》み傷を負った遺体の有無がわかるんじゃないですか？」

「それも万羽くんが手配したけど、遺体に歯形が云々《うんぬん》なんて、向こうにとっては面倒な話だから、ぼくらが自分で調べる覚悟はしておいたほうがいいな」

「たしかに一都四県にわたる山の遭難事故を楽に確認する方法なんてないですね」

山岳遭難の窓口は警察署だが、遭難したという情報は山岳警備隊（山岳救助隊）につながって、遭難者を救出するための措置がすぐさま執られる。実際に出動するのは警察署員だけでなく地元ガイドや消防隊員、状況に応じて自衛隊にヘリの出動要請をするなど様々だ。警察庁生活安全局生活安全企画課のまとめによると、昨年の遭難事故の発生件数は全国で約二千六百件ほど、群馬、埼玉、山梨、長野を合わせると五百六十件を超え、うち死亡者は九十名ほど。太田氏の遭難事故もそうしたうちの一件ということになるのだろう。

高速を下りた車は国道に入った。とたんに長閑《のどか》な田舎の道だ。家々の合間に田畑が広がり、奥には低い森がある。清花はウインドウを少し下げ、外の空気を車内に呼んだ。収穫を終えた田畑の、土の香りが心地いい。勇が寒くないように、すぐウインドウを閉めて土井に訊《き》く。

「この先がまた長いんですね。私は奥多摩もけっこうな山だと思っていたクチで、『山塊』とか聞くと想像できない。高い山で知っているのは北アルプスだけど、あれはもう狼の生息域じゃないから」

「俺も初めてですよ。秩父は」

「事前にルートを確認したら、かなり険しい道を行くみたいなんだよ。でも、三峯神社までバスが通ってるようなので、なんとかなるでしょ」

「土井さん、おばあちゃんのお弁当はどこで食べます？」

「丸山くんたらそればっかり……ていうか、桃香がバアバと呼ぶのはいいけど、丸山くんにおばあちゃんと呼ばれたらお義母《かあ》さんが泣くわ。お義母さんの名前、『澄江《すみえ》』だから。澄江さんにしてあげて」

「わかりました！　澄江さんのお弁当はどこで食べます？」

遠足に来たわけじゃないんだよ、と言いつつも、

「途中に道の駅があって資料館と温泉を併設してるから、そこでお昼にしよう」

と、土井は答えた。

あまりに嬉《うれ》しそうな勇の顔がバックミラーに映って、清花は思わず笑ってしまった。紙の手提げ袋から海苔《のり》のいい香りがして、それが車内に漂っている。悔しいことに桃香も義母の料理が大好きだ。イチゴやクリームたっぷりのケーキより、バアバのジャガイモ餅《もち》やニラ煎餅《せんべい》のほうが美味《おい》しいと思うのに、真似て作ってもなぜかあの味にはならない。そういえば、実家の母が作るすいとん汁や、切り干し大根の煮物も絶品だ。

素朴な料理ほどごまかしが利かず、年季がものを言うのだろう。自分もいつかあんな料理を作れるだろうか。想像がつかない。

　車は次第に山間部へと入って行く。道路の左右に森が見え、行く手に山が現れては消える。車道の際まで迫った木々は冬の色。常緑樹は艶《つや》やかさを失って、紅葉は色褪《いろあ》せて、落ち葉がフロントガラスに降ってくる。先の山々は青みを帯びて、車道の脇に積もった枯れ葉がサワサワと風にうごめく。国道から県道に入ると二車線ギリギリの狭さになって、崖《がけ》を挟んだ対岸の山がよく見えた。こんな風景は初めてだった。

「なんだろう……山が高いと言うよりは、谷が深いの？」

　呟《つぶや》いてから、口をついて出た言葉の意味を考えた。標高の高い場所なら知っているけど、『谷が深い』という感覚を覚えたのは初めてだ。

「ホントだ、谷が深いっすね」

　崖側に移動して外を覗《のぞ》き、勇が言った。対岸に山がそそり立ち、遥《はる》か下にあるはずの谷底は見えない。驚くことにはその山の斜面に道が通って、わずか二、三軒だけの集落がある。そうか。道の片側が崖ならば、先には下界の街や遠くの山が見えることが多いのに、ここは対岸まで山が迫っているから谷が深いと感じるんだ。走っても、走っても谷だ。深すぎて底は望めず、向かいの山が眼前に立つ。日本にこんな場所があったとは。首を伸ばして谷を見下ろせば、あんなに下に、と思うほどの場所に家があり、あんな高さに、と思うほどの場所にも家がある。どんな人が住まうのか、家々は自己主張の強い都市の建造物とは一線を画し、山の風景と同化している。

清花はまた少しウィンドウを下げた。鋭く肺に切り込むような、清冽《せいれつ》な山の匂いがした。大いなる山の神。おおかみが棲《す》むのに相応《ふさわ》しい場所だと思う。谷の迫力に気圧《けお》されて車内には沈黙が訪れ、そうしてみるとむしろエンジン音が賑《にぎ》やかで、枝葉がこすれ合う音や鳥の声、舞い落ちて車を叩《たた》く木の葉や川の音などは景色のように感じられる。追い越し禁止の国道一四〇号線に入るとカーブの連続で、擁壁の上からしな垂れてくる蔓草《つるくさ》や、その上にそそり立つ針葉樹の森が現れては消えていく。木々の隙間を抜ける日差しは黄金のスポットライトさながらだ。

車道と平行して山奥へと延びる細道があった。『三峰山表参道』と書かれた案内板と石の鳥居が見えたので、あ、ここだ、駐車場に車を停めて神社へ向かうのだろうと思っていたら、土井はその場所を通り過ぎた。

「土井さん、いま、なんか鳥居があって、参道って書いてありましたよ」

清花より先に勇が言うと、「うん」と答えて止まろうとしない。わずか走るとまたも集落と脇道があって、『三峰山裏参道』と書いてある。

「え？　いいんですか？　ここから行くんじゃ……」

清花も問うた。すると土井は、

「さっきのところからも、今のところからも徒歩で神社まで行けるけど、どちらも片道二時間以上かかる山道なんだよ。高低差は六百メートル、往時の参拝者は途中の滝で身を清めてから神社へ向かったんだって」

と、すまして答えた。

「そんなに？……なんか、すごいんですねえ」

興奮して勇が言う。

「ていうか、知ってます？　十二月の頭にある秩父夜祭は、ユネスコの無形文化遺産に登録されてて、わかってるだけでも三百年以上も歴史があって、祭りの晩に提灯《ちょうちん》ともした笠鉾《かさぼこ》や屋台が練り歩くんですけど……俺はまだ写真でしか見たことないんすよ。山間に明かりが灯る夜まつりって、なんかゾクゾクしませんか？」

「きっと幻想的でしょうね」

と、清花も言った。

「それって太鼓も有名なの？」

勇が和太鼓の奏者なので、太鼓つながりで祭りを知っているのかと思って訊くと、

「さあ……秩父夜祭、まだ見たことないからわからないです」

と、アッサリ答えた。太田氏がヒトオオカミを目撃したのがその祭りの『お籠《こ》もり』を調査しているときだったはずだ。

「今は毎年十二月の二日から三日にかけて宵宮と大祭が行われているらしいよ。昔はそのときに絹市が立ったことから、お蚕祭りとも呼ばれたみたいだ。残念ながら祭りのホームページに民俗学的な話は載ってなかった」

二つの参道脇を通り過ぎてしばらくすると、時刻は正午少し前。土井のキャンピングカーは荒川上流にある道の駅に到着した。施設は国道から少し下がった場所にあって思いのほか広く、食堂、売店、コンビニ、温泉のほか、歴史民俗資料館を併設している。川が近いのか、山かげの駐車場には湿った水の香りが漂っていた。

平日にもかかわらず、何台もの車やバイクが止まっている。清花同様に山歩きの装備をしている人が多いのは、神社参拝に来たからだろうか。土井が停車するのを待って車を降りると、濃い山の匂いがした。日陰で風が冷たくて、建物の背後にそびえる山のてっぺんだけが斜めの日射しを浴びている。清花は再びドアを開け、脱いだ上着を手に取った。

「うぁーっ、気持ちいいーっ」

腕を振り上げて勇が吠《ほ》える。

「でも寒ーい」

ヘタった長袖《ながそで》シャツにジャンパーを羽織っただけの土井は泣く。登山靴で来いと電話してきたくせに、自分はサンダル履きである。

「ここで澄江さんの弁当ですね。お茶買いますか？」

「そうだね。でも、その前に資料館を見てみないかい？」

「私は売店も見たいです。ていうか、あそこに人が溜《た》まってますよ」

清花は売店の脇を指した。何台も並んだバイクの奥で、ライダーたちが手すりの向こうを覗いている。土井の返答を待たずにそちらへ向かうと、手すりの下に荒川が流れていた。見慣れた都内の荒川は、平らに見える水面が蕩々《とうとう》と流れる一級河川だが、こちらは轟音《ごうおん》を立てて岩場を下る荒瀬だ。見える範囲でも川は様々に表情を変え、飛沫《しぶき》で岩を削りながら流れていく。底が見えなかった谷の深さを清花は思った。

「真夏に来れば涼しいだろうなあ」

手すりに並んで土井が言う。たしかにキャンプに来たようである。勇などはあからさまに喜んで、両目をキラキラさせている。

「なんかワクワクしますね。非日常って感じで」

いつも不思議に思うのだが、森や水や火は見飽きることがない。それは人工でも自然でも同様で、揺れる木の葉や水面《みなも》や、炎を眺めているだけで心が癒《い》やされていくようだ。こんな荒瀬を見ているときは、力強さに高揚する。

しばらく水を眺めてから、「行くよ」と、土井に促されてその場を離れた。

秩父市立大滝歴史民俗資料館には、土地に暮らした人々の生活や知恵、生活に用いた日用品や、山仕事の道具などが展示されていた。導入部に中津川《なかつがわ》の鉄砲堰《てっぽうぜき》なるものの模型が置かれているのだが、それは丸太を並べた堰の中央に開口部を造り、バラバラの木材で蓋《ふた》をして、上部に差した棒を引くことで、開口部をふさいだ木々が一気に落ちる仕掛けになっていた。険しい山の利点を活《い》かして水を堰き止め、伐採した木々を一気に下流へ運ぶ工夫らしい。用いられるのは木材のみで、林業を生業《なりわい》とした人々が如何《いか》に土地の利を活用したかがわかる。

「……狼の情報は、ないみたいですね」

展示物を端まで見てから清花がヒソヒソ囁《ささや》くと、

「ここはまだ秩父山地の入口だしね」

と、土井は答えた。

「かなり山に入った気がするけど、まだなんですね」

腰をかがめて覗き込みながら勇が言った。室内には再現住居があり、その縁側で、生きているような老人の人形が、小刀と木材を用いて小正月の飾り物を作っているのだ。奥には土間や囲炉裏まであって、清花は崖下《がけした》や斜面に見た家々を間近にしている気持ちになった。人々は山の神との密接な関係を重んじたらしく、山で採れた材料を用いて様々な供物や呪物《じゅぶつ》を準備したと説明書きにある。人の力では如何《いかん》ともしがたい事柄に対する畏怖《いふ》が、信心となって帰依したのだろう。

弁当用のお茶はコンビニではなく売店で買った。お土産にいいものがあれば欲しいと清花が思ったからだが、桃香が喜びそうなオモチャやアクセサリーの類《たぐ》いはなかった。トイレを借りて、車の中で昼食にする。キャンピングカーでは常にゴミを持ち歩くという清花の話を覚えていてくれたのか、義母《はは》が用意してくれた弁当はシンプルで、全面を海苔《のり》で巻いたおにぎりが新聞紙に包んであった。紙袋からいい匂いがしたのはそのせいだ。

「澄江さん、やるぅ」

と、土井が言った。

「新聞紙は吸湿性が高いし焚《た》き付けにもなる。今回はキャンプしないけど、キャンプ場をベースにしてたら助かるチョイスだ」

清花がテーブルに並べていく包みを、勇が嬉々《きき》として見守っている。おにぎりはいくつかを一梱包《こんぽう》に、ほかに漬物と、切ったリンゴ、卵焼きとウインナーソーセージがそれぞれ紙箱に入れてある。お菓子の箱の再利用だ。

「ふぇー」

勇が奇妙な歓声を上げた。箱を開け、新聞の包みを開いて、

「いただきます」

と頭を下げる。お茶のペットボトルを開ける間もなく、勇は海苔で真っ黒になったおにぎりを取った。

「澄江さん、いただきます」

その様子を土井がしみじみ眺めている。清花はようやく理解した。一人暮らしの独身者には家庭の味が至福なんだと。

「うぁー、うー……めっ」

溜息《ためいき》混じりに言うと、おにぎりを左手に持ち替えてウインナーを摘まんだ。パクッとかじって勇は、

「醬油《しょうゆ》の焦げ味、一番好きです」

「桃香もよ。フライパン洗うのが面倒で、つい塩味にしたくなるけど、焦げたお醬油おいしいわよね」

「一番っすよ」

どれどれ、と言いながら土井が取ったのは卵焼きだ。すぐさま勇が、

「焦げてない卵焼きって感動しません？　俺は焦げてても好きだけど……土井さんは卵焼きに砂糖入れる派ですか？　入れない派ですか？」

「うちは入れる派だったかな。澄江さんのも入っているね」

「俺はどっちも好きなんですけど、うわ、この海苔おいしいなあ」

「丸山くんったら落ち着きなさいよ。……でも、そんなに喜んでくれるなら、お義母《かあ》さんの前で食べてほしかったかも」

一口お茶を飲んでから、清花も漬物とおにぎりを食べた。米と塩、海苔と梅しか使っていないのにしみじみおいしい。日本の米は世界に誇れる味だと思う。

義母が握った六つのおにぎりは、あっという間に残りひとつになって、清花は物欲しそうな顔の勇におにぎりとウィンナーと卵焼きを譲ることにした。そして彼の幸せそうな顔を見ながら、料理って、込められた愛情を一緒に食すものなんだなあと考えた。山に入るとき、太田氏は登山用の携帯食を持って行ったというけれど、最期は奥さんの手料理のことを考えたろうか。山奥で、たった独りで、亡くなる瞬間、彼は何を見て、何を思っていたのだろうか。


けっこう山深い場所まで来たと思っていたのに、道の駅から三峯神社まではさらに三十分以上もかかるという。歩けば山道を三時間くらい。いったいどういう場所なんだろう。通った道がすぐ下に見えるというようなクランクをキャンカーで進んで行くと、キャンプ場の看板があった。今回は調査対象が人ではないので森で一夜を過ごす予定だが、潜入に向いた立地かもしれない。やがてダム湖が現れて、土井はダム湖の連絡用通路に入って行った。

「え。いいんですか？」

思わず訊《き》くと、

「ここしか道がないからね。バスもここを通るはずだよ」

と、平気で答える。

道路の片側は堰き止め湖で、反対側が放水施設だ。放水側では、要塞《ようさい》よろしく切り立ったコンクリート壁が減勢工に向かって落ちている。道幅は狭く、バスが通るというのが不思議なほどだ。

「車でも歩きでも、なかなか神社に着けないんですねぇ」

景観に目を丸くして勇が言った。

「さっき見た、表参道の入口からは三・七キロくらいあるそうだよ。往復したら七キロちょっと、神社は敷地が広くて、ざっと回っても一時間以上かかるから、行って、参拝して、戻ってきたら、一日コースになるんじゃないかな」

「マジすか、そんなに？」

「だから境内に宿泊施設もあるようだ。山の傾斜が急だから、車だと参道の五、六倍の距離を走る感じになるね。苦労して通した道なんだろう」

話しているうちにダム上の道路を抜けた。その先は狭い林道で、降り積もった落葉がタイヤに踏まれてカサカサと鳴り、ときおり枝先がボディに当たる。オンボロのバスコンキャンカーではなく最新鋭の架装車両にしていたら、ボディに傷を付けないように、いちいち停車して車を降りて、誰かが枝を押さえなければならなかっただろう。それにしても……いつ対向車が来るかと思うと心臓に悪くて、清花はずっとアシストグリップを握っている。母の実家が信州《しんしゅう》だから山道は見慣れている気でいたが、秩父の山はそれとは違い、人ならぬモノが棲《す》む世界に引きこまれそうな雰囲気がある。

見上げるほどの高い岩場に集落があった。家屋が岩場に張り付いているようで、見ているだけで目眩《めまい》がしそうだ。

「あれ見てください。どんな人たちがあんなに高いところで暮らしているのか」

勇も窓からそれを見上げて、

「人間って、どこまで行っても暮らしてますよね」

感心したように「ふえぇ」と言った。

「神社の奉職さんか、関係者かもしれないね。参道下の集落からじゃ通うのも大変だろうし……特にこれからの季節はさ」

こんな道がどこまで続いているのだろうと思うところ、突然、拓《ひら》けた場所に出た。

幸いにも対向車と出くわすことはなく、先へ進むと、そこが神社の駐車場だった。通ってきた山道に比べてあまりに広く、崖下に視界が開けて遠くの尾根が連なって見える。空は水色、森は黒、連なる尾根は群青だ。

駐車料金を払って、駐車場のなるべく隅に車を停めた。時刻はすでに午後三時になろうとしており、日差しは緩やかに傾いている。舗装や整備がきちんとされた、広くてきれいな駐車場だった。バス停があるほか、団体バスの駐車スペースもある。あまりに深い山道を走ってきたせいで、行き届いた施設に違和感を覚えるほどだった。

日が傾くと途端に風は冷たさを増し、眼下に遠く広がる街が青水色に凍えて見えた。サンダル履きで車を運転してきた土井もトランクルームを開けて上着を羽織り、靴を出す。

「ボスは登山靴じゃないんですか」

スニーカーだったので清花が訊くと、

「登山靴って、舗装した道は歩きにくいじゃない」

などと言う。

「私には登山靴買えって言いましたよね」

「買えなんて言ってない。持ってる？　って訊いただけだよ」

「はあっ？」

思わず声が大きくなるのを、

「大は小を兼ねるって言うじゃないですか」

勇がヘラリとフォローする。

「登山靴はスニーカーを兼ねるって言わないでしょ」

その間にも土井はトランクルームを閉めて駐車場を出ようとしている。慌てて後を追いながら、気のせいじゃなく歩きにくいわ、と清花は思った。家を出たときから、なんか違和感があったのよね。うう……スニーカーも持ってくればよかった。

神社へ向かう坂道は上りと下りに分けてすれ違いやすく配慮され、手すりも整備されていた。けっこうな急勾配《きゅうこうばい》で、見上げた先が随分遠い。随所に境内の案内図があるが、やはり敷地はかなり広そうだ。風が冷たかったのに、坂道を上って行くにつれ身体が温まって汗ばんできた。これが冷えたら風邪をひくので、登山用のウェアを心底ありがたいと思ったが、その気持ちは土井には言わずに黙っていた。それにしても靴が重い。コンクリート敷きの道を上っていくと、やがて巨大な鳥居が見えてきた。丈高く茂った木々を背景に堂々と佇《たたず》む白い鳥居は、とても奇妙なかたちをしていた。その前で参拝者を見張る狛犬《こまいぬ》は、あばら骨が浮き、大きな口に牙《きば》を持つ狼だ。

「鳥居が三つも並んでいるわ」

巨大な鳥居の左右に小さい鳥居がくっついて、山の字のようになっている。

「三《み》ツ鳥居とか三輪《みわ》鳥居とか呼ばれる形式らしいよ」

と、土井が答えた。

「くぐり方があるんですよね」

と、勇が頷く。

「俺、ネットでしっかり調べてきたんで」

そう言って自分が一番前に出た。

大鳥居の前で一礼すると、くぐって左の鳥居から戻り、また一礼して、今度は右の鳥居から戻る。しまいに一礼すると、再び左の鳥居をくぐって中央を抜け、参道に入った。8の字を描くというよりも、動線を無限ループに引くことで祭神と結縁《けちえん》する儀式のようだ。清花は信仰を持たないが、この班に来てから畏怖《いふ》の気持ちを知って、信者ではないから観光気分で参拝していいなどとは思えなくなってきた。自分が事前に調べたのは事象の裏にあるかもしれない犯罪の可能性やニホンオオカミのことだけだったが、信仰の場所に立ち入る作法を調べてきた土井や勇の姿勢には負けたなと思う。いや、それは勝ち負けじゃなくて、人としてのあり方の差かもしれない。

勇に倣って鳥居をくぐると、僭越《せんえつ》ながらいっぱしの信者になれたような気がした。

どこの神社でも感じることだが、そこから先は空気が変わる。神が祀《まつ》られた社《やしろ》へ向かう参道はスックリと立ち上がった木々に包まれ、無数の石灯籠《いしどうろう》が並んでいた。

もっと素朴で異様な神社を想像していたが、見えてきた随身門《ずいしんもん》は丹《に》塗り柱の荘厳な出《い》で立ちで、扁額《へんがく》の文字は黄金だった。やはり一対の狛犬ならぬ狛狼が、精悍《せいかん》な表情で来る者の素性を見極めている。石灯籠が整然と並び、杉や檜《ひのき》に囲まれた参道はまだ続き、やがて青銅の鳥居と、その奥に佇む拝殿に着いた。

こちらも豪華絢爛《けんらん》で、手水舎《ちょうずや》すら極彩色の彫刻で飾られていた。

「もっと寂れた感じなのかと思っていたのに、イメージと全然違う……日光東照宮《にっこうとうしょうぐう》を思い出したわ」

手水舎の屋根に彫られた鳳凰《ほうおう》や竜を見上げて呟《つぶや》くと、

「俺も、思ってた以上にすごくてビックリ」

と、勇も目を丸くしている。

「ここは関東屈指のパワースポットと言われて、参拝者も多いんだよ」

清めた手をハンカチで拭《ぬぐ》って、土井は階段上の拝殿を振り仰ぐ。左右には、しめ縄を張った巨大な杉がボディガードよろしくそそり立っている。

境内が広いので参拝にも時間がかかると聞いたが、駐車場から拝殿までは十数分の距離だった。お参りを終えて、さほどでもないなと考えていると、土井が階段を下りながら、

「さあ。じゃ、お犬様に会いに行こうか」

と、振り返った。毎月決まった日に赤飯を供えるという社は、拝殿とは別の場所にあるのだという。境内を包む森は背が高く、四方に伸びた枝々が初冬の空を覆っている。地面に落ち葉が降り積もり、澄み切った匂いが肺を刺す。枯れた下草はラクダ色

をした絨毯《じゅうたん》のようだ。森に佇む神楽殿《かぐらでん》には絢爛豪華な色彩がなく、舞手が躍り出てくる舞台の口が真っ暗で、異界へ通じているかのようだ。先には近代的な建物がいくつかあって、食事ができたり、土産物などを買えるらしい。ガラス越しに中を覗くと、狼のぬいぐるみが売られている。それより奥にもビルが見え、そちらが宿泊施設のようだった。近代的な建物ではあるが、商業施設のような華やかさを感じさせないのは森の威力が濃いからだろう。歩いても、歩いても、しんとした静寂に包まれている。立て札で『えんむすびの木』と紹介された杉の先に二つの鳥居が見えてきた。鳥居は道の脇から延びる石段の下とその上にあり、『遠宮』と書かれた扁額があった。

「ここですか？」

と、勇が訊《き》いた。太陽がかなり傾いたらしく、森は薄闇と金の光で二色になった。日差しは周囲の山々を抜けてくるためまばらで、光というより光線のようだ。

石段を上りながら土井が言う。

「大口真神の社だよ。お犬様は山に隠れているから、ここを『御仮屋《おかりや》』として祀っているんだ。もうひとつお犬様のお宮があるって言ったね？」

石段の上には、座って周囲を遠望する狼と、伏せて参拝者を見守る狼がいた。寒くないようにとの配慮からか、手編みのマフラーを巻いている。狼の像は境内の随所で見られたが、どれも個性的な造形で、性格すらも様々に感じさせてくる。岩山に休むふうのこちらの像は、高い森を背景にして生きているかのようだ。社殿は簡素で色もなく、だからこそ余計に、深山に潜む狼には相応《ふさわ》しい。

「次はこっちだ」

土井は社の脇に出て、建物の背面にわずかに拓《ひら》けた地面を指した。

杉木立が黒々と佇む尾根である。

「ここが遠宮、近宮はこの先なんだよ」

その道は細く、地面から木の根が剝《む》き出しになっていた。そこに針葉樹の葉が積もり、茶色の枯れ葉と砂利がまだら模様だ。土井は清花を振り向いて、

「登山靴でよかったでしょ」

と、笑う。

「サーちゃんはママさんだから、何かあったらぼくが桃ちゃんに恨まれるしね」

子供たちが小さいうちに妻を亡くした土井が言う。

だから私に登山靴を持っているかと訊いたのか。

気持ちを言い表すのが苦手な清花は、言葉を選んでいるうちに返答の機会を逸した。

土井はもう歩き出していて、清花の後ろを慎重に勇がついてくる。

「え。この道ってどこまで続くんですか、俺たち、明るいうちに駐車場まで戻れるんですよね？」

「ぼくに訊くなよ。初めて来たんだし、近宮は神社も案内していないんだしさ。たぶん、こういう道だからおおっぴらにしないんだ。関係者以外は立入禁止にするべき場所かもしれないね」

「サンダルとかで気軽に来られて事故があったらコトですもんね」

それは境内を囲む尾根を回って宿泊施設の裏側へ至るほどの道のりだった。清花らの他に参拝者はなく、遠宮よりもさらに小さな石の祠《ほこら》が、鞘堂《さやどう》に守られて立っていた。真摯《しんし》に手を合わせた後で、

「ここから道に迷うってことはなさそうだなあ」

と、土井が呟く。嚙《か》み痕《あと》を持つ遭難者たちがどんな目的で山に入って、なぜ事故に遭ったかを考えているのだ。太田氏が滑落したあたりは奥秩父の山より標高が低いが、だから迷わないということもない。この境内ですら森は濃く、わずかに歩けば山道に出るし、『奥宮』などは登山届を出さねば行けない場所にあるという。

「だいたい様子がわかったかな……奥宮へは行けないけども、遙拝所《ようはいじょ》から奥宮のある山が見えるというから行ってみよう」

再び尾根を戻って遠宮を過ぎ、また随身門をくぐって、石灯籠が立ち並ぶ参道を、来た道とは別の方角へ行く。物見台よろしく崖《がけ》面に突き出た遙拝所からは、壮大な秩父の山々が見渡せた。東屋の柱が景観を切り取って額絵のようだ。黒い森の向こう側

に陽が差して、勢いに任せて稜線《りょうせん》を描いた水墨画さながらにゴツゴツと隆起した山々が折り重なっている。標高が高いので頂上付近に森はなく、風雨が削った岩肌がまるで屏風《びょうぶ》のようである。谷の深さは相変わらずで、巨木が覆って底も見えない。生体であろうと霊であろうと、おおかみが棲《す》んでいるのは疑いようもない。そんなふうに思わされてしまう絶景だった。

駐車場へ戻る道には全国各地から奉納された祈念塔や石碑が立ち並び、錚々《そうそう》たる企業や個人の名前が刻まれていた。立地に照らしてあまりに巨大で立派なのを見て、清花は思わず溜息《ためいき》を吐く。それらは信仰の深さと広さを知らしめるとともに、不思議な威力を持って清花の胸に迫った。

三ツ鳥居の前に並んだ茶屋の脇を通ると、すでに閉店の準備をしていた。この場所から自宅へ戻ることを考えれば当然の時間なのかもしれない。神社が閉まるのは午後五時で、団体バスが駐車場を出て行くところだった。

バス停の自販機で土井があたたかいお茶を買い、清花と勇に渡してくれた。清花もグミを差し出すと、二人はともに梅味をつまんだ。普段なら腹が立ったときに選ぶ梅味だけど、清花も同じものを口に入れ、塩味と酸味が身体に染み込む感覚を楽しんだ。自販機の脇に立ったまま暮れていく下界を遠望する。対する背面は山塊で、今では石の狼たちが深山を駆け巡る姿が想像できるようになっていた。

「どうだった？」

と、土井が訊く。

人影はないが、車はまだ何台も停まっていて、山を下りてくる人たちもいる。

「圧倒されました」

と、正直に清花は答えた。

「もっとこう……おどろおどろしい感じの場所かと思っていたので」

「俺もです。いちおうネットで見てたけど、見るのと来るのは大違い」

勇は上目遣いに言葉を選び、

「山の霊気がもりもりでしたね」

と、言った。

「うん」

土井は頷《うなず》いてペットボトルのお茶を飲み、残った分に蓋《ふた》をして、歩き出す。坂道を下りて来る人たちが会話の聞こえる位置まで迫ったからだ。車に着くとトランクルームを開けて靴を履き替えた。勇は後部ドアを解錠してステップを下ろし、水や排水の状況を確認するための集中スイッチパネルをチェックした。

「あ、土井さん。万羽さんが連絡くれたみたいですよ」

集中スイッチパネルには『本部から連絡あり』を示すランプがあって、それが点滅していたようだ。靴を脱いで車に乗ると、勇は締め切ってあるドアの奥へと素早く消えた。最新装備の機動車両は断ったものの、土井のオンボロキャンピングカーは最新鋭の通信装置を搭載している。うっかり外から覗《のぞ》かれた場合に怪しまれないよう、車内を仕切るドアで隠してあるのだ。

勇が福子に連絡している間に、清花と土井は出発の準備を整えた。冷蔵庫をガスからバッテリーに切り替えて、運転時に移動したり落ちてきたりしそうな物がないか確認し、後部入口のステップを上げ、内側からドアをロックする。確認を終えるとエンジンをかけて勇を待った。プリンターが動く音がしているなと思っていたら、勇は数分で戻ってきた。

「先《ま》ずは動くよ、準備はいいかい？」

土井が問いかけると、勇は間仕切りドアをロックして定位置に掛け、真剣な面差しで「いいです」と答えた。すっかり寂しくなった駐車場を、キャンピングカーはゆっくり出て行く。どこから山に入る気なのか、初冬の夜はあまりに近く、野営地を見つける前に日が暮れそうだ。車が再び山道に入ったところで勇が言った。

「万羽さんですが、太田氏の奥さんから預かった音源データの結果が出たと」

それは彼が三年前の春、偶然録音した獣の声だ。

土井はルームミラーをチラリと見上げ、清花はアシストグリップを握って振り返ったが、テーブルが見えただけで勇の顔は見えなかった。そのテーブルに、勇はプリントした紙を載せている。文字のみが書かれているようだった。

「結論から言うと二種類の音声が混じっていたそうです」

「二種類？」

と、土井が訊く。勇はわざと重々しい声で答えた。

「ひとつはイヌ科の動物の声」

「狼？」

清花の問いにはため息を返す。

「大陸狼の声に近いと言えないこともないけど、断定はできないと。イヌ科の動物は交配しやすく、ニホンオオカミもそうやって生まれた亜種らしいです。秩父には野犬が生息しているので、野犬の可能性もあるそうで」

「そうか……残念――」

と、清花は言った。

「――もう一種類は？」

「ジャジャーン」

自分で調べたわけでもないのに、勇は偉そうに擬音を発した。

「結論はっ……なんだかよくわからないそうです」

「なにょそれ」

「イヌ科の動物が発する声とは周波数も音域も違うってことで」

勇はスムーズに会話するため椅子から身を乗り出した。後部座席で発する声は助手席や運転席にもよく聞こえるが、走行音がするため清花らの声は意識しないと後部座席の勇に届かないのだ。清花はまたも振り返り、

「じゃ、何の声？　そっちが本物のニホンオオカミだったんじゃないの？」

と、勇に訊《き》いた。

「だからイヌ科の動物じゃないし、何の声かわからないんですってば。これ、すごくないですか？」

「ええー」

と、唇を尖《とが》らせたのは土井だ。

「鹿とか猪とか、あるでしょう。まーさか、妖怪《ようかい》とか言わないよねえ？」

「バカ言わないでボス」

霊気の濃い場所にいたこともあり、土井の言葉には寒気を覚えた。

「……人間？」

清花が訊くと、勇は答えた。

「でもないみたいです。ヒトの音域とも違うみたいで……となると、『仮装した人間』

という清花さん説はナシになりますね」

確かにそうだ。たてがみと尻尾《しっぽ》を持つ正体不明の生物がいることになる。

「ヒトオオカミとか言いたいわけなの？」

真後ろを向こうと思ったが、道が曲がりくねっているので身体が振られてそれどころではない。前を向いていないと酔いそうだ。

「遠吠《とおぼ》えの一部は狼のそれに近いそうです。一本調子に吠えるんじゃなく、様々な鳴き方が組み合わさってる。でも、不明の一部はイヌ科の動物の声帯から出る音じゃないそうで、結局、よくわからないということでした」

「レコーダーがポンコツだから、そうなったってわけでもないの？」

「土井さん、向こうは専門家ですよ？　そのあたりも含め、しっかり検証してくれたようです……そんなこと言うと、また万羽さんに怒られますって」

「そうなのかー」

土井はギュッと唇を結んだ。勇は続ける。

「あと、写真ですが、こちらは元がブレすぎていて画像を鮮明にすることはできなかったらしいです。ただ、写り込んでいた動物の大きさは、体長一メートル程度、肩高五十センチ程度、四足歩行のナニカだろうということでした」

「何なのかさっぱりわからないじゃない」

ですね、と勇は言ってから、

「あの写り方ですもん、仕方ないです。ただ、そんなにデカい個体じゃないってことはわかったじゃないですか。ニホンオオカミを調べる方法もＤＮＡ検査しかないってことで、それが手に入るのが一番ですけど……あとですね、遺体に噛《か》み傷があると太田氏が言ってた遭難者について、遺体の発見場所を万羽さんが調べてくれました。これが現場の地図ですけど」

勇は運転中の土井ではなく清花に地図を手渡した。太田氏が宗像に渡したのは写真だけだったが、福子は遭難者に関する情報もピックアップしてくれた。一人は今から四年前の夏、もう一人は二年前の秋に遭難している。どちらも六十代の男性だ。

「これ……」

彼らの発見場所は、さほど離れていなかった。太田氏が遺体になって見つかった場所からも近い。清花が地図を見つめていると、

「でしょ？」

と、勇が背後で訊いた。

「噛み傷のある遺体は太田氏含めて三体ですが、半径三キロ以内に寄ってるようです」

清花が土井に説明すると、

「どのあたり？」

土井が訊《たず》ねて勇が答えた。

「場所は説明しようがないです。だって目印もない山なんで」

「近くに登山道とかあるんじゃないの？　とりあえずそこまで行って現場の状況を見てみないかい？」

「登山道なんかないっすよ」

「でも、太田氏の奥さんの話だと、遭難時、太田氏の車は神社の駐車場に停まっていたってことだったわよね？　そこから山に入ったわけでしょ」

「あー……吉田石間を城峯神社の方角へ一時間、でしたっけ？　あれ？　それは録音した場所でしたっけ」

「遭難時、太田氏の車があったのは釜山神社よ」

「そうでした。釜山神社でした」

捜査手帳を確認したのか、勇が言った。神社の場所を検索しようと清花もスマホを見てみたが、電波が悪くて操作できない。

「ちなみに他の遭難者に嚙み痕《あと》があったかどうか。万羽さんは山岳救助隊にもメールを送って、野生動物に嚙まれた遺体について訊いてくれたみたいですけど、発見が遅れればほとんどそうだと答えが返ってきたって」

「確かにね」

と、清花は言った。自然界に放置された遺体は必ず何かの食損を受ける。ましてや山の中ならば、イタチや狐など肉を食べる動物も多いだろう。土井は車を停止させ、

「釜山神社ね」

カーナビをセットしてから言った。

「ここからまだ一時間以上かかりそうだし……たぶんこれ、めちゃくちゃ道が狭いんじゃないか？　状況のわからない道を、日が暮れてからデカい車で行くのはリスクが高い……初めての道だと待避所の位置もわからないしなあ」

「そっから山に入るにしても明るいうちのほうがいいですもんね。なんたって滑落事故のあった場所だし、捜査に来て遭難したんじゃシャレにならない。どうします？」

と、勇が訊いた。土井はしばらく考えてから、

「今夜はどこかに泊まって、作戦会議しながら夜明けを待とうか」

エンジンを掛け、ルームミラー越しに勇を見やる。

「勇くん、よさそうな場所をチェックしてよ」

電波が不安定でスマホが使えないのに、勇は嬉々《きき》として、

「そう来るだろうと思ってました。なら、昼間行った道の駅の近くにキャンプ場があるんで、そこでどうです？」

と、訊く。車はすでに発進し、暮れていく山道をヨタヨタと走っている。

「道沿いに二ヵ所ほどチェックしてきたけど、料金はどちらも六千円前後です。この時間なら予約なしでもギリ受付できるんじゃないかと」

「よし。じゃ、ひとまずそこに落ち着くか」

「やった……土井さんのコーヒーが飲めるってことすね」

勇は清花のヘッドレストを離し、居心地よさそうに後部座席へ手足を伸ばした。窓の景色を眺める様子が助手席のサイドミラーに映り込んでいる。九十九折《つづらお》りの山道を下る間も夜はどんどん近づいて、景色は寂しさを増していく。街灯も集落も民家もない山中では、暗さが寒さを運ぶのと同時に、人は急いで出て行けと物の怪《け》たちに追われる気がする。人の気配が消えたなら、山は森と同化できるモノらの世界になるのだ。

そのモノたちは何だろう。太田氏が録音した遠吠えは狼のものではなかったらしい。かといって鹿や猪でも、ヒトのものでもなさそうだ。夕まぐれに黒々と立つ木立を見ながら、『お籠《こ》もり』の晩に太田氏が見たモノのことを考えた。

オホは大なり、カミは神なり、これを山神と号するなり。

おおかみは山の神。而《しこう》してその実体は、ヒトでもなく獣でもなく、長い複数の尾を持って、四つん這《ば》いで闊歩《かっぽ》する異形の何か。山に迷った人々を襲い、肉を喰《く》らう怪物だろうか。それこそが真の山神か。人間はその力を狼に見立てて祀《まつ》り、御利益を得るために首を狩り、遺骸《いがい》を祀った。眼下に沈む険しい谷に、だからニホンオオカミはもういない。害獣である猪を喰い、鹿を喰い、ときに人を喰うことがあっても、共存していた人々も、もういない。彼らは滅びて神霊になった。

夕日の赤さは滅びの種が流した血にも似て、清花に無常を突きつける。信仰は祈り、信仰は愛、そして呪いなのかもしれない。

第四章　秩父山系人狼譚《じんろうたん》

キャンプ地は荒川の渓流沿いだった。今季の営業を終える直前で利用者もおらず、受付を済ませてサイトに進み、車の位置を決め終わった頃には早くも星が瞬き始めた。キャンピングカーでの宿泊は、安眠を得るために車の向きや水平さにこだわる。足が頭より高い位置になってしまえば寝にくいし、車体が傾いていれば自由な姿勢で眠ることができない。よって駐車スペースに着いて初めにするのは安眠できるかたちに車を停める位置決めだ。

車外で地面を調べる勇と、運転者の土井が位置決めをしている間に、清花はサイトの水場へ水汲《みずく》みに出た。飲み水は持ってきているが、給水できる場合はそちらを使って減るのを防ぐ。いつ何時何が起きるかわからないので、水は大切に使う必要がある。

日が暮れて寒さが増したキャンプ場には川の流れる音がしていた。対岸も、頭上に架かる橋も真っ黒になったが、その上に覗《のぞ》く空は群青色だ。星の数は見る間に増えて、川筋の上を流れていく。両手を息で温めながら、「きれい」と清花は呟《つぶや》いた。夜空は崖際《がけぎわ》の一部だけがまだオレンジ色で、白い星との対比が見事だ。ねぐらへ急ぐ鳥の影すら真っ黒で、見守っているうちどこかへ消えた。こんな景色を桃香にもぜひ見せてやりたい。勉も賛成してくれるだろうか。離婚してしまった今頃になって、分かち合いたいあれこれが増えていくなんて。

ポットに水を汲んでいると、勇がやって来てトイレへ消えた。

シャワー施設があったから、寝る前にシャワーを浴びよう。

停車位置が決まった車では、土井が荷物を下ろしていた。

キャンプ用の椅子を三脚、小さな焚《た》き火台の周りに置いて、火を焚いた。義母《はは》がお弁当を包んでくれた新聞紙や紙箱が焚き付けだ。椅子の脇に小さなテーブルを置き、土井がバーナーで湯を沸かす。こういうときのためにキャンプ料理のひとつやふたつは覚えておこうと思うのに、いつもこうなってから後悔をする。

「晩ご飯はなんですか？」

焚き火に薪《まき》をくべながら、子供のように勇が訊《き》いた。今日は焚き木を集める時間がなかったので、受付で薪を買ってきた。薄闇に赤い炎が上がり、薪の燃える匂いがあたりに漂う。子供には火遊びを禁じているけど、火を焚く行為は魅力的だ。本当ならばこういう場所で火を焚かせ、有用さも危険さも教えた上で扱いに注意を向けるほうがいい。炎は生きているかのようで、見ているだけで癒《い》やされるから。

「うどんとそばと、どっちにしようか」

土井が訊くので、清花と勇は、

「うどん」「そば」

と同時に答え、ジャンケンをして、清花が勝った。携帯用の鍋《なべ》は小さくて、同時に三人分を作ることはできず、調理可能な量を作って分け合う作戦だ。唐突に立ち上がって勇が車へ入って行き、しばらくすると、小脇に小さなビンを抱え、飯盒《はんごう》の蓋《ふた》に缶詰を入れて持ってきた。いそいそと焚き火のそばに陣取ると缶詰を開けて中身を飯盒の蓋に投入し、ポケットから袋に入った粉のようなものを取り出した。粉は白いフレーク状で、缶詰の中身は焼き鳥だった。

「何か作るの？」

清花が訊くと、勇は持って来た小ビンを清花に見せた。長瀞と書かれた日本酒だ。

「うわ、これどうしたの」

「道の駅で買っといたんです」

「いつの間に」

「へへ……たまにはいいかと思って」

嬉《うれ》しそうにニコニコしながら、勇はマグカップを三つテーブルに並べ、均等に日本酒を注いだ。土井のバーナーはうどん用の湯を沸かしているので、勇は飯盒の蓋を焚き火であぶり、缶詰の汁と油にフレーク状の粉を投入した。

「それはなに？」

「マッシュポテトです。缶詰の汁って飲むのもアレだし、捨てるわけにもいかないし……でも、こうすれば洗い物も楽だし、何より美味《おい》しいんじゃないのかな、と」

土井の鍋から少しだけ湯をもらい、缶詰をすすいだ汁でマッシュポテトを練り合わせ、塩と黒コショウを振ってから、熱々になった焼き鳥をその上に載せる。酒のつまみはあっという間にできあがった。

「旨《うま》そうだなあ」

と、土井が言う。

「たぶん旨いと思います。じゃ、乾杯しますか」

そう言ってマグカップを持ち上げるので、焚き火の明かりで乾杯をした。土井たちと酒を飲むのは初めてだ。勇が買ってきたのが小さなビンで、それぞれに渡った酒はお猪口《ちょこ》に三杯程度の量だったけど、澄んだ空気の中で飲む酒は五臓六腑《ろっぷ》に染み渡る旨さで、冷酒が喉《のど》を通るとき、鼻先へ米の香りが甘やかに抜けた。風が波のように稲穂を揺らす青田の景色が脳裏をよぎり、ああ、米は植物なんだと改めて思う。

「うわー……私、初めて日本酒を美味しいと思ったかも」

清花が言うと、

「日本酒は美味しいよ？　いい日本酒はね」

と、土井が答えた。勇が作った即席つまみも間違いのない味だった。

「こんなお料理……って言ったら失礼だけど、家では絶対作らない。でも、めちゃくちゃ美味しい、ビックリした」

黒コショウの香りが焼き鳥とマッシュポテトをオシャレな感じに格上げし、日本酒の甘さを引き立てる。野外で食べるとなんでも美味しい。そもそも空気からして美味しいのだ。

「俺、褒められたんすよね？」

勇が訊くので笑ってしまった。土井の鍋ではクックツとうどんが煮えていて、和風出汁《だし》のいい香りがしている。そして清花はふと思う。

「ボスも丸山くんも、登山用の携帯食っていったら何を選ぶの？」

「なんすか急に」

「高カロリーのクッキーやゼリー、チョコバーとか、梅干しとかかな」

と、土井が言う。

「携帯食ならスポーツショップに行けば色々売ってますよ。加水で食べられるスープや雑炊、ドライカレーや、最近は真空パックのおにぎりとかも。どうしてですか？」

うどんを見ながら清花は答える。

「太田氏は山に入るとき、携帯食を持って行ったと言ってたわよね？　遭難したときも歩けなかった。それで」

ポケットから捜査手帳を出して、メモを確認しながら続けた。

「彼が奥さんに電話してきたのが三十日の午前三時過ぎ。このときすでに足を折って動けないと言った。奥さんはすぐ警察に電話した」

薪のはぜる音がパチパチとする。それらが炭になって焚き火台の底に落ちると勇が新しい薪を追加する。湿った薪は白い煙を吐き出しながら、やがて赤々と燃えていく。

「ご遺体が発見されたのは月が変わって八日火曜日。検視では死後二日程度だったということだから」

「亡くなったのは五日から六日ってことですね」

「彼の胃には木の実と白飯、あと鉱物が入っていた」

顔を上げて土井を見た。

「鉱物は滑落時に口に入ったもの、木の実は空腹で食べたとしても、白飯は？」

箸《はし》でうどんをほぐしつつ、土井は静かに呟いた。

「そうか……彼の持ち物は見つかっていないんだったよね？」

「あ、そうか」

と、勇も頷《うなず》く。

「持っていたのはカメラとスマホ……たしかに、飯はどうしたんだろう」

「そうよね？　木の実はともかく」

「いや……本庁へ来たとき宗像先生が言っていたよね？　遺体の近くにその植物はなかったと」

清花らは互いに顔を見合わせた。

「飯はどこから？　足を折って動けなかったはずなのに」

それぞれが視線を逸《そ》らして数秒後、

「やー、めー、てー……」

と、土井が身震いをした。

「こわーい」

「土井さん。もうね、その言い方が怖いですから。こんな山ん中で、いい加減にしてくださいよ」

と、勇は叱り、なぜかヒソヒソ声になって、

「山の神って……ホントにいると思ってんですか？」

誰にともなくそう訊いた。清花も思わず声をひそめる。

「無理矢理変な方向へ話を持っていくのもどうかと思うけど、たしかにそこはひとつ

謎だわね。山に何かがいるのは間違いない。でも、それが何かはわからない。太田氏が野宿した場所もわかっていないし、持ち物も見つかっていない。動けなかったはずなのに、事故から数日経った太田氏の胃には未消化の内容物が残されていた。滑落時、食べ物の入ったリュックを持っていたけど野生動物が持ち去った？」

「それはあるかもな。人間の食べ物の味を覚えた熊は、ゴミ箱だって漁《あさ》るというよ」

「ていうか、そもそも太田氏は白飯を持っていたんですかね？」

勇が基本的な疑問を口にした。そこは奥さんに電話で確かめるしかないだろう。

「あ、うどんできたよ」

乾燥ワカメと油揚をパラパラ入れて、土井は取っ手付きカップにうどんを分けた。真っ白に湯気が立ち、出汁と醤油《しょうゆ》のいい香りがする。

「うわー、サイコーっすね」

と、勇が感嘆の声を上げ、

「丸山くんも私も、今日は『うわー』ばっかりね」

と、清花が笑った。焚《た》き火に当たった身体の正面はともかく、背中とお尻《しり》はしみじみ寒い。熱いうどんは身体を芯《しん》から温めて、疲れが溶け出ていくかのようだ。夜空の星はたくさんになり、黒い景色の遠方にきらめく川を描いている。狼の遠吠《とおぼ》えが聞こえないだろうかと思ったが、沢の水音と夜が更けていく静けさだけがキャンプ場を取り巻いていた。

日本酒でほんのり温まった心と体でシャワーを使い、歯を磨いてからキャンピングカーに戻っていくと、スマホに勉から着信があった。車に入ってメッセージを開くと、文章なしの写真だけが送られてきていた。ベッドで眠る桃香の写真だ。時刻は午後十時を過ぎており、『おやすみ』の電話が遅れてしまったことを清花は知った。なんだかまったりしてしまい、時間の感覚がずれたのだ。

「わあ、しまった！　電話するの忘れた」

バスタオルごと頭を抱えた。

「桃香寝ちゃった……わーん、ごめんなさい」

呟《つぶや》きながら写真を見ると、羊と並んでぬいぐるみの布団を掛けている。羊のメイちゃんを抱いた桃香が、本物の掛け布団の上に小さい掛け布団を載せているのだ。つたない技術で縫い上げたキッチンクロスとタオルの布団がそれほど嬉《うれ》しかったのかと思ったら、いじらしさに泣けてきた。もっと早く、そんな時間を作っていたら。一日のうちでほんの数分、ほんの一瞬、あの子と真剣に向き合っていたら。今になってようやく、勉が何を怒っていたのかわかった気がした。

「桃ちゃんですか？」

横から勇が覗《のぞ》き込み、

「これが風邪引いた羊すか、かわいいなあ」

と、微笑んだ。

「このハンカチみたいのはなんですか？」

「羊のお布団。桃香に頼まれて縫ってあげたの。下手だけど」

勇は数秒間無言になって、スマホを見つめた。

「そっか……桃ちゃん、ママに作ってもらったのが嬉しくて……それを旦那《だんな》さんが、清花さんに送ってくれたってわけですね」

「もう旦那じゃないけどね」

「いい家族じゃないですか」

「結婚してたときよりも、上手《うま》くいってる気がする不思議」

冗談混じりに言って写真を消すと、自分を見つめる勇と目が合った。

「それ、あまり関係ないんじゃないですか？」

「なにが？」

「だから、結婚しているとかいないとか。こういう写真を送ってくれる旦那さん、いい人だと思いますよ。桃ちゃんが幸せで、清花さんも幸せで、それが一番大切なことなんじゃ……なーんて、独身野郎が生意気言いましたね、すみません」

勇はおもむろに身を翻すと自分のリュックをかき回し、

「俺もシャワー行ってきます」

振り返らずに車を降りて行ってしまった。通信室から出てきた土井が、

「サーちゃん、おかえり。もう奥で寝る？」

と訊《き》く。清花は勇の帰りを待たずに最後尾の狭いベッドスペースに潜り込んだが、一瞬だけ目が合った勇と、そのときの言葉が気になって眠れなかった。

あれはなに？

まともに目が合った勇の瞳《ひとみ》は形容しがたい色をしていた。

家庭を知らない丸山くんに比して、私は恵まれていると言いたかったのか、それとも贅沢《ぜいたく》でわがままですよと言われたのだろうか。それともあれはなんだろう。そもそも彼はどんな人生を送ってきたのかな。明るく飄々《ひょうひょう》として物怖《ものお》じをせず、いつも場の雰囲気をよい方へと押し流す。あれは彼の処世術？　それともなんなの？

鼻先に迫る天井を眺めて考えたけど、答えがわかるはずもない。

明日は桃香が学校へ行く前に電話しなきゃと、心に決めて眠りについた。

コツコツと壁を叩《たた》く音がして目を開けると、土井が通信室から顔を出していた。

「ちょっと早いけど支度して出るよ」

土井はすでにハイネックのシャツを着て、さらにベストを着込んでいる。清花は慌てて身体を起こし、危うく天井に頭をぶつけそうになった。

「あ。はい。え？」

スマホで時間を確認すると、まだ午前五時三十分、目覚ましアラームが鳴る三十分前だ。急いで起きてシュラフを片付け、手鏡でさっと確認してからタオルと歯ブラシを持ってベッドスペースを出た。通信ブースを通ってキッチンへ移動するとヤカンがシュンシュンお湯を沸かしていて、ソファとテーブルにセットし終えたダイニングで勇がコーヒー豆を挽《ひ》いていた。

「おはようございます」

と言われて俯《うつむ》き加減に「おはよう」と返す。適宜整えてきたとは言っても、他人に寝起きの顔を見られたくない。背中を向けて靴を履きながら、

「どうして早いの？」

と、勇に訊いた。土井は外で昨夜の焚き火の始末をしている。

「神社へ行く道が狭すぎるからです。バスが通ってる三峯神社と違うので……この車、デカいですから、対向車が来ない時間に行くしかないと」

納得だ。ならばそう言ってくれればいいのに。トイレを済ませて顔を洗い、洗面所で歯を磨いて手櫛《てぐし》で髪を整えた。刑事時代からのショートヘアは、頻繁に美容院へ通

う必要があるものの、セットが楽で助かっている。

車に戻ると、すでに周囲は片付いていた。キャンプ場に朝靄《あさもや》が立ちこめ、川面《かわも》にうっすらと湯気が立つ。昨夜のうちに通り雨でもあったかと思うほど地面は濡《ぬ》れて、冷気が肌に張り付いてくる。見上げれば白く煙った対岸上部に岩肌が垣間《かいま》見え、キャンプ場近くの橋は靄にかすんで全容が見えない。昨夜は星がきれいだったのに、今はあたり一面が柔らかな水に抱かれているかのようだ。

後部のドアを開けると、豊かなコーヒーの香りがした。土井と仕事をするようになって、彼のコーヒーが何よりの楽しみになった。眠気覚ましにインスタントを、それもがぶ飲みしていたころとは違う。一杯のコーヒーに香るアロマと甘みとコクは、コーヒーという飲み物が持つ魔法の力を清花に教えた。土井のように美味《おい》しく淹《い》れられるようになりたいというのも、清花の小さな野望になった。

「戻りました。いつもながらいい匂い」

土井がコーヒーを淹れている横で、勇がパンを切っていた。潜入捜査に出るとき土井が持ってくるのはインスタント麺《めん》と、目が詰まって硬いライ麦パンだ。勇は大きなパンを片手に抱え、ナイフを回すようにしてスライスしている。テーブルの中央に大皿を置き、六枚切ってパンをしまった。

「ハチミツ出すわね」

靴を脱いでダイニングに入り、手を洗ってから清花が訊くと、

「冷蔵庫にチーズもあるんで」

と、勇が言った。冷蔵庫を開けてみると、これも塊のチーズが入っていた。取り出すより早く腕を伸ばしてくるので勇に渡すと、同様にスライスしてからバーベキュー串《ぐし》に突き刺した。

「どうするの？」

と訊くと、イタズラっぽく笑っている。バーナーを弱火にしてからチーズを炙《あぶ》り、溶ける寸前でパンに載せた。

「アルプスの少女ハイジみたい」

「俺もあれに憧《あこが》れたクチです」

勇が炙ったチーズをパンに載せ、清花がハチミツを垂らしていく。土井のコーヒーが入ったところでいただきますと頭を下げた。窓の外では朝靄が、景色を隠したり現したりしている。幻想的な川縁《かわべり》の風景は、奥に続く森に異形の何かが佇《たたず》んでいると思わせる。山は静かに目覚めていく。森に棲《す》むモノらと同じ朝を迎えているのだ。

車の両脇に山が迫る細道を行く間、対向車の来ない時間に現場へ向かうという土井の作戦に清花は心からの賞賛を送った。まだ朝靄のかかる山道は曲がりくねって視界

が利かないうえに、車がすれ違うための待避所もなく、車幅の広いキャンピングカーは戻ることもできない。先にカーブが見えるたび、どうか対向車がいませんようにと祈ってしまう。アシストグリップから手が離せないし、前方に枝が垂れ下がっていないかと心配せずにいられない。後部座席の勇も小声でヒイヒイ言いながら、やがては片手で口を覆ってしまった。自動車免許を持っていない頃なら平気だったかもしれないけれど、バスコンでこんな道を通るのはあまりに無謀で傲慢《ごうまん》だ。まだか、まだ目的地に着かないのかとカーナビの距離表示を見ながら進むこと一時間以上。道は唐突に辻《つじ》へ出た。その角に『釜山神社』と彫られた社号標が立っている。

「とうとう着いた……」

ホッとして清花が言っても、なぜだか土井はしかめっ面だ。カーナビには駐車場のマークがあるが、それらしき場所が見当たらないのだ。

「サーちゃん、ちょっと見てきてくれない?」

言われて素早く助手席を降り、周囲を見渡して気がついた。

駐車場は確かにあるが、進入口の両脇に木が生えて車幅にギリギリ過ぎるうえ、頭上の枝がボディに当たる。この駐車場に入れるのは軽自動車か普通車だけだ。

後部座席の扉を開けて顔を出し、状況を確認しながら勇も言った。

「あー……こりゃ全然ダメっすね。そもそもこんなデカい車で来るような道じゃなかったですもん。そりゃ、駐車場もこうなりますよ」

運転席の窓の下から、

「どうしますか？」

と、清花が訊くと、土井も車を降りて確認し、

「こりゃ……全然ムリだなあ」

勇同様に呟《つぶや》くと、周辺を見回して頭を掻《か》いた。参道は社号標の脇から始まっていて、杉林でできた洞穴のような道が奥の暗がりへと続いている。先は相応に道幅のある道路だが、それ以外は狭い。こうしている間にも車が通れば、キャンカーに阻まれて難儀をさせてしまうだろう。仕方がない、と、土井は言う。

「ぼくが車に残るから、勇くんと二人で行ってきて」

通行の妨げにならないように車をギリギリ社号標に近づけると、そのまま運転席に陣取った。もしもの時に移動できるよう、車を離れるわけにはいかないのだ。

「これじゃ山に入って野営はムリすね。車の置き場所がないんだから」

自身も車を降りて勇が言った。

「仕方ない。車を置ける場所を探して出直すしかない。それにつけても、二人で下見はしてきてよ。特に境内から山に入る道とかね。太田氏はそこを行ったのかもしれないし」

「わかりました」

と、二人は言って、先《ま》ずは参道をスマホのカメラに収めた。入口の両脇には、やはり狛犬《こまいぬ》ならぬ狛狼がいる。小さく痩《や》せ型で、しめ縄を張った杉の小道を見張っている。台座に刻まれているのは『釜伏神社』という文字だ。釜伏山と呼ばれる場所が近くにあるから、神社もかつてはそのように呼ばれていたのかもしれない。

参道がどこまで続いているのかは、暗くてまったく見通せなかった。壮麗で怜悧《れいり》な三峯神社とは違う、野生の霊気のようなものがこちらには色濃く漂っている。

「行きますか」

勇はしめ縄の下で一礼してから針葉樹の香り濃い参道に入った。ずらりと佇む木立の下には狼の像が無数に並ぶ。向き合えば目が合うほど低い位置にあり、一つとして同じものはなかったが、総じて痩せ型であばら骨が浮き、細長い手足に大きな口を持っていた。それらが自然石の台座に坐《ま》します様は恐ろしいというよりユーモラスで、一体一体の性格さえも想像できるかのようだ。

「すごい……すごいのね、狼たちが」

どう表現したらいいのかわからず、清花は『すごい』を連発する。

苦笑混じりに勇は言った。

「けっこうな数が並んでますね」

なかには台座だけで狼のいないものがある。空の台座を指して勇は、

「……ご眷属《けんぞく》様拝借ってあるじゃないすか。つまりここにいた狼は現在貸し出し中ってことなんですかね。留守中というか」

「あ、そういうこと？」

と、思わず答えてしまうほど、独特の空気が流れている。狛狼たちが信仰者の許《もと》へ走って火除《ひよ》けや盗賊除けをしていてもおかしくない。そう思うほど霊気を感じる神社であった。

「石像が動くなんてバカバカしい、と言えない雰囲気がここにはあるわね。本当に留守にしているだけに思えちゃう。三峯神社は立派すぎて驚いたけど、ここは、なんて言ったらいいのか……独特の空気……淀《よど》んでいるというか、何かに浸る感じというか……全然説明になってないわね」

「俺も狼っぽさは感じてます。向こうが神ならこっちは狼……大口真神ってそういう意味だったんですかね」

「そういう意味って、どういう意味よ」

勇は「うーん」と考えて、

「神格化された神使って、こういうことかとわかった感じ？」

と、首を傾げた。

妙な言い回しではあるけれど、清花は勇の言わんとすることが理解できた。神様のお使いがここでは個性を発揮している。参道に並ぶ狼はそれぞれが個であり、性格や意識を感じてしまう。しかも人間ではなく動物の個性。犬ではなく、狼でも、ないのかもしれない。神霊としての個性だ。それが証拠に一体の奇妙な狼がいた。後ろ脚を縄で縛られ、胴体も縄でグルグル巻きにされている。気付いて清花が像に近寄り、

「丸山くん、これ見てよ」

と、勇を呼んだ。他の狼には縄がない。

「どうしてこれだけ縛られてるの？」

縄は褪《あ》せて古かったが、しっかりと結ばれている。勇もマジマジと像を見て、しばらくしてからこう言った。

「あれかな、狛犬の前脚を縛るおまじない？」

「なにそれ」

「あれ、清花さんは知らないですか」

と、勇は訊《き》いた。清花は首を横に振る。

「もともとは家出人を足止めする願掛けだった、のかな？　以降は旦那《だんな》が浮気相手のところへ行かないように奥さんが縛ったり、パトロンが余所《よそ》へ行かないように縛るとか、要は『足止め』のおまじないです。たまに神社で狛犬の脚を縛ってあるのを見か

けますけど」

「見たことない……知らなかった」

言いながら、清花はまた狼を見た。

「でも、この子は縛られてるのが後ろの脚で、お腹なんかもグルグル巻きよ。前脚には縄がない」

その前脚は二本とも欠けてしまったようで、胴体を鉄筋で支えたうえに、コンクリートで新しい脚を作ってあった。

「たーぶー、ん、ですけど」

と、勇は土井の口真似をする。

「こいつはやんちゃで暴れん坊なんで前脚を骨折しちゃったんじゃないですか？　だからコンクリートで補修して、固まるまで暴れないよう後ろ脚を縄で括《くく》って、でもまた暴れて脚を折るので、ついにはお腹をグルグル巻きにされた。とか」

大真面目な顔で言われてみれば、それが正しいような気がした。折れた前脚はすでに二本とも固まっているので、間もなく縄は解かれるのだろうか。それとも、また骨折しないよう新しい縄で縛るのだろうか。それにしても……荒唐無稽《むけい》なおとぎ話を真面目くさって解説してくる、そんな勇が嫌いではない。

この狼は台座の彫り文字が『釜伏神社』になっているから、古い時代の像なんだろう。どの像も大切に丁寧に補修してあって愛情を感じる。参道はかなりの長さで続いていたが、ヒタヒタと霊気に満たされる感覚は不快ではなく、むしろ心が肉体を離れて野生に帰っていくかのような不思議を感じた。

やがて石碑が並ぶ道に出て、ようやく空間がわずかに開けた。そこから道は三方に分かれ、正面に古い拝殿が灯明を灯《とも》して佇《たたず》んでいた。右手を行けばこれも古い社務所で、左手の先には丹塗《にぬ》り柱の神楽殿《かぐらでん》がある。冬の山中で見る丹塗りの赤さは、ハッと胸をつかれる艶《なま》めかしさを持っていた。対して拝殿は木の色だ。森と同化するように佇んで、橙色《だいだいいろ》の灯明が神聖さを感じさせ、畏怖《いふ》の念を抱かせる。さほど大きな社《やしろ》ではないが、そこから山々の奥深いところへ道が通じるかのような威圧感を持っていた。

本殿に参拝したあと、神職から話を聞けないだろうかと探したが、ロウソクが燃えるばかりで人影はなく、境内がひっそりと静まる様は異界に迷い込んでしまったかのようだ。落ち葉が積もった道を戻ろうとして、所々に獣の糞《ふん》が落ちているのに気がついた。糞は黒褐色で小さく、細長く、どれも似たような形状だ。

「ねえねえ、これってまさか狼の糞じゃないわよね?」

しゃがんで糞を覗《のぞ》き込みながら清花が訊くと、

「まさかぁ」

と、勇は笑った。自分もしゃがんで観察してから、

「植物の種が混じっているから狼じゃない」

と、きっぱり言った。

「清花さん、知ってます？　狼の糞って、も、の、す、ごーくクサいんですよ」

「え……知らないわよ、そんなの」

すると勇は立ち上がり、ドヤ顔を作って言った。

「じゃ、清花さん。『のろし』って知ってます？」

「戦の時に火を焚《た》いて、煙でサインを送るヤツでしょ」

「そうです。漢字で書くと狼の煙ってなるんですよ。狼煙《のろし》に狼の糞を使ったからです。狼の糞は煙が真っ直ぐ上がるとか、黒い煙を出せるとか、色々混ぜて煙の色を変えられるとかいわれてますけど、実はあまりに臭いので、煙より臭いで通信できたという説があるんです。敵に煙を見せることなく臭いで仲間に知らせることができた。煙だと察知されちゃうけれど、臭いなら周辺に潜んでいる仲間にだけ届けることができたから」

「え、それすごい。いつも不思議に思っていたのよ。煙だと敵方にも見えてしまうけど、それ前提の工夫を凝らして使ったのかしらって……そうか、臭いか、それなら納得。狼煙は狼の糞だったのね」

「そうです。で、残念ながらこっちは草食動物の糞で、狼のものではありません」

「……大発見だと思ったのになあ」

清花は名残惜しそうに糞から離れた。

社殿の脇には奥宮へ通じる細道がある。太田氏はそこを行ったのかもしれないが、土井を車に残しているので、道があるのを確認したことのみ成果として、車へ戻ることにした。念のため社務所に寄ったが、常駐しているはずの宮司はおらず、人影もなく、荒れ果てたそれは廃村の住居のようだ。ここにはすでに誰もいないのに、灯明が灯され神社が守られているというような、不思議な話が頭に浮かぶ。風雨に耐えて森に佇む建物はそれほど異様な迫力を持って信仰の覚悟を訴えかけた。宮司は夜もこの森に住んでご眷属《けんぞく》様を養い、世話をするのか。神霊と寝食を共にする生活とはどんなものか。崇拝の裏には畏怖と恐怖が共存している。秩父の山には凄《すご》さがあって、それが人々を引きつけて捉《とら》え、決して離さないのだと清花は思った。

参道の出口に土井の車が停まっている。鳥居の下で一礼し、清花と勇は車へ急いだ。運転席の土井が窓を開け、

「どうだった？」

と、二人に訊いた。

「すごかったです」

勇が答え、

「ボスのほうはどうでした？　対向車が来ませんでしたか」

と、清花が訊いた。

「二台ほど。幸い迷惑にならなかったけど、移動するしかないと思う。車を出すから乗って」

助手席のドアを開けられないほど道の際まで車を寄せていたので、清花と勇が辻《つじ》の様子を見ながら誘導し、バックさせてから乗り込んだ。帰りは細い山道を戻らずに、広い道路を選んで下りるという。土井もよほど懲りたのだ。ジグザグ道では乗り心地が悪い後部座席のポジションを勇と替わって車が走り出したとき、唐突に土井がこう言った。

「太田氏の奥さんに電話で訊いてみたけど、白飯は持っていなかったって」

「え」

と、清花は身を乗り出した。

「携帯食のことですか？　白飯はなかった？」

「そうなんだ」

と、土井は頷《うなず》く。

「太田氏が愛用していたのは菓子パンで、日中は昨日行った道の駅や神社の売店なんかを利用していたらしい。もし、おにぎりを買ったとしても、真空パックのものではないから数日間も持ち歩かないよね。あとはクッキー、飴《あめ》とチョコバー、そんなあたりが定番だって」

「じゃ、白飯はどこから来たんですかね」

勇は首を傾げている。清花同様にアシストグリップを握ったままだ。

「あと、宗像先生にも電話して、鉱物と木の実について教えてもらった」

車に待機している間に、土井は色々と調べたらしい。

「と、いうことで、いったん山を下りて千葉大へ向かうよ」

「えっ、夜祭までいないんですか？」

さも残念そうに勇が嘆くと、

「あのねえ、何度も言うけど遊びに来ているわけじゃないから」

土井はピシャリと勇をいなした。カーナビの目的地はすでに千葉大に設定されている。関越《かんえつ》自動車道経由で二時間程度の距離である。

となれば、昼食時を外して宗像と会うのは午後だろう。

「鉱物と、木の実の種類はどんなものだったんですか？」

勇と同様に助手席のヘッドレストを摑《つか》んで清花は訊《き》いた。移動中は身体が振られて、どうしてもここを摑みたくなる。

「木の実はヤマブドウとマタタビで、どちらも太田氏が遭難した頃に実が熟すようだ。

ただし遺体のそばには生えていなくて、そこは謎だね。どちらも滋養強壮に効果があるので、太田氏がそれを知って携帯していたというなら別だけど。鉱物は石灰だった。正確に言うとただの石灰ではなくて、石灰芒硝《せっかいぼうしょう》というものだってさ」

「崖《がけ》を落ちたとき口に入ったとかですね？」

「かもしれないけど、滑落場所がわからないからね。ぼく的に気になるのは、東大の法医学者が宗像先生に伝えた言葉だ」

「なんですか？」

と、勇が訊いた。

「うん。石灰芒硝は寒水石《かんすいせき》とも言われて、山伏などの修験者が薬として携帯、もしくは信者に授与した鉱物らしい。今では寒水石と称するものの多くが大理石を指すようだけど、薬としてのそれは喉《のど》の渇きを止めるほか、解熱鎮痛作用があるんだってさ」

「滑落時に口に入ったとかじゃなく、わかってて服用したってことかしら」

「運良く石があるところから、石と一緒に崖下に落ちた？　てか、じゃ、地質がわかれば滑落場所もわかるんじゃ」

助手席から勇が訊くと、冷静に土井が答える。

「それだけどさぁ、秩父には石灰を扱う工場がある。つまり元々鉱脈があるんだよ」

かぶせるように清花も訊いた。

「千葉大へ行くのはなぜですか？」

電話で話せたならわざわざ会いに行く必要はない。土井はチラリと首を傾げ、

「電話したら呼ばれちゃったんだ。見せたいモノがあるんだってさ」

「見せたいモノって？」

「それが、話してくれないからわからない」

バックミラーに眉尻《まゆじり》を下げた土井が映った。いかにも情けなさそうに笑っている。

「学者だからねえ、サプライズの反応は自分の目で確認したいのかもね」

そのまましばらく考えていたが、車が山道を抜けるころになって、土井は唐突に勇に向かって、

「寄居警察署で勇くんを降ろすから、老人以外の行方不明事件を当たってくれないかな。特に子供や赤ん坊に関する事件で、未解決のものを」

「へっ？　いいですけど、どうしてですか？」

土井は質問には直接答えず、

「そうだなぁ……五年前まで調べてもらって時間的に余裕があれば十年前まで遡《さかのぼ》って欲しい。早く終われば東京へ帰ってもいいし、ま、こっちも連絡するけども」

「わかりました。誘拐および行方不明事件ですね。何かピンと来たんですか？」

「嚙み痕《あと》のある遭難者は秩父山域に広がっているかと思っていたら、そうでもないか

ら、それとわからず所轄署が情報を握っている可能性があるんじゃないかと思ってね」

「どうして遭難者じゃなく行方不明者なんですか？」

背後から清花が訊くと、土井はミラー越しに目を合わせ、

「宗像先生だよ。歯列弓の変形について、何か情報を得たようなんだ」

と、言った。清花は思わず眉をひそめた。

「何かってなんですか？　どうして老人以外の行方不明事件を？」

土井は答えず、ただ頷いた。勇が言う。

「俺たちで狼憑《つ》きになった可能性のある行方不明者を探すってことすか？　もしくは狼みたいに山に隠れた人間を？」

勇の問いには目を細め、胡乱《うろん》な笑みを浮かべて土井は答えた。

「そ。狼に育てられた赤ん坊とかね」

何を思うのか、前方を見つめる土井の背中には、捜査官のオーラが浮かんでいる。

ニホンオオカミはもういないのに、それならば、山にはナニがいるというのか。清花は釜山神社で会った狼の石像と、空になった台座を思い出さずにいられなかった。

第五章　消えてしまった子供たち

初めに寄居警察署へ立ち寄ると、土井は班長らしく署の担当者に職務内容と事情を話してくると清花に言った。平素はオーラをまったく消し去っている土井は、捜査一課の指揮官だったころの顔を作って勇と署に消え、勇だけを置いてキャンピングカーに戻ってきた。捜査員がオンボロキャンカーで所轄署を訪れたなんて、立番《りつばん》の警察官が知ったらどう思うだろう。覆面捜査に出るときだって、キャンカーなんか選びやしない。清花はそれが可笑《おか》しくてならない。

「さて。じゃ、ぼくらも出かけよう」

運転席に乗り込んだ土井は交渉の場で活用した元敏腕指揮官のオーラをまだ少し漂わせていて、器用な人だと感心する。哀れなほど屈託のない笑顔とゾッとするほど鋭い眼差《まなざ》しを、自在に使い分ける達人なのだ。どっちが本当の土井だろうかと考えるとき、選ばれし捜査一課の指揮官を無精髭《ぶしょうひげ》でボサボサ頭のオッサンに変えた奥さんは、どんな女性だったのだろうと想像してしまう。彼女は天国から今の土井を見て喜ぶだろうか、それとも残念がるのだろうか。

そこからは一路、千葉市を目指した。一般道で渋滞にはまるたび、人間の世界へ下りてきたなと清花は感じ、人と車の多さに呆《あき》れているうちに千葉大のキャンパスに到着した。

食堂かカフェかロビーで話を聞くのだと思っていたら、受付の案内に従って行かされた先は宗像の研究室で、ノックで出てきた宗像は、整理整頓《せいとん》の苦手なオタク研究員らが作業の途中で席を外したというような、カオスな部屋に清花らを招き入れた。こちらが挨拶《あいさつ》するより早く、

「物には一切手を触れないでくださいよ？　これでも私の中では整理整頓ができているんですから、下手に動かされると捜すのに時間がかかってイライラします」

と、釘《くぎ》を刺してきた。動物の頭骨や歯、素材の違うものを組み合わせて作った内臓の模型、栞紐《しおりひも》で柱にぶら下げられた大学ノート、高価な機器の脇に置かれた紫色のゴム手袋、袋入りの緩衝材など、雑多なあれこれを観察しながら部屋の奥へと誘われていく。部屋には応接用のスペースなどなくて、窓際のパソコンデスクに到着すると、宗像は立ったままそれを起動した。壁際に立てかけられた折りたたみ椅子を勧めるでもなくマウスを動かし、

「人狼《じんろう》の話ですがね、歯列弓の謎に一歩近づいたかもしれません」

と、言う。

今日の宗像は紅色のシャツに白衣をまとい、足下はと言えばサンダル履きだ。清花でも土井でもなくパソコンだけ見てキーを叩《たた》くと、さらにマウスを動かして、裸の子供の写真を呼び出した。桃香くらいの年齢だろうか、横向きで性別はわからない。

「二〇一三年にインドで保護された少年の写真です」

少年は馬小屋のような場所にいた。床一面に干し草が敷かれ、その壁際で四つん這《ば》いになって首だけをこちらに向け、威嚇するように歯を剝《む》き出している。肌は浅黒く、黒髪は団子のように絡まり合って背中側に伸び、全身が濃い産毛に覆われていた。前脚にも見える腕は長くて、手のひらが真っ平らで指が上向きに変形し、それぞれに長い爪が生えている。驚くことに両足の指は直角に曲がって、膝《ひざ》と足指が完全に床を捉《とら》えていた。

「七、八歳に見えますが、十二歳程度かもしれません。栄養状態は悪くない」

言いながら宗像は別の写真を出した。頭部のX線画像である。少年の頭蓋骨《ずがいこつ》は鼻腔《びこう》から先が伸び、前歯が突出して牙《きば》状に尖《とが》っていた。

「この子はいったい……」

訊《き》きながら清花に仮説が浮かんだが、やはりこちらを見ないまま、答えは宗像が言った。

「狼少年。ま、ベタな呼び方ですがね、実際に狼が育てたかは不明です。狼に育てられた子供と言えば、一九二〇年、インドで宣教師が二人の少女を保護した話が有名ですが、あれは寄付金集めのためのフェイク情報だったという説もある。少女らを写した証拠写真もねつ造だったと言われていますが、もはや検証する術《すべ》はない。いや、話が少し逸《そ》れました。この少年ですが、保護されたとき狼の群れと一緒にいたということ以外はわかっていません。群れにいたのは事実です。周辺で行方不明になった子供もいて……」

　行方不明になった子供。

　清花は土井の顔を見た。今まさに勇がそれを調べているのだ。

「この写真が撮影される八年前、ミドナプールでバスの横転事故があり、多数の死傷者を出しました。そのときに母親とバスに乗っていたはずの四歳の男の子だけ、遺体が見つからなかったんですよ。もしもこれがその子なら、写真は幼く見えますが、撮影時で十二歳ということになる。まあ、あれです。いずれにせよ、お目にかけたいのはそこではなくて」

　ようやく宗像が振り向くと、

「変形した歯ですか？」

と、土井が訊《たず》ねた。

宗像は表情を変えもせず、またモニターを見て画像の一部を拡大した。頭蓋骨を横向きに撮った画像である。少年の頭骨は額が真っ平らに近い形状だ。生まれつきかどうかはわからない。さらに鼻骨下の空洞部分が異様に長い。顔に置き換えると鼻の下が長いということになるのだろう。清花は自分の顔に指を当てて鼻の下の長さを探ってみたが、指の幅一本程度であった。けれどX線写真のそれは指二本分か、それより長いくらいに見える。猿の頭骨のようにも見えるが少年なのだ。

「ここ」

と、宗像はモニター画面をペン先で指し、下顎骨《かがくこつ》をグルリと囲んだ。

「下顎骨も変形しています。前面に長い。上から見ると、V字に細く前面に突き出している。受け口ではなく、上顎骨も同様なんです」

「コーカソイド」

清花が呟《つぶや》くのを聞いて、

「その通り」

と、宗像はペン先を清花に向けた。

「歯並びなんて、癖や食べ物や生活環境で簡単に変わるんですよ。もちろん骨もですけどね、この少年の場合は狼の群れで生活して生肉を食べ、血を飲んで、巣穴で休んで四つ足で移動する生活が長かったため、このような変化が見られたんだと思います。歯形は手に入らなかったので、写真などを読み込ませたうえで、ＡＩに歯列弓の予測画像を作らせました。それがこれです」

そう言って宗像が呼び出したのは歯形の画像で、となりに太田氏の遺体についていた歯形を並べた。そっくりだとは言えないが、奥歯と前歯の歪《ゆが》みは似ている。元々あった歯並びを強制的に前方へ引っ張り出したというような。

「獲物の腹部に口を差し込んで肉を噛《か》みちぎりやすい構造に変化したとも言えるでしょう。もちろん一年や二年の変化じゃない。この少年の場合は四足歩行を続けたことで、手のひらと膝、足指と足も変形している。手と膝の皮膚は象のように硬化して、背骨も四足歩行に適したカーブになっています」

「少年は自分を狼と思っていた？」

清花は訊ねた。身体の変化の詳細よりも心のほうが気になった。この子は人間に戻れたのだろうか。

「少年の気持ちはわかりませんね」

宗像はアッサリ答えた。

「写真しか知らないし」

「でも、狼に育てられた子供は自分を狼と思って育つんじゃ……」

パソコンに対して前傾姿勢だった宗像は、背筋を伸ばすとペン先で伸びたパーマを掻《か》き分けた。ペンを持つ手の小指で小鼻をこすり、呆れたという顔をする。

「実際のところ、狼が人間の赤ん坊を育てたなんてのは人間が考えついたロマンです。犬が猫の子を育てたというならともかく、狼が赤ん坊に乳を飲ませたりできるわけがない。そもそも赤ん坊がイヌ科の動物の乳を自ら飲みにいけますか？　百歩譲って飲めたとしても、消化吸収できますか？　バクテリアは？　ウイルスは？」

不可能だろうと清花は思った。

赤ん坊は自分で体温調節すらできないし、哺乳《ほにゅう》瓶の先を口まで持っていってあげなきゃ吸い付けない。生まれてすぐに立ち上がり、母乳を吸える野生動物とは違うのだ。人の子は世話してくれる相手がいなければ死ぬ運命だ。

「少年の場合はたまたま幼児段階まで育って森に迷った。寒さゆえ獣と一緒に眠り、群れに迎えられて獲物を分かち、発見時には巣穴にいた、それが正しい観察でしょう。狼は人語を喋《しゃべ》らないから吠《ほ》え声を学び、身体や口が食料を摂取しやすいように変化した。でも、少年は目が見えるから、自分が獣と違うことはわかっていたはず。それでも自分を獣と思うか、それは感情論的な主観で、科学ではない」

「宗像先生は、太田氏の身体についた噛み痕《あと》を人のモノだと思うんですね？」

横から土井がそう訊いた。親指と人差し指で顎《あご》を挟んで、黒縁メガネの奥からモニターを睨《にら》んでいる。

「ちなみにこの少年、現在はどうなっているんです？」

清花の問いに、宗像は軽く溜息《ためいき》を吐いた。

「こうした少年たちの事案について、現在では報道規制が敷かれています。二十世紀後半には、こうした子供たちのことが面白おかしく、時には事実をゆがめて報道されたこともあり、人権侵害になるからです。ぼくらのような研究者は学会などで知る機会がありますけどね……ちなみに少年は亡くなっています」

え、なんで？　と、清花は宗像の顔を見た。

言葉に出して訊いてはいないが、宗像は清花と視線を合わせてこう言った。

「少年は施設に保護されて教育を受け、データを取られた。X線写真はそのときのものです。ただ、ジャングルでの生活に適応しすぎていたのか、調理したものは受け付けず、血や生肉や内臓を欲し、情緒不安定で凶暴になる癖は直らなかった。教育だったのか調教なのか、少年は保護されて四年後に腸閉塞《ちょうへいそく》で死亡。腹の中には土が詰まっていたそうですよ。彼は数を十一まで覚え、『いい』『いや』『欲しい』『嫌い』そして、『お母さん』という言葉だけは話せるようになったそうですが」

さっきまでモニターに浮かんでいた少年の顔を、清花は思い出そうとした。頭骨のかたちが変形し、全身に体毛を生やしていた彼を。宗像の言葉の一部分だけが清花に刺さる。教育だったのか、調教なのか。人として生まれ、獣と育った少年は、最期は人として死んだのか、そうではないのか。キリキリと胃が痛む。

「宗像先生」

と、清花は言った。

「頭蓋骨や口腔《こうこう》内や、身体の骨が変形した場合、喉《のど》から発する声が変わるということはありますか？」

太田氏のレコーダーには、イヌ科の動物と正体不明の何かの遠吠《とおぼ》えが記録されていた。

「変わるでしょうね。当然ながら」

清花と土井は視線を交わした。

宗像の研究室を出たとたん、

「サーちゃん、悪いけど一度秩父へ戻ろう」

と、土井が言った。清花もそうするべきだと考えていた。

太田氏が『ヒトオオカミ』と称したものの正体が妄想に憑《つ》かれた人間ではなく、山に迷った子供だったら。そう考えると清花は、真っ暗な森で泣きながら自分を捜す桃香を想像して胸が騒いだ。『ひとりぼっちでかわいそう』なんてもんじゃない。喉が千切れて血を吐いてでも、山から山へと名前を呼んで、助けに行くよと叫びたくなる。同様に、親たちも子供を捜したはずだ。夜も、朝も、今だって、止むことなく子供を案じているだろう。太田氏がソレを見たのは昨年の冬、写真を撮ったのが今年の五月だ。でも、噛み痕を持つ遭難者は四年前にも見つかっているから、身体の変化に鑑《かんが》みて、そのモノは七、八年は山にいるのかもしれない。そうだとすれば、いま何歳よ？早く助けてあげなくちゃ。様々な思いが頭を巡る。昔は行方不明者を公開捜索するテレビ番組があって、ちょっと目を離した隙に子供が消えたケースを紹介していた。祖父母を訪ねて田舎に来たら裏山に迷い込んでしまったとか、そういうことはあり得るだろう。亡くなった遭難者らは相手が人だと気付いて不用意に近づき、恐れさせて襲われたのか。ヒトオオカミは彼らを喰おうとしたのか。それとも、まだ完全な獣になっていなくて救えるだろうか。

考えを巡らせていくうちに、清花はそれこそが真実だろうと思い始めた。もう、ほかの考えは頭になかった。そして、家庭を持つことや親になることには向いていないと思っていた自分の母性に気付いておののいた。

再び受付に寄って退出届にサインをすると、すぐキャンピングカーに戻った。土井がエンジンを掛けているうちに、スマホのアラームをセットする。昨晩は桃香に『おやすみなさい』を言えなかったから、二度とヘマをしない。面倒な上に最優先を強いられる子供との時間は限りがあって、桃香が今の桃香でいるのはほんのわずかだ。子供は毎日殻を脱ぎ、知らない桃香に変わっていく。いつだったか、土井に言われた。刑事の代わりはいくらでもいるけど、母親はサーちゃんだけだと。そのことを、清花はまたも考えていた。

「丸山くんにも連絡しますね。これからそちらへ向かうって」

土井に告げてからメッセージを送ると、勇からすぐに返事があった。

――了解。でも俺、これから町立図書館へ移動するんで。ここから徒歩十五分圏内です――

「丸山くんは図書館へ移動するそうです」

駐車場を出ようとしている土井に伝えると、

「行方不明者はいなかったのかな」

と、首を傾げている。清花はまたもメッセージを送った。

――該当する不明者は見つからなかったの？――

――小さくて平和な街だし、事件もなくて。児童失踪《しっそう》案件含め、未解決の事件は見つからず。なので地方紙の三面記事とか当たってみようと――

「該当事案に行き当たらなかったようです」

そう言うと、

「はやっ」

と、土井は呟《つぶや》いた。

「小さくて平和な街だし、事件もないって言ってます」

「そうかー……じゃ、児相とか役場の総務課に相談した方が早いかな」

「それで何かわかるでしょうか。たとえば子供が児相の施設を脱走した場合、先《ま》ず警察に届けませんか？　所轄署にデータがないなら失踪もないのでは？」

「そうだよな。うーん……」

土井は考えながらも、赤信号で停車したときカーナビに寄居町立図書館を入力して目的地に登録した。一方清花は、ヒトオオカミについてまだ考えを巡らせていた。遭難者に残された嚙《か》み痕に異常が認められたからといって、インドの少年と同じ状況に置かれた人間のものと考えるのは早計か。仮説に前のめりになりすぎぬよう頭を整理しようとしても、幼い桃香の顔がチラついてどうにもならない。

冷静に。刑事でしょ。太田氏の音源データには何の声かわからない音声が残されていた。それが人でも獣でもないとするなら、なに？

清花はそっと自分を笑った。物の怪《け》や怪物が存在すると考えるより、不幸な状況に置かれた子供が山に迷っていると考える方が現実味があって、だからそう考えたくなる。自分は根っから刑事なんだと。

スマホから再び勇にメッセージを送った。

――図書館で三面記事を見るとき、山中の自動車事故も調べてくれない？――

――事故ですか？　いいですけど、なんで――

――特に、時間が経ってから車や事故の痕跡《こんせき》が見つかったというようなケースをみて欲しい。ご遺体が見つかっていないとか、乗っていた人が山中に迷い込んだ可能性があるとか、そういうの――

勇は『わかりました』と、返信してきた。

「すべてが事件になるわけじゃなく、すべてを把握できるわけでもないってところが、捜査の難しさなんだよなあ」

街の道路は渋滞中だ。ハンドルに上体を預けて空を覗《のぞ》きながら土井が呟く。

その通りだと、清花も思った。


その日の夜。昨日と同じ荒川沿いのキャンプ場に、清花たちはまたもいた。

十一月末のこの夜が今季の営業最終日らしく、明日にはキャンプ場が閉まるという。真冬の山に静寂が戻って、キャンプ場も山に棲《す》むモノらに返されるのだ。

昨夜残った薪《まき》を火にくべながら、キャンパーよろしく焚《た》き火を囲む。最後の営業日であるからか、今夜は他にもキャンパーがいて、随所で焚き火が燃えていた。こんな寒さの中でキャンプしようという強者《つわもの》たちは、平素からアウトドアを楽しんできたのであろう大人が多く、サイトにお気に入りのレイアウトを展開してまったりと夜を楽しんでいる。利用者が少ないキャンプ場は他者の明かりが仲間意識を生む。こんな寂しい山の夜には、自分たち以外に人がいてくれることで安心できる。

本日は山に入る前にスーパーへ寄ってきたから、テーブルには出来合の惣菜《そうざい》などが置かれていた。パック入りの食品を買えるのも、有料でゴミを処分してもらえるキャンプ場だからだ。勇は買い込んできた焼き鳥の串《くし》を、早速薪の熾《お》き火で炙《あぶ》っている。土井と図書館まで迎えに行って、しばらく三人で過去の新聞を当たってみたが、山での交通事故や遭難事故は思ったよりも多かった。しかし、残念ながら刑事の勘にピンとくるような案件はなかった。近隣の集落で行方不明になった赤ん坊や子供もいないし、子供連れが事故に遭ったというケースもなかった。

「あ、そろそろいいですよ、食べますか？」

勇が焼けごろになった鶏串《とりくし》を土井や清花に差し出しているとき、

「こんばんはー」

と、誰かが声をかけてきた。顔を上げれば中年の男性が小ビンを抱いて立っている。焚き火の明かりに浮かんだ顔に見覚えはなかったが、ジャンパーにキャンプ場のロゴが入っていたので、スタッフなのだと察しがついた。

「よろしければこれ、使ってください」

差し出されたのは焼き肉のタレやドレッシングで、売店で売られていた品だった。

「今季の営業は終了なんで、皆さんにお配りしているんです」

受付時には若い女の子しかいなかったものの、見れば明かりを下げたスタッフが何人か、キャンパーたちの許《もと》を回っている。清花が立ってビンを受け取り、

「ありがとうございます」

と、心から言った。

「昨日もご宿泊頂いて、こちらこそありがとうございます。秩父は初めてですか？」

土井も立ち上がって頭を下げると、

「神社巡りをしていて。昨晩ここに泊まったら星がものすごくきれいだったから、つい戻って来ました」

いつものようにヘラリと笑った。

「川の音も素敵ですよね」

と、勇も言う。スタッフは胸を反らして夜空を仰いだ。

「川と山と、まあそれだけですが……じゃあ、秩父へはよくいらしてるんですね」

「いえ、初めてです」

「でも、全国を回られているのでは？」

スタッフはキャンピングカーのナンバープレートに目をやってから、車のオンボロ具合に目を細めた。

「遠っ走りはしますけど、近くのほうが知らなくて、奥多摩までしか来たことがなかったので、いやあ……驚きました。山が濃くって、谷が深くて、すごいですよね」

清花が何度か用いた台詞《せりふ》を、自分の言葉のように土井が言う。スタッフは笑った。

「道も細いし、場所によってはガードレールもないですしねえ、こんなに大きな車だと、走るのも怖かったでしょう」

「ビビりまくりでしたよ……ていうか、食べません？」

言いながら勇は、焼けたネギマと塩レバーをスタッフに差し出した。

「あ、こりゃどうも。残り物を持って来てごちそうになっちゃ……」

「熱いうちが美味《おい》しいですから、どうぞどうぞ――」

自分も鶏串をかじりながら、土井は川のほうを見て訊《き》いた。

「――来てみたらすごくいいところだし、夏なんか涼しそうだしなあ。家族連れも多いでしょうね。ここなんか水遊びもできて最高ですね。夏場はやっぱり混みますか」

「混みますね」

と、スタッフは言った。

「夏休みは特に団体の予約が入るので。子供会とか地元の育成会とかですね」

「そういう場合はバスで来るのかな？　車何台もじゃ大変だもんなあ」

「いやぁ、ケースバイケースですかね。ああ、でも、子供はまとまって来ることが多いかな。このキャンプ場じゃないですが、何年か前には引率者の車が転落したって事故もありましたね。道を知ってるからってスピード出しすぎると危ないんですよ」

「こんばんはー」

　と、また声がして、懐中電灯の明かりが近づいてくる。若い男性スタッフが一人、清花らに会釈してから、

「チーフ、炊事場の雪囲いですけど、どっちの倉庫にありましたっけ？」

　と、先の人物に問うた。

「Bのほうだな。俺も行く」

　それじゃごちそうさま、と片手を挙げて、二人は暗闇を戻って行った。スタッフが総出で閉鎖の準備を進めているのだ。

「その事故は今日、新聞で読みましたね、たぶん」

　居場所を示す懐中電灯の明かりが遠ざかるのを待って、勇が声をひそめた。

「あれ……でも、そういえば……」

　そしておもむろに立ち上がると、キャンカーに入って行った。

目隠し用のシェード越しにダイニングに明かりが点《つ》くのが見えて、

「なにかしら？」

清花と土井は視線を交わした。しばらくすると勇が首を傾げながら戻ってきた。

「どうかしたかい？」

バーナーコンロでそばを煮ながら土井が訊く。勇は自分の椅子に戻ってきてから、スマホのライトで手元を照らした。捜査手帳を持っている。

「さっきの話ですけど、ちょっと気になったんで……ほら、ここだ」

顔を上げて、「と、言っても見えないですね」と苦笑する。

「暗いですもんね。実は寄居署で捜索関連の記録を調べていたとき、その事故の分もあったんですけど、なんか、ほかのよりちょっと厚くて、ですね」

読みますよ？　と言ってから、勇はボソボソと内容を話した。

「二〇一五年八月。あきる野市在住の会社員、宮藤正隆《くどうまさたか》さん四十二歳の車が寄居町山中の崖下《がけした》で発見されて、運転していた本人の死亡が確認されたという事故です。頸椎《けいつい》損傷による即死で事件性はありませんでした。この人は子供会の役員で、自家用車でキャンプ場へ向かったものの行方不明になっていました。ヘリなどで上空からも捜索したけど、樹木が茂っていたこともあって確認できず、早期救出には至らず、車が発見されたのは失踪《しっそう》から数日後のことでした」

「子供会の役員」

興奮気味に清花は呟《つぶや》く。子供が出てきた。役員だったというだけだけど。

勇は上目遣いに清花を見つめた。

「で、そこがちょっと不思議なんです」

そして手帳のメモを指でなぞった。

「図書館で新聞を見ましたが、報道では、死亡者は一人で車にいたことになっていました。ただ、ですね……調書に宮藤正隆さんの息子というか、子供会キャンプに参加していた三男の証言があって、『お父さんは友だちを迎えに行った』と。事実、車内から子供のリュックが見つかっています」

「え、どういうこと?」

やっぱり行方不明の子供がいたんだ。興奮する清花とは裏腹に、土井は煮えたインスタントそばに乾燥ネギを振りかけている。

「ところが、死亡者と一緒にいたという子供は無事が確認されて、実際にはキャンプに行ってなかったらしいんですよね」

勇は人差し指で自分の頰を掻《か》きながら、

「名前は湯本彰海くん、当時八歳でした。死亡した宮藤さんの三男、瑛太くんの友だちで……ちなみに車内のリュックも彰海くんのものだったんです」

「んん……変だな。リュックだけが車に乗ったってこと？」

　そばを入れたカップをそれぞれに手渡しながら土井が訊く。夜気は冷たく、次第に夜露が降りてくる。川霧が立ち、風景を覆って、水音が不気味に感じる。

「そのあたりの事情は記録になかったんですけども。でも、本人が生きていたわけなので」

「宮藤さんの住所はわかる？」

　清花が訊くと、

「調書にあったのをメモしています」

　言って勇は頷《うなず》いた。清花の中の刑事が頭をもたげる。

「地取り鑑取りをきちんとしないと、調書に矛盾がある場合は要注意なのよ」

　確かにね、と、土井も言う。

「よし。じゃ、明日は手分けして調べてみようか。早朝に山を下りて街まで送るから、サーちゃんと勇くんは事故について聞き込みしてきて」

　ボスは？　と思わず訊きかけて、

「ヒトシ叔父《おじ》ちゃんはどうするの？」

　と、清花は問うた。今さらのような気もしたが。

「ぼくはもう一度所轄署へ行って、当時捜索に参加したメンバーから話を聞くよ。書面的に必要のないことは調書に書かれないし、現場へ入った者の勘とか……あとは、そうだな。湯本彰海という子供についても万羽さんに調べてもらおう。サーちゃんたちのほうで両親の情報がわかった場合は万羽さんに伝えてよ」

「了解しました」

と、勇が言うと、土井は、伸びるよ、とそばを手繰った。闇に霧が染みこんで、遠くの光が輪になって浮かび、土井や勇もインスタントそばの湯気にかすんだ。うどんでもそばでも土井の好物のラーメンでも、さらにそれが伸びてしまっても、寒い夜に屋外で食べる温かい麺《めん》は、どんな高級料理よりも美味しい。ガスが満ちたキャンプ場は幻想的で、物の怪《け》が暮らす山々が静かにそれを取り囲んでいた。

翌日、清花と勇はレンタカーの店舗で土井と別れた。移動手段として小回りが利くターボ付きの小型車をチョイスしたのは、二日間の山道行に懲りたからだ。目的地をあきる野市にセットして、亡くなった宮藤氏の自宅を目指す。ここ数日は秩父周辺を行ったり来たりしているが、地域潜入班の仕事はたいがいこんなふうになる。カーナビによれば目的地までの所要時間は二時間弱。ハンドルを握るのは勇で、幹線道路に出ると清花に訊いた。

「昨夜は桃ちゃんにおやすみなさいを言えたんですか？」

現在の時刻は午前八時過ぎ。出勤する人々の車の流れに漕《こ》ぎだしていく。

「二度とうっかりしないようアラームをセットした」

「さすがっすねえ」

と、勇は笑った。自転車通学の高校生が、上着の裾《すそ》をはためかせながら横断歩道を渡って行く。バス停で人々はバスを待ち、車に詰め込まれて移動する。昨晩いた場所とのあまりの違いに、若干頭が混乱する。桃香も登校したころだろう。

刑事だったときとは違い、今はどんなときにも心の半分を桃香が占めている。小さくてモチモチした手と一生懸命な眼差《まなざ》しと、あどけなさの残る声や仕草を思うとき、愛《いと》しさで胸がキュッとなる。初めて抱いたときのずっしりとした命の重さ、目を離した隙に口紅をいたずらされたこと、それでもニコニコするのがかわいくて、少しも腹が立たなかったこと。必ず守ると決めた愛の記憶が蘇《よみがえ》る。

「子供って、かわいいですか？」

と、勇はまた訊《き》いた。

「かわいいよ」

と、清花は答える。

「元気すぎて面倒くさいし、意思の疎通ができなくて腹が立つこともあるし、自己嫌悪にも陥るけれど……かわいくていじらしくて、もうね、心がキュッとなる」

勇はこちらを向いてニコリと笑った。清花は続ける。

「私、自分の子供を持つまでは、子供が好きじゃなかったのよね。丸山くんのほうがずーっと子供好きだと思う。でも……桃香が生まれたら人の子供もかわいくなったの。これは本当に不思議なんだけど、知らない子でも、どんな子でもかわいいの——」

勇は答えずニマニマしている。

「——そうしたら、うるさいとも煩わしいとも思わなくなった。子供ってすごいのよ？ 泣いて寝て、ウンチすることしかできないのに、王様みたいに大人を従えて、笑顔ひとつで幸せにしちゃう。優雅にワイングラスが並んでいたテーブルが哺乳《ほにゅう》瓶とお尻《しり》ふきで埋め尽くされても、オシャレなリビングに紙おむつが積み上げられても幸せなんて、魔法みたいよ。考えられる？」

「いいっすねえ」

と、勇は笑う。

「みんな、そんなふうに育ててもらって大人になったんですかね。俺もそうだったのかなって、清花さんと桃ちゃん見てると思うんですよ。だからお母さんの顔をしている清花さんを見るのが好きなんでしょうね」

丸山くんって、なんで施設で育ったの？ そう訊きたかったが、話題を逸《そ》らした。

「アドベントカレンダーって知ってる?」

「なんすかそれ」

「海外だとクリスマスって一大イベントじゃない? ケーキを焼いたりプレゼント買ったりマーケットがあったり、たくさん行事があって、みんな楽しみにクリスマスを待つ。だから十二月には毎日ひとつずつボックスを開ける……」

「あ、立体的なカレンダーすか? 知ってました」

「バアバがそれを桃香に買ってね、明日からようやく箱を開けられるの。昨夜はその話ばっかりだったわ」

「ああいうのってワクワクしますね」

勇にも買ってやろうかと思うほど屈託のない顔で笑う。桃香がサンタクロースに手紙を書いた話や、プレゼントの話、イブの夜に枕元に置いて眠る靴下の話など、大いに盛り上がってから勇は言った。

「実は俺、盆とクリスマスと正月が大っ嫌いなんですよ」

「どうして?」

一瞬だけこちらを向いて、

「わかりませんよね」

と、勇は言った。

「盆とクリスマスと正月って、家族が集まって過ごす時間じゃないすか、だから大っ嫌いだったんです。今でもあんまり得意じゃないのは、メチャクチャ寂しくなるからです。ああ……今頃はみんな……って、独りなのを思い知らされるんです」

清花は言葉を返せなかった。クリスマスや正月をそんなふうに考えたことは一度もなかった。家族や団らんの輪からはじき出されてイベントを迎える子供が何を思っているのかなんて、想像せずに生きてきた。たしかにそうだ。もしも自分がその立場なら、参観日や誕生日、遠足に運動会、音楽会に母の日、父の日も、孤独と向き合い続けてきたことだろう。喋《しゃべ》るのを止めた清花に勇は言った。

「やーだな、今はもう大丈夫ですよ？　あくまでも子供のころの話です」

勇はそう言うけれど、笑顔の裏を清花は思った。

「その点、祭りは違うでしょ？　だから祭りが好きなんです」

「どう違うの？」

聞くと勇は白い歯を見せ、

「祭りって、参加する人がみんな家族じゃないですか。下手すれば観光客だって通りすがりの人だって誰でもウェルカム。神輿《みこし》担いで、踊って、飲んで、祭りは部外者ってのが存在しないんすよね」

「確かにそうかも」

「俺、太鼓始めたきっかけが、近所の小さい祭りなんです。大人がよってたかって教えてくれて、ガキでも仲間と認めてくれて、もう……血が騒ぐんですよね。おまえがいないと始まらないぞって、シビれるでしょ」

そうだったんだ。清花は胸が熱くなり、コッソリ訊いた。

「でも今は？　ごめん、オバさん丸出しで。丸山くん、彼女は」

「いや、ていうか……うーん……俺……」

少しだけ自嘲《じちょう》気味な笑みを見せ、

「実は信用できないんですよね」

と、答えた。

「信用できないのは自分が、です。俺に家庭なんか作れるのかなって、知らないから家庭っていうのがイメージできない。どういうものかわからないんです。自分が父親になるってイメージできない。だから彼女はまだいません」

「そうなんだ……でも、丸山くんは大丈夫だと思うな。子供の扱いが上手だし、気持ちが真っ直ぐで優しいし」

あざーっす、と言いながら、勇は真面目な顔でいる。

「たぶん、俺は、怖いんですよ」

「何が？」

「大切に思った相手を不幸にしてしまわないかが」

清花は一瞬言葉を呑《の》んだ。口先だけの慰めなんか言いたくはない。勇のことを知らないくせに、無責任な言葉を塗り重ねるのは違うと思う。それでもきっと彼を励ます言葉があるはず。考えて、バチンと勇の二の腕を叩《たた》いた。

「大丈夫。私が知ってる被疑者は大抵、相手が自分を不幸にしたからやったと言ったわ。自分が相手を不幸にしたかどうかなんて、これっぽっちも考えてなかった。だから丸山くんは大丈夫。相手の不幸を案じられるわけだから」

勇は土井そっくりに眉尻《まゆじり》を下げ、

「ええ……それ……なんか納得できない喩《たと》えですけど……まあ」

と、言って笑った。車は快適に走り続け、関越自動車道と圏央道《けんおうどう》を乗り継いで、やがてあきる野市の国道へ入った。


昼少し前に宮藤正隆氏の自宅へ着いたが、呼び鈴を押しても反応がない。家は住宅街にあって、留守だろうかと門のあたりをウロウロしていると、隣の家からお婆ちゃんが出てきて、

「宮藤さんなら留守ですよ」

と、教えてくれた。いぶかしげな顔で清花と勇を窺《うかが》う様子に、空き巣狙いか特殊詐

欺を警戒しているのだなと思う。怪しい者ではありませんと説明しても、却って誤解を呼びそうだ。すると、勇が爽《さわ》やかに微笑んで頭を掻《か》いた。

「わあ、やっぱりかー。瑛太くん、学校ですもんね」

それを聞いてお婆ちゃんは警戒を解いた。

「瑛太くんの知り合い？　瑛太くんも帰りが遅いよ。受験生で塾へ行ってるから」

「瑛太さすがだ……どこの塾？」

「そこまでは知らないけども……お母さんならコンビニの隣のスーパーでレジをやってるよ。知ってる？　そっちの……」

勇はお婆ちゃんに礼を言い、清花も彼女に頭を下げて、再び車に乗り込んだ。

「やるわね、生活安全局」

小声で褒めると、勇はお婆ちゃんにニコニコと手を振って、ゆっくり車の方向を変えた。お婆ちゃんから見えない位置まで移動してから、

「身近で発生する犯罪からみんなを守るのが使命です」

とドヤ顔で言う。

教えてもらった道を通ってスーパーへ移動すると、駐車場に車を止めて店内に入った。レジを打つ店員の名札を確認して『宮藤さん』を見つけたあとは、休憩コーナーに陣取って菓子パンをかじりながら休憩交替のタイミングを待つ。やむを得ない場合

を除き、訪問者が警察官であることを公にしない方針だ。あらぬ噂を立てられて証言者に迷惑がかからぬようにとの配慮である。

正午過ぎ、別の店員がレジを替わったタイミングですかさず清花が立ち上がり、休憩に向かう宮藤氏の妻を呼び止めた。

「宮藤さん」

と、親しげに名前を呼んだので、相手は知り合いかと思って振り返り、誰だったろうと首を傾げた。清花はチラリと身分証を見せ、彼女と一緒にバックヤードへ入った。

「なんでしょう」

不安げに問われても笑顔は崩さず、そのまま一緒に裏口へ出てから名乗った。

「お忙しいところを申し訳ありません。湯本彰海くんという子をご存じでしょうか」

彼女は眉をひそめていたが、少し考えてから、

「瑛太の友だちだった彰海くん？」

と、訊《き》いた。

「そうです。瑛太くんは三男でしたね。そのお友だちの彰海くんです」

「ああ……はい……それが何か」

「彼がいま、どこにいるのかご存じですか？」

彼女は深く首を傾げた。知らないのだ。

「奥様ご自身は彰海くんのことを覚えていますか」

「……まあ……顔くらいは覚えている……どうでしょうか……瑛太なら知っているかもしれませんけど」

「瑛太くんにお話を聞くことはできそうですか？」

怪訝《けげん》そうな顔で清花を見つめ、

「瑛太は学校です」

と言う。

「中学三年で受験生ですよね。でも、お時間はとらせません。もしかして彰海くんも同じ学校に？」

「それはないです」

と、彼女は答えた。

「彰海くんは転校しました。たぶん」

清花は大きく頷《うなず》いた。

「では、学校が終わってから、少しだけ瑛太くんに話を聞かせてもらえないでしょうか。下校時に正門で待っていますから、そう瑛太くんに伝えていただけませんか？もちろん立ち話でけっこうです。数分で済みます」

「彰海くんが何かやったんですか？」

と、彼女は訊いた。気になって清花も問うた。

「何かとは？　どうしてそう思うんですか」

「いえ……彰海くんはいい子だったけど、お家《うち》が」

「お家が？」

「いえ、なんでもありません。ちょっと待ってください。連絡してみます」

「お手数をおかけします」

下校時に正門で鳴瀬さんという背の高い女性が待っているから、彰海くんの話をしてあげて欲しい、とメールを打つと、

「これでいいでしょうか」

と、清花に見せた。清花は『背の高い女性』を、『背の高い男女』に変えてもらって送信させた。奥さんに礼を言って勇の許《もと》へ戻ってみると、比較的空《す》いていた休憩コーナーにたくさんの人がいて、買ってきたパンや惣菜《そうざい》で会食していた。彼らに席を譲った勇は近くに立って待っている。清花を見ると寄ってきて、

「どうでした？」

と、小声で訊いた。

「放課後に中学校の正門前で待たせてもらうことになったわ。瑛太くんの顔がわからないけど、大丈夫かな」

「大丈夫でしょ」

近くのゴミ箱にパンの袋を放り込み、勇はスーパーを出て行った。

車に戻ると、スマホに土井から電話があった。状況を報告し合うなか、

「じゃ、まだ彰海少年には会えてないんだね？」

と、土井は訊《たず》ねた。スーパーの駐車場に停めた車の中で、設定をスピーカーにして会話している。

「彰海少年には会えてませんが、瑛太くんに会うんで」

スマホに向かって勇が言った。

「清花さんが彼の母親と話したら、『彰海くんが何かやったんですか？』と訊かれたそうです。俺的にはそこが引っかかります」

「そうか。了解」

と、土井が言う。

「こっちも状況がわかってきたよ」

事故当時、瑛太くんが『パパは彰海くんを迎えに行った』と証言したことから、子供が同乗していたのではないかと、署員らは湯本彰海くんの家に電話をしたのだという。

「電話には母親が出て、息子は家にいると答えた。ところが」

数日後、発見された宮藤氏の車から湯本彰海の名前があるリュックが見つかった。

「え、じゃ、リュックはどうして車にあったんですか？」

と、勇が訊いた。

「再度電話で確認すると親が出て、前に遊びに行ったとき、忘れてきたものだと答えたそうだ。彰海くんと瑛太くんは同じクラスで仲がよく、亡くなった正隆氏が息子たちと一緒に彰海くんを遊びに連れて行くこともあったらしい。正隆氏は地区役員のほか小学校のPTA会長をしていたこともある好人物で、彰海くんに限らず息子たちの友人からも慕われていた。ちなみにリュックはほぼ空で、調書の写真を確認しても靴下とタオルと野球カードしか入ってなかった。キャンプに行くために持って出たなら、空っぽなのはおかしいよな？」

確かにそうだ。お菓子とかゲームとかトランプとか、子供がキャンプに行くなら余計なものまで詰め込むだろう。

「俺もそれは見ましたけど、野球カードってのがちょっと引っかかっているんですよね」

と勇が言った。

「どうして？」

清花が訊くと、勇は首を傾けながら、

「野球カードって、宝物じゃないですか」

「それは子供によるんじゃないの？」

「そうかなあ……まあ、そうなのか……でもなあ」

と、納得のいかない顔をする。

「ちなみに、ですけど、リュックを車に忘れても、彰海くんは困らなかったんですかね？」

「ランドセルをなくせば困るけど、リュックはあまり使わないから」

「じゃ、瑛太くんが『パパは彰海くんを迎えに行った』と言ったってのは？　それはまあ、これから本人に訊けばいいのか」

「勇くん同様、寄居署の警察官にもそれが気になった人物がいてね、再度しつこく自宅に電話をしたら、今度は彰海くん本人が電話に出たので、捜索を打ち切ったということだ」

「なーんだ……じゃ、俺の勘ぐり過ぎか。残された野球カードとリュックなんて、ミステリーだと思ったんだけどなあ」

残念そうに勇が言った。子供が無事だったのは喜ぶべきだが、ヒトオオカミの謎は振り出しに戻った。本当に山に迷った子供がいるのかどうかもわからない。

「まあでも、せっかく機会を作ってもらったんならさ」

と、土井が言う。

「宮藤家の三男には会ってみてよ。子供ならではの話がなにか聞けるかもしれないし。狼とか、野生動物とか、蝶々《ちょうちょ》とかね」

蝶が好きな勇に向けての言葉だと思う。

承知しましたと清花は答えて、通話を終えた。


午後三時四十五分。清花と勇は市立中学校のひとつを訪ねて正門近くに立っていた。警察官ではあるものの学校関係者とは言えないから、正門前の道路を渡った反対側で下校する生徒らを見守っている。口寂しくてグミが欲しかったけど、大の大人が子供の前で立ち食いするのもよくないと、清花はケースを握るだけで我慢した。様々な子供たちが目の前を通り過ぎていく。すごく幼く見える子も、すっかり大人に見える子もいて、中学生は成長度合いの差が激しいのだなと思う。自分が中学生だったころはどうだったろうと考えてみたが、客観的な記憶はなかった。小学校高学年になったとき、中学校へ入ったとき、高校へ進学したときも、自分がすごく大人になった気がしたけれど、本当に大人になった今では歳を取ったと感じるばかりだ。

時折「さようなら」と、頭を下げてくれる子らがいて、そのたび二人も「さようなら」と、挨拶《あいさつ》を返す。子供というのは存在がもう、清々《すがすが》しい。

しばらくすると男の子が三人出てきて立ち止まり、一人がおずおずと近寄って来た。仲間たちは立ち止まった場所で待っている。

「……あの……」

と、上目遣いにこちらを見たので、

「宮藤瑛太くん？」

清花が訊《き》くと、頷《うなず》いた。勇は仲間二人に笑いかけている。

「お友だちを待たせているのにごめんね。すぐ済むから」

通り一遍の質問をして終わらせるつもりだった。湯本彰海くんの無事は確認できているのだし、受験生の貴重な時間を搾取するのも申し訳ない。それなのに、

「彰海くん、見つかったんですか」

と、少年は訊いた。

「え」

「違うんですか？　見つかったんじゃないんだ」

「どういうこと？」

と、訊いたのは勇だ。少年は清花と勇を交互に見上げた。

「母からメールが来たから。彰海くんが見つかったのかと思って」

清花らは顔を見合わせ、代表して清花が訊いた。

「湯本彰海くんときみは、小学校で同じクラスだったのよね」

「同じ班で、家も近くて、仲がよかった」

「夏にお父さんの事故があったとき――」

横から勇が、

「辛《つら》い話を思い出させてごめんな」

と、謝った。少年は澄んだ目をして頷いた。

「――お父さんが彰海くんを迎えに行ったと、瑛太くんは証言したでしょ。でも、彰海くんはキャンプに行っていなかったのよね？」

それには不満があるらしく、少年は俯《うつむ》いて地面を見ていたが、顔も上げずに言った。

「嘘じゃないです。ぼくが父に頼んで彰海くんを迎えに行ってもらったんだから……でも、父はキャンプ場に来なかった。だから、絶対、彰海くんも一緒に事故に遭ったと思って」

「どうしてお父さんに頼んだのかな？　みんなはバスでキャンプ場まで行ったんでしょう？　彰海くんもバスに乗ればよかったんじゃない？」

「そんなことできるわけない」

少年は唸《うな》った。力のこもった言い方だった。

「彰海くんは虐待されていたんです。キャンプに行かせてもらえるわけない」

「虐待？　誰に？」

「次のお父さん……夏休みは給食がないからお腹が空《す》いて困ると思って」

清花と勇は再び視線を交わした。

「彰海くんは、お腹が空くと段ボールとか食べていた。ぼくは時々、内緒でパンとか持って行ってあげていて、それを父に見つかって。彰海くんは誰にも言わないでといったけど、バレちゃったから事情を話して。そうしたら、父がキャンプに連れて行くって……彰海くんの親とも話して、学校にも話をして、彰海くんが困らないようにしてあげる。それは大人がやることだからって」

「事故があった日のことよね？」

「でも、結局行けなかったってことなのかな」

清花に続いて勇が問うと、少年は顔を上げて二人を見た。真っ直ぐで、澄み切った瞳《ひとみ》をしていた。

「彰海くんのリュックがあった。車の中に」

「そうだけど、警察の人が家に電話を掛けたらお母さんが出て、彰海くんは家にいると答えたそうよ？」

「その後で別の人が電話したときは本人が出たってことだけど」

「それってホントに彰海くんですか？　弟じゃなく？」

またも二人は視線を交わした。

「彰海くんには弟がいたのね」

少年は頷いた。

「二つ違いで、弟はお母さんと、そのときのお父さんの子供なんだと言っていました。でも、弟も虐《いじ》められるって」

清花は腰をかがめて少年の顔を覗《のぞ》き込み、

「その日のこと、詳しく教えてもらえないかな」

と、頼んだ。電話に出たのは弟だった？　弟も虐待を受けていたなら、親は兄の身代わりになって返答するよう強制したのかもしれない。でも、なんで？　どうして子供が無事だと偽装しようと思ったのだろうか。家に警察を近づけないため？

心のヒダがチクチクしてきた。

「あの日……ぼくたちはバスでキャンプ場に行きました。父は彰海くんを迎えに行って、彰海くんのパパやママに話をしてからキャンプに連れてくると約束した。なぜかというと、勝手にやったら彰海くんがまた暴力をふるわれるから。ちゃんと話して連れてくるって。それで、家にあったパンとか持って、もしもダメでも彰海くんに食べさせるから心配するなって……でも、待っていたのにちっとも来なくて、役員の人が電話したのにつながらなくて、彰海くんの家にも電話したけど出なくって……後から車が見つかって……父はいたけど、彰海くんはいなかった」

　勇が少年の肩に手を置いた。

「その後、彼には会っていないの？」

　少年はイヤイヤよろしく頭を振った。

「父が死んで、いろいろあって、彰海くんは無事だったって聞いたんだけど、夏休みが終わったら、今度は転校したと聞かされて……」

「会ってないのね？」

「会ってません」

　清花はキュッと唇を噛《か》んだ。この少年は、それからずっと友だちの消息を気に掛けていたのだ。その子の写真を手に入れよう。小学校へ行けば情報があるはず。

「彰海くんはどんな子だった？」

「野球が上手《うま》くて、ゲームも上手くて、でも、お父さんのゲーム機でコッソリゲームしてたら見つかって、殴られて、もうできないんだと言っていました。いつも給食費を忘れるから先生に叱られたりしてたけど、親がくれないんだと言っていました。手のひらとか、脇の下とか、見えないところにも火傷《やけど》があって、プールのときは隠してた。自分がバカだからお母さんもお父さんも怒らせちゃうって……だけど、お父さんは前に一度だけ野球に連れて行ってくれたことがあって、そのとき買ってもらったバッジをすごく大切にしてました」

「そのころ彼が住んでた家はわかる？　覚えてる？」

「はい」

少年は市営住宅の棟名と部屋番号をハッキリ告げた。それをメモに取りながら、清花は体中の血液が、恐ろしい速さで駆け巡るのを感じていた。


中学校から市営住宅までは、ものの数分の距離だった。

勇が運転する横で清花は土井に電話をかけた。他の居住者に湯本家の話を訊《たず》ねると共に、その後の動向を調べたいと告げて住所と居住年を伝え、福子に一家の移転先を調べさせて欲しいと頼んだ。市営住宅に着いたとき、すぐ近くが小学校なのを見て、清花と勇は手分けして、住宅と小学校に聞き込みを開始した。

小学校へは勇が行って、彰海少年の顔写真と家族構成などの基本情報を入手する。清花は集合住宅で一家の暮らしぶりを訊くことにした。

市営住宅は四階建てで、老朽化が進んでいた。湯本家が住んでいたC棟は手前にも建物があるため薄暗く、剝《は》げかけたペンキの色が寒々しい印象だった。前庭に古い自転車や三輪車が放置され、今どき珍しいジャングルジムが草むらに錆《さ》びた状態で立っていた。湯本家がいたのは二階の一室なので、取りあえずは向かいの家を訪ねてみようと思う。集合ポストを確認すると、空いている部屋はなさそうだった。

コンクリートの階段を上がるとき、カラカラになったプラタナスの葉が隅っこに積もっているのが見えた。踊り場が開放されているので立木から落ち葉が舞い込んでくるのだ。建築当初に植えられた木々が大木になり、むしろ敷地を暗くしている。

湯本家がいたのはC棟の２０３号室。向かいの２０４号室のインターホンを清花は押した。グレー一色に塗られた玄関扉はのぞき穴の他に装飾がなく、天井近くに部屋番号があるだけだ。反応がないのでもう一度ベルを鳴らすと、しばらくしてから少しだけドアが開き、

「はい？」

と、女性の声がした。指二本ほどの隙間に、清花は身分証を差し入れた。

「お忙しいところを申し訳ありません。以前お向かいに住んでおられた湯本さんご一家についてお話を伺いたいのですが」

素性を名乗ってそう言うと、キーチェーンの外れる音がしてドアが開いた。福々しい雰囲気を持った五十がらみの女性が手櫛《てぐし》で髪を整えながら隙間に立ち塞《ふさ》がるように首を出し、周囲を見てから手招いて、清花を三和土《たたき》に引き入れた。ドアを閉めるようジェスチャーし、式台に立つと、それだけで玄関は一杯になった。

「湯本さん？　知ってますけど」

と、言う。怪訝《けげん》そうな表情を作ってはいるが、言いたいことは山ほどあるという顔だ。清花はなるべくフラットに、

「今、どこにおられるかご存じではないですか」

と、訊《き》いてみた。女性は大きく頭《かぶり》を振った。

「こちらにお住まいだったころ、お付き合いは？」

とんでもないと顔をしかめる。

「湯本さんのお家《うち》にはお子さんが二人おられましたよね？　彰海くんという男の子と、二歳違いの弟が」

「彰海くんと、太郎《たろう》くん。太郎くんと呼んでいたけど、本名は桃太郎。班長をしているときに名簿を見たの。それで彰海くんに聞いたらね？　鬼退治して金銀財宝を運んでくるように、お父さんがつけた名前だって言うのよ」

今度は深く頷《うなず》きながらそう言った。

そうか。やはり言いたいことがあるのだ。そう思ったのでズバリ切り込む。

「子供たちは虐待されていましたか？」

女性は『我が意を得たり』の顔をして、清花の腕をギュッと摑《つか》んだ。

「やっと調べに来てくれたってこと？　もう……遅いわよ。私、あの子たちに、隠れてごはんを食べさせたことだってあったのよ。でも、バレちゃって、そうしたら、ご

両親に怒鳴り込まれて、そこから先は何もできなくなっちゃったのよ」

清花はその手に手を重ね、

「詳しくお話を伺えますか」

と、訊いた。

「ご両親は再婚だったそうですが」

「そうなの？　知らなかったわ。越してきたときはもうあの家族だったから。やっぱりねえ……でも、タロちゃんはまだ赤ちゃんだったし……こう言ってはあれだけど、親御さんたちは二人とも下品で派手だったわよ。それでも最初は愛想もよかったけど、お掃除とかに出てきたことは一度もないのよ。ゴミだって……」

と、清花の背後を指して、

「そのへんに置きっぱなしで片付けないから、自治会長が何度も注意したけど聞く耳持たずよ。ベランダなんかすごかったのよ。避難路だから物を置いちゃいけない決まりなんだけど、虫とか臭いとかそれはもう……鳩が来るのよ、鳩とカラス、洗濯物に糞《ふん》をされたり、鳥インフルエンザだってあるでしょう？　それなのに」

喋《しゃべ》り出したら止まらない。清花はベテラン刑事の忠さんに倣って相づちを打ち、息継ぎのタイミングでようやく訊いた。

「子供たちが虐待されていることを、ご近所の方々はご存じでしたか？」

彼女は痛ましい顔を作って頷くと、声をひそめた。

「安普請だもの……聞こえていたわよ」

「それはお兄ちゃんだけでなく、弟さんも？」

「そうだと思うわ。でも、タロちゃんのほうはお出かけするとき連れていたわね。彰海くんを連れ歩くことは少なかったけど……もうね、泣き声がすごいのよ。あと怒鳴り声。ゴミに焼酎《しょうちゅう》の空きパックが山のように並ぶんですもの。酒乱よ、酒乱。仕事もしないのにパチンコ屋には行っていたのよ。下の子は栄養失調で手足が細くて、幼稚園にも行ってなかったよ」

「湯本家がここを出たのはいつですか？」

知っているけど訊いてみる。彼女は天井に目をやりながら、

「いつ……五年とか……もう七年とか経つのかしらね……急だったのよ」

と、言った。

「借金があったの。そりゃそうよね、仕事しないんだもの。借金取りみたいな人が来るようになって、夜中も朝も騒いでいたわ。あ、そう、八月よ。団地で夏祭りをやるって準備していたころだから。そしたら急に出て行ったのよ、夜逃げみたいに」

「引っ越したってことですね」

「夜逃げ」

と、また言った。

「夜中にガタガタ騒がしいと思ったら、朝になって湯本さん家《ち》の玄関が開いていたの。ゴミが丸見えで、外にまで散乱していて、声を掛けても誰もいなくて、そのまま帰ってこなかったの。あとで役所の人が見に来たけれど、片付けするのも税金でしょう？　私たちの税金よ。ホントにもう……」

「あの、そのとき子供たちの姿を見ましたか？」

女性は後方へ顎《あご》を引き、眉《まゆ》をひそめてはっきり言った。

「だから出て行くところは見てないの。でもね、ゴミの中にお兄ちゃんのランドセルがあったのよ。どうするつもりだったんでしょう。引っ越し先でまた買うつもりだったの？　お金もないのに。ああいう人たちの考えるコトってホントにわからない」

次に息継ぎをしたとき当時の自治会長の部屋を訊き、そちらへも聞き込みしてみると、ほぼ同様の話を聞く羽目になった。湯本家は退去の手続きもせずに団地を出て行ったというのだ。退去時に借主の負担と明記されている部屋の修理費や清掃費などを徴収するため、役所は保証人として記載があった湯本家の妻の実家を頼ろうとしたが、親はすでに死亡して実家もなかったのだという。

「湯本さんのところは契約者が奥さんで、母子家庭ということで賃料も安く設定されてたんですよ。それなのに、入居してきたとき旦那《だんな》が一緒で、どういうことかと訊いたんですがね、そのときは兄だと言ってましたよ。こっちへ仕事を探しに来ているので、その間だけ泊まらせるって」

先ほどの女性同様にしかめっ面で、自治会長は言う。

「だけどさあ、どう見てもあれは内縁の夫とかいうヤツでしょう？　よくあるんですよ。いつの間にか家族が増えていて、本当は契約違反になるんですけど、まあ、近所同士は深く突っ込めませんよ。ここに住んでいるんだし、トラブルになってもイヤだから。そういうところは自治会じゃなく、完全なる第三者が介入してくれないとマズいです。私らはここから簡単に引っ越していくわけにいかないんですから」

契約者の名前は湯本明里《あかり》。子供は二人で、上の子が彰海、下の子が桃太郎。夫はなく、生活保護の申請がされていた。

「お金が入ると、すぐパチンコに行ってましたよ。車が青色のバンで、あれは亭主の車でしょう。後ろに色々積んでいて、駐車場も借りてないので、いつも路上に停めていました。注意すると少し離れたところに持って行き、すぐにまた戻るって感じでね、A棟の人が文句を言ったら、車のタイヤに穴を開けられたとか、ボディを釘《くぎ》で引っ掻《か》かれたとか、家の鍵穴《かぎあな》に砂とボンドを詰められたとか言っていたかなあ……警察にも届けましたけど、犯人が捕まったという話は聞いてませんね。そのあとA棟の人も引っ越していってしまったし」

清花はメモをとりながら、「わかりました」と、呟《つぶや》いた。

「ちなみに、ご主人とおぼしき人の名前はわかるでしょうか」

自治会長は首を傾げた。

「書類を出してもらわないとね、こっちは何もわかりませんが……セイチとか呼んでいましたかね？　湯本さんが男を呼ぶのに『セイチ』って」

「名前でしょうか」

「どうですかねえ。でも、青いバンは山梨ナンバーでしたよ。変なところに停めているたびナンバーを確認したんで、今も覚えてますけどね」

それは手がかりになるかもしれない。清花は礼を言ってその場を離れた。


レンタカーを駐車した場所で、小学校へ聞き込みに行っていた勇と合流した。

幸いにも八年前に赴任してきた養護教諭がまだ学校にいて、彰海少年のことを覚えていたと勇は言った。とりあえず車に乗ってから、勇がスマホで撮影してきた彰海少年の写真を見た。頭と目が大きくて首が細い、どこかポカンとした表情の子供だった。家族構成は母親と子供二人で、行政の支援を受けているということだったが、養護教諭は少年が父親の話をするのを聞いていた。母親の交際相手と認識していたらしい。

「やっぱり虐待を疑っていたそうです」

と、勇は言った。

「彰海少年は体力がなく、授業中に居眠りしたり、運動中に倒れることがあったりで、保健の先生から学校へ、学校から児童相談所へ、そして自宅訪問へとつなげたんです。でも保護するまではいかなかったようです。親たちは、結婚が決まっているから今後は生活も安定するし、夫婦で子供を育てられると言ってたようで」

「そのとき相手の男性は？」

「もちろんそのつもりだと答えたそうです。彰海くん本人も新しい父親になじんでいるように見えたので、様子を観察していたと。その後しばらくは栄養状態もよかったようですが、それもまたよくあるパターンだと、保健の先生は心配して様子を見ていたらしいです」

「弟の太郎くんについてはどう？」

勇は太郎くんの情報を持っていなかった。

「運動会や音楽会に家族で来ることもなかったようで」

「幼稚園も行っていないとすると、たしかにね」

「家庭訪問などもしたようですが、連絡がつかず、留守だったりで……これ、生活安全局の立場から言うと、虐待家庭のあるあるパターンなんですよ」

「そうなんだ……」

清花は頷《うなず》く。

「父親の名前はわかった？」

「家庭調査の記録は空欄でした。結婚はしていなかったんでしょう」

「やっぱりそうか。母親は母子家庭の生活保護制度を利用していたようなの。もしかすると、下の子の特別児童扶養手当も受給していたかもしれないわ」

「ですね。だけど、そうなら申請書類を調べればその後の動向がわかるかもしれない。悪質なケースでは、申請から申請へと食いつないでいくことが多いので」

　だからまっとうな受給者が迷惑するんですと、勇は苦々しく呟いた。

「万羽さんに調べてもらいましょう」

「そうね。母親の名前は湯本明里。弟は太郎、戸籍上の名前は桃太郎。内縁の旦那はセイチと呼ばれていたようだけど、名前も名字もわからない。ただ、山梨ナンバーの青いバンに乗っていたそうよ」

「わかりました」

　と、勇は言って、万羽福子にメールした。

「瑛太くんのお父さんの事故があった夏、一家は夜逃げ同然に市営住宅を出ているの。夫婦はパチンコに凝っていたようで、闇金の取立屋らしき人物が家に来るようになって、すぐ姿を消したんだって。出て行くところは見ていないけど、彰海くんのランドセルが残されていたと聞いたわ」

「変ですね。子供はランドセルを置いていかないでしょう」

言いながら、勇はメールを打ち込んでいく。

「そうよね」

と、清花は答えた。不穏さを感じて胸が苦しい。山で行方不明になったかもしれない子供について調べていたのに、別の疑惑が心を占める。少年たちはどこにいるのか。親たちは彼らを育てているのだろうか。ほとんど空のリュックと、置き去りにされたランドセル。それだけで子供らの置かれた状況が察せられる。勇が持ち帰った彰海少年の写真は、生きることを諦《あきら》めたような表情をしていた。


レンタカーを最寄りの店舗に返却したのが午後六時過ぎ。再び迎えにやって来た土井のキャンカーに清花と勇が乗り込んだのは、さらに一時間以上も後だった。土井が予定時刻より遅れて来たので、清花らはピックアップしてもらうバス停が見えるコンビニで、順番に暖をとりながら土井を待っていた。

「ごめんごめん。遅くなったね」

清花が助手席に、勇が後部座席に乗り込むと、土井は申し訳なさげに眉尻《まゆじり》を下げた。

「時間に正確なボスが遅刻するなんて珍しいわ」

皮肉を込めて言うと、

「何かあったんですか」

と、勇も訊《き》いた。完全防備の登山スタイルの清花と違い、勇は少し寒そうで、車に乗るなりティッシュで何度も鼻を拭《ぬぐ》った。

「万羽さん通信が長引いちゃってさ、そしたら帰宅ラッシュにぶつかって……悪かった。風邪引かないでよ？」

土井はヘラヘラ笑っているが、眼差《まなざ》しはなぜか鋭い。当然ながら小中学校や団地で聞き込みしてきたことはすでに土井にも報告済みで、福子に指令が出ているはずだ。

「万羽さんは何を知らせてきましたか？」

車の流れを見ながら清花が訊《たず》ねた。赤や黄色にライトが光る幹線道路を、土井の車は進んでいく。どこへ向かうのか、前方はバイパスラインだ。

「湯本明里の所在がわかったって」

真っ直ぐ前を睨《にら》んで土井が言う。

「これから甲府《こうふ》へ移動する。とにかく彰海少年の無事を確認しないと。まだ事件じゃないとしても、そういうのこそ、ぼくらのやるべき仕事だからね」

サイドミラーで勇の表情を窺《うかが》うと、笑うでもなく、怒るでもなく、むしろ感情のすべてを放棄してしまったような、静かな顔をしていた。

第六章　オホいなる山の神たち

あきる野市から甲府へは中央自動車道を使って一時間と少しの道のりだ。とはいえ、被疑者でもない湯本家を訪ねる時間としては不適切な到着時間となるため、この夜はサービスエリアで一泊することになった。

土井の車は全長七メートル弱、ホイールベースが四メートル弱のロングベース車なので普通車用の駐車スペースには停められず、かといって大型車用のそれは長距離を移動するトラック運転手の大切な休養スペースである。大型車用の駐車スペースは大抵の場合、暗黙の了解で『いつも停める場所』が決まっているので、それを侵すことがないようエリア内をゆっくり流して確認してから駐車場所を確保する。トイレ近くに駐車しないのも利用者の利便を妨げないための配慮だ。この夜、土井は駐車場の隅の変形スペースに車を停めた。

巨大サービスエリアには二十四時間営業のフードコートがあって、ボリュームのある鰻やスタミナ丼やカレーやハンバーグなどを推していたが、旅をしていて食べたくなるのはなぜか素朴な普通の料理だ。自炊しない夜の食事に三人が選んだものは、味《み》噌《そ》味《あじ》で野菜がたっぷり入った山梨名物ほうとうだった。

照明の光が降り注ぐフードコートの再奥席に陣取ると、料理の完成を知らせる呼び出しブザーをテーブルの真ん中に置き、土井は紙コップのお茶を一気に飲み干した。手の甲で口を拭って清花らに告げる。

「湯本明里は二〇一五年の十二月に住民票を甲府市に移していたよ」

「内縁の夫が乗っていた車のナンバーが山梨でした」

土井は頷いて小声で言った。

「その男性とは婚姻関係を結んでいない。戸籍は湯本のままだったし、子供たちの父親の欄も空欄だったと、万羽さんが言っていた」

「男の名前はわかったんですか？」

勇が訊いたが、土井は首を左右に振った。

「住民票にも記載がないし、探りようがないんだよ。車のナンバーがわかっても、実際に持ち主を割り出すのは難しい。短時間ではできないし、捜査じゃないから令状も取れない」

「まあ……そうですね」

「大事なのは子供たちの状態だ。書類上、子供たちは母親と一緒に転居していて、明里は新しい土地でも生活保護の給付を受けてる。下の子供の特別児童扶養手当も」

「太郎くんは病気ですか？」

「転居時にいちおう診断書が出されていたけど、登校できないほどの障害ではなかった。でも学校には行かせていない」

「子供たちの姿は確認できてんですか？」

「万羽さんが調べたところ、甲府では通報などはないようだ」

「虐待の疑いは？」

　と、勇も訊いた。

「そこは万羽さんには調べられない。だからぼくらが行くわけで……ただ、彰海くんと太郎くんが通学するべき中学校に確認したら、在籍名簿に名前はあるが、一度も登校していないことがわかった。家庭訪問で二人に会えた事実もないんだ」

　話していると、いきなり呼び出しブザーが鳴り出した。

「俺が行きます」

　立ち上がって勇が料理を取りに行く。

「怒っていたよ」

　と、土井が言った。

「え、誰を、ですか？　私たち？」

「そうじゃなく、夜逃げした部屋にランドセルが残されていたと知って信じられなーい！　と、土井は福子のモノマネをした。

「それだけで想像つくじゃないのよ、ダメよその親、ダメダメダメダメ……ってね」

土井は首をすくめて苦笑した。

「湯本明里の戸籍を調べたら、彼女も父親の欄が空欄だった。本籍地は大宮《おおみや》で、母親は四度結婚して兄妹《きょうだい》が五人、誰一人認知されていないところをみると、全員が婚外子ということになる。明里は現在三十五歳。彰海くんを産んだころの住所は川越《かわごえ》だけど、保険や年金の記録も職務履歴もない。なんというか……社会の沼に突然浮き出た泡みたいな、というか……いったいどんな女性なんだろうな」

「来ましたよー、熱いので気をつけて」

勇がほうとうを運んできて、唐突に会話は終わった。

野菜たっぷりの味噌味スープで平打ちの小麦麺《めん》を煮込んだ料理は、カボチャで甘さを出すのが肝だと聞いたことがある。味噌汁とも豚汁とも違うほうとうは、料理するお母さんやおばあちゃんの笑顔を思わせる。鍋を引き寄せて割り箸《ばし》を割りながら、清花は、母親の笑顔を想像できない子供がいるのだということを考えた。

おやすみなさいの電話をすると、その晩の桃香はご機嫌だった。ついに明日、アドベントカレンダーの最初の箱を開けられるのだ。中身は何だろうと何度も言って、早く寝なくちゃと通話を終えた。早く寝ればそれだけ早く朝になると思っている。キャンピングカーのダイニングで、勇が耳をそばだてている。清花が通話を終えたとき、

「ぜったいキャンディです」

と、勇は言った。

「最初がキャンディ、次がオモチャ、あ、でもチョコレートかもな」

ああだこうだとしばらく会話をしたあげく、勇がキャンディ、清花がチョコレート、土井がツリーのオーナメントと決めて、当たりが出るかが楽しみになった。

十二月一日午前十時過ぎ。

清花は福子が調べた湯本明里の現住所に到着していた。

それは甲府市郊外の、田んぼや畑の中に建つ古い市営団地であった。平屋の同じ建物は目隠し用の波板囲いが割れて剝《は》がれて、物干し場やその奥の室内が丸見えになっていた。明里の家では干しっぱなしの洗濯物が埃《ほこり》と日光で色あせて、時間が止まったようだった。室内はカーテンが閉まったままで、縁台は床下までゴミで埋まって、古い絨毯《じゅうたん》が地面に敷かれ、脇から生え出た草は枯れていた。随所に猫のエサがばらまか

れ、雨に打たれて腐っていた。おびただしい抜け毛が玉になり、風に弄《もてあそ》ばれて吹きだまり、ゴミの山に絡みつく。それが湯本明里の自宅であった。

人目を引きがちなキャンカーは近くのコンビニに停めてきた。土井と勇がコンビニで買い物をしている間に、清花が一人でここへ来たのだ。母親同士、相手が女性のほうが話しやすいだろうという土井の発案に従ってのことだった。

家の周囲をグルリと回って観察し、清花はしばし考える。

ダイレクトに訪問するよりも、先に近所の人から話を聞いたほうがいいだろう。特に子供たちのことについては、母親が本当のことを言わない可能性もあるわけだから。

玄関前に青いバンが停まっていたが、タイヤは空気が抜け、ナンバープレートは取り外されて、車体はボロボロに錆《さ》びていた。車内のルームミラーにごつい銀のネックレスが下げてあり、ダッシュボードにはヒョウ柄のフェイクファーが張られていて、中身の乾いたフレグランスやゲームセンターで手に入れたらしき安っぽいぬいぐるみなどが助手席に積み上がり、座布団、工具、酒瓶のほか、ゴミ袋などが後部座席一杯に詰め込まれていた。車の下に野良猫がいて、清花の様子を窺っている。エサでもくれると思ってか、すり足で近寄ってきたので踵《きびす》を返して道を戻った。

同じ団地の二軒ほど先で、お婆さんが軒下から干し柿を取り込んでいた。

「こんにちは」

清花は明るく声をかけ、彼女が振り返るのを待って訊《たず》ねた。

「すみません。このへんに湯本さんというお宅があると思うんですけど」

「さあ……湯本さん？」

柿を取り込む手を止めて、お婆さんは清花のほうへとやって来た。

「彰海くんと太郎くんという男の子が二人いるお家《うち》です。中学生くらいの」

「どうかしら……ここは年寄りばっかりで、若い子は住んでいないと思いますよ」

そうですか。と、言いながら、道に迷ったとばかりに溜息《ためいき》を吐くと、

「あら。そういえば」

お婆さんは顔を上げ、青いバンが停まった家を指さした。

「あのお宅がたしか湯本さん。回覧板を回すから知ってたわ。でも、男の子なんていませんよ」

「どこか遠くの学校に入ったのかしら」

独り言のように呟《つぶや》くと、お婆さんは湯本家のほうを見ながら、

「そういえば……越してきたときは男の子がいたかしらね……引っ越しのお手伝いにきた人の子供さんだと思っていたけど、息子さんだったのかしら。よくお見かけしたのはご夫婦で、旦那《だんな》さんは派手な感じで、怖くてお話ししたことないけれど……まあ、

奥さんのほうもゴミ捨てに行くとき見かける程度で、お付き合いはないんです。でも旦那さんは」

　ちょっと前に亡くなったみたいですよ、と声をひそめた。

「亡くなった？」

「ええ。救急車が来たんです。旦那さんが玄関で血を吐いたとかで、救急車を呼んだのは、そこの……」

　と指したのは、湯本家の向かいの家だった。

「深町《ふかまち》さんです。民生委員をやってる人で、旦那さんが倒れるのを見てすぐに救急車を呼んだけど、奥さんは何もしないで黙って見てて……そのまま亡くなったようですが、お葬式をやった気配もないの。まあ、それぞれお家の事情もあるので、余計な話ですけどね、それじゃ」

　清花が深町家を眺めている間に、お婆さんはそそくさと家に入ってしまった。

　救急車を呼んだなら、内縁の夫が死んだ事情は救急隊の出動記録から探れるはずだ。夫の名前も素性もわかる。清花は自分に頷《うなず》いて、湯本明里の自宅へ向かった。

　錆びた車は訪れる人を拒むように玄関を塞《ふさ》いでいる。脇に空いた隙間に身体を入れて、車体でこすりながら玄関に立つと、清花はグミのケースからコーラ味を二粒出して口に入れ、喋《しゃべ》るとき香りが立たないよう奥歯で嚙《か》んで飲み込んだ。

玄関脇には呼び鈴らしきブザーがあったが、すぐ上でコードが切断されていた。玄関引き戸は閉ざしてあるが、鍵《かぎ》はかかっていないようで、斜めに隙間が空いていた。そこから中が少しだけ見える。靴脱ぎにチラシやダイレクトメールが散乱し、やはり猫のエサと抜け毛が積もっていた。男の子が履くような靴はなく、あるのは安っぽくて履き古したサンダルだけだ。

「湯本さん？」

呼びかけてみたが、返答はなかった。

「ごめんください。湯本さん、湯本明里さん」

少しだけ声を大きくしてから引き戸に手をかけ力を込めると、ガタピシする感じはあったが、難なく開いた。

「ごめんくださーい」

もう一度声をかけたとき、清花は気付いて心臓が凍った。

玄関に半畳ほどの取次《とりつぎ》があって、右手が狭い台所、台所から奥に廊下が続いて、廊下の脇と上がり框の正面が障子になっているのだが、その破れ目から人の眼が覗《のぞ》いていたのだ。いつからこちらを睨《にら》んでいたのか、充血した目は瞬《まばた》きもしない。

「ごめんください。湯本明里さんですか」

破れ目から覗く誰かに訊《き》いた。毅然《きぜん》と背筋を伸ばして、返答しなければ乗り込んでいくという態度を見せると、しばらくしてから障子が開いた。

これは人間だろうかと清花は思った。

障子の奥にうなだれていたのは、骨と皮ばかりに痩《や》せた女であった。土井の話によれば湯本明里は三十五歳のはずだが、伸びきってボサボサの髪は白髪交じりで、俯《うつむ》く肩に肉はなく、畳を摑《つか》む手は筋張って、ピンク色のマニキュアはだらしなく剝げてまだら模様になっていた。

「湯本明里さんですね？」

もう一度訊くと、うつろな声で「はい」と答えた。清花は身分証を提示したが、それを見たのかわからない。前髪が顔にかかって眼球の動きが見えなくなってしまったからだ。表情を確認しようとゴミだらけの玄関にしゃがみ込むと、小便とエサの臭いが鼻をつき、抜け毛がズボンに張り付いてきた。

「七年前に秩父のキャンプ場近くで起きた自動車事故について調べています。宮藤正隆さんが亡くなった事故です」

明里は表情が変わらない。クスリでもやっているのだろうかと清花は思い、瞳孔《どうこう》を覗き込んだが、瞼《まぶた》を伏せていてよく見えなかった。着ているものは汚れたジャージで、長袖《ながそで》なので注射の痕《あと》もわからない。大麻の臭いもしていない。

「大丈夫ですか？」

訊ねると、わざとらしく咳《せ》き込んでから「はい」と答える。

魂の抜け殻みたいな女だと思う。

「宮藤正隆さんが亡くなったとき、車の中に息子さん、彰海くんのリュックが載っていました。その後、警察から事情を問われて、あなたは、彰海くんはキャンプに行っていないと答えたそうですが、間違いありませんか？」

明里はまたも「はい」と答えた。

「彰海くんは今どこに？」

反応はない。清花はさらに言葉を重ねた。

「在籍している中学校に問い合わせたところ、登校実績がありませんでした。彰海くんの姿を見た人もいない。彰海くんはどこにいますか？」

強く問い詰めると、畳を摑む指先が痙攣《けいれん》したようにピクリと動いた。チッと舌打ちが聞こえたのは気のせいだろうか。

「事故があった夏、あなたたちは夜逃げ同然に当時の住まいを後にしています。二学期が始まる前に彰海くんは姿を消した。彼はどこにいるんでしょうか」

「……あの……」

「はい。なんですか？　答えてください」

一瞬だけ、女はギロリと清花を睨んだ。ゾッとするような眼差《まなざ》しだった。

自然と清花も戦闘態勢に入りたくなる。やる気ならトコトン受けて立つ。だが、大切なのは少年の所在だと自分に言い聞かせ、ムリに優しげな笑顔を作った。

「仰《おっしゃ》ってください。話を聞きます。私も母親なのでわかります。女手ひとつで子供を育てるのって大変ですよね。色々とご苦労もあったことでしょう」

腹の中で未消化の食べ物が暴れているような気持ち悪さを感じた。

「彰海くんはどうしましたか？」

さらに優しい声で訊ねると、明里はバッと畳に伏せ、両手を強く拳《こぶし》に握った。

やがて絞り出すような声で、

「いません」

と、応《こた》えた。

「え」

「だから、いません……キャンプに行って、戻らなかったんです」

予想していた答えなのに、ハンマーでガツンと殴られたような衝撃を受けた。

「彰海くんはキャンプに行ったんですね。どうして嘘を吐いたんですか」

「夫のせいです。熱が出て寝ているとか、今は遊びに行っていていないとか、どこから電話がきても答えは決まっていたんです。暴力が怖くて、本当のことを言えませんでした」

「ご主人が暴力を」

清花の顔を見もせずに、畳に伏せたままで何度も頷く。

「まさか交通事故なんて……車ごと燃えたとかならいいけれど、アキちゃんが死体で見つかって、警察が調べたら、アキちゃんに暴力をふるったことがわかってしまう。だから何も言うなと夫が」

足下からザワザワと怖気《おぞけ》が這《は》い上がってくる。それでも清花は同情した声で、

「言えなかったんですね、ご主人が怖くて……でも、あなたは心配したでしょう?」

と訊いた。

「心配したけど怖かったんです」

と、女は答えた。

「逆らえばどんな目に遭わされるか……だから、黙っているしかなかった」

「警察が電話したとき男の子が電話に出たそうです。太郎くんですね」

「そうです。タアちゃんが話をしました。横にいて夫が喋らせたんです」

「団地を出たのはなぜですか」

「夏休みが終わればアキちゃんがいないとわかってしまう。だから」

「借金取りのせいじゃなく?」

「それもありました。私じゃなくてセイチの借金です」

「ご主人の名前はセイチですか？　なにセイチ？」

「岡部《おかべ》誠一《せいいち》。ヤクザみたいな男です。乱暴で酒乱でギャンブルばかり、怒ると手が付けられなくて、アキちゃんのことを虐《いじ》めてばかりで」

「彰海くんがその人の子供じゃないからですね？　太郎くんは？」

「二人の子でした。結婚して、家庭を持とうと」

「でも、婚姻届を出していません。それはなぜ？」

「生活保護の受給を打ち切られるから。セイチは仕事が続かなくて」

「ご苦労されましたね」

　と、清花は言った。

「そのご主人も亡くなられたそうですが。ご病気でしたか？」

「飲み過ぎですよ」

　と、言ったとき、俯きっぱなしで顔の見えない明里の声に、ゾッとするほど冷たいものを清花は感じた。この女を信用してはならないと刑事の勘が言っている。それでも同情的な態度を崩さず、清花はさらに問いかけた。

「ご家族を虐待していた張本人はもういない。聞かせてください。彰海くんはどうなったと思っていますか」

「わかりません」

「心配だったでしょ」

「それはもう」と、頷《うなず》いてから、女は「でも」と、畳に言った。

「家にいるのも地獄でしたから、アキちゃんが死んだとしても、そのほうが幸せかもと思ったんです」

「見つかる可能性もあったわけです。そのときはどうするつもりでしたか」

「怖くてそこまで考えられませんでした。私はもう……夫が怖くて」

「明里さん」

と、敢《あ》えて名前で呼んだときだけ、彼女の背中はピクリと動いた。

「太郎くんはどこにいますか」

「タアちゃんは、妹が連れて行きました。お姉ちゃんには育てるのがムリだって、連れて行ってしまいました」

「妹さんのお住まいは？」

「知りません。二度と連絡してくるなって」

清花はそこで言葉を止めた。

湯本明里は畳に突っ伏してから一度も顔を上げなかった。薄い背中越しに家の中を眺めても、子供がいる痕跡《こんせき》などどこにもなかった。安っぽくて派手な衣服や化粧品、ウィッグやゲームセンターの景品、箱に入ったままの調理器具、カップ麺《めん》の食べ残しやケータリング食の容器など、ありとあらゆるものが散乱した部屋は眠る場所すらない有様で、これなら狼の巣穴のほうが、ずっと快適だろうと清花は思った。

玄関を出るとき、靴脱ぎに散らばった新聞紙やチラシが床に飛び散った血を吸うために置かれたものだと気がついた。夫が倒れたとき、ここで大量の血を吐いたのだ。それを今もそのままにしている。

目を閉じてから玄関を出て、青いバンの横で身体についた猫の毛を払った。淀《よど》んで腐った空気をそのまま引きずって来たようで、清花は足早に住宅地を後にした。土井や勇に会う前に着替えたかったがそれもできない。モヤモヤと胸にわだかまるこの感情は何なのか。澄んで晴れ渡った冬空を見上げて、清花は心で「わーっ！」と叫んだ。彼女の息子たちが自分の中で叫んでいるかのようだった。

申し訳なくもコンビニの駐車場に十分ほど長く停車して、清花は服を着替えさせてもらった。シンク用に積み込んでいる貴重な水で手と顔を洗い、さらに冷蔵庫のミネラルウォーターでうがいして、土井たちから離れた後部座席に陣取った。

「出発するよ。大丈夫？」

と、土井が訊《き》く。

「大丈夫です。行ってください」

ぶっきらぼうに答えると、振り返った勇が熱い缶コーヒーを差し出してきた。車を停めさせてもらったお礼に飲み物やパンを買い込んできたのだ。

「ありがとう」

袖《そで》を伸ばして缶を持ち、プルタブを切ってコーヒーを飲むと、不快感が少しだけおさまった。清花は湯本明里の様子と、彼女の証言を土井らに伝えた。

「え、じゃ、彰海くんは七年前から山で行方不明になってんですか」

驚いて、勇が唇を尖《とが》らせる。

「なんでですか？　すぐに捜索すれば助かったかもしれないのに……え……じゃ……」

ルームミラー越しに清花を探し、

「今もそのまま？」

と、訊く。勇は何も悪くないのに、申し訳なさそうな顔だった。

清花は無言で頷いた。そしてようやく、自分を覆っている感情が怒りなのだと気がついた。親は子供を捜すもの。無条件にそう思い込んでいた。けれど明里はそうではなかった。死んだ方が幸せですって？　ならばどうしてそんな環境に甘んじていたの？　どうしてセイチと戦わなかったの？　育てられない子供をなぜ作ったの？　もちろん人の感情は理屈通りに動かない。思ったようにはならないし、計画したってその通りに行かないこともある。でも、

「ふうっ」

モヤモヤを吹き飛ばすほど溜息《ためいき》を吐いて、熱い缶を額に当てた。ジリジリする熱さが気持ちいい。自分を虐めることでしか抑えられない怒りは苦手だ。自分だけが正しいのだと思ってしまうから余計に。

事故のとき、少年は車から放り出されてしまったのだ。それとも瑛太くんのお父さんを助けようと崖《がけ》を登って迷ったのかもしれない。声を限りに叫んだろうか。でも、誰も助けに来なかった。あの山だもの、無事に登り切れたとも思えないし、食料もなく、どこまで迷って行ったのか。食べるものもない山で、子供が七年も生きていられるはずはない。身元不明の白骨が見つかったという記録もないし、だから、まだ山にいるのだ。また冬が来るのに、ひとりぼっちで、白骨になって。

――死んだとしても、そのほうが幸せかもと――

明里の言葉にむかっ腹が立って、いたたまれない。子供が頼れるのは親だけなのに、母親なら白骨になっても捜して抱いてやりたいと思うはずなのに。放っておくことなんかできないはずで……ああであるはず、こうであるはず……それは清花の勝手な主観だ。世の中には違う考えの人もいる。暴力をふるわない夫に恵まれ、義母《はは》の助けを借りて子育てをしている自分だからこそ、明里の気持ちが理解できないのだろうか。でも、子供たちには罪がない。明里の母親も四度結婚、それなのに兄妹《きょうだい》の誰も認知されていないと聞いた。家庭を知らないから結婚がイメージできないと勇は言った。

だからなに？

誰だって手探りで人生を生きている。転んで傷ついて戦って、そうやって日々を生きている。清花はぐいっと涙を拭《ぬぐ》った。地域潜入班なんて言ったって……私たちに何ができるの？　あまりに感情が昂《たか》ぶって、泣きじゃくるように嗚咽《おえつ》が漏れた。鼻水も出てきた。

勇と土井は何も言わずに、清花が鼻の頭を赤くして泣くのを許してくれた。ティッシュでは間に合わず、片手にコーヒー、片手に顔を拭ったタオルを摑《つか》んで泣き続け、三分後に、清花は言った。

「ボス。宮藤正隆さんの事故現場へ行きましょう」

土井は情けない顔で微笑むと、

「あいよ」

と、軽い調子で応《こた》えた。清花が泣いた理由を訊くこともなく。

だから言う。

「母親に会って少年のリュックが空だった理由がわかりました。その子はリュックに入れるものを何一つ用意してもらえなかった、それだけじゃなく、育つために必要なものを何一つ与えてもらえなかった。彼女にとって子供は楽して生きていくための、ただの金づるだったんです」

「うん」

と、土井は静かに言った。その横で、勇は無言で前を向いている。

丸山くんの両親はどんな人たち？　そう考えると、清花は後ろから勇を抱きしめてやりたくなった。丸山くんは頑張ったんだね。丸山くんは頑張ったんだ。

もう、涙は流れなかった。どれほど草が茂っていようと、どれほど崖が険しかろうと、湯本彰海くんの遺骨を捜す。清花はそう決めていた。


再び寄居町まで戻ると町営駐車場に車を停めて、土井は狭い通信室から万羽福子に連絡をした。集中スイッチパネルのランプが呼び出しを知らせてきたからだ。

車内にある通信室は狭くて大人三人が座れるスペースはなく、清花と勇は引き出し式の椅子に陣取った土井の背中に張り付くように立っている。リモートカメラで三人が揃っているのを見ると、

「土井さんの後ろに背後霊が二体いる」

万羽福子はそう言って笑った。

「頭が見えないからホーンテッドナントカみたい」

今日の福子はご機嫌で、フクフクと微笑んでいる。清花は勇の額を横目で見たが、福子が作ったコブは治りかけて黄色くなっていた。

「狭いから二人までしか座れないんだよ。こういうことを言っちゃうと、だから最新鋭の車にしておけばよかったなんて叱られそうだけど」

「大丈夫よ。局長いないし」

と、福子は応えた。

「それで？　何かわかったのかい？」

土井が訊《たず》ねると他のパソコンを目で追って、

「先《ま》ず、消防署の出動記録から搬送先の病院を調べてみたところ、湯本明里の内縁の夫、岡部誠一は病死で間違いないみたい。酒の飲み過ぎはその通りで、肝硬変が進んで手の施しようがなかったのね。この人、健康保険に入っていなかったというか、保険料を滞納していて治療履歴もなかったの。病院に着いてすぐ死亡してるわ。次に湯本明里の妹について。現住所は新潟の上越市《じょうえつ》。結婚して名字が高田《たかだ》に変わってる。夫との間に子供が四人。仕事は高齢者福祉施設のカウンセラー。太郎くんを養子に迎えた履歴はないけど、ズボラなタイプの人もいるから、連れて行ったというならそうかもしれない。で、地元中学校の名簿で湯本桃太郎、高田桃太郎、調べてみたけど共に確認できず。身体が悪いということだから自宅にいるのかもしれない。だけど医療記録も確認できず。こんなところよ」

　太郎くんもいない……清花は唇の内側を噛《か》む。

「次は宮藤正隆さんが事故を起こした場所だけど、データを送るからプリントアウトしてね。当時の記録をみると車は崖下《がけした》へ数十メートルも落ちたのね。道路上に転落の形跡を確認できなかったのは、崖側が切り立って樹木の折れた跡などが見つかりにくかったから。秩父はこういう場所が多いみたい。もし、捜索するなら気をつけて。過去には、二重、三重、四重遭難なんて事故も起きているみたいだし」

「気をつけるよ」

　と、土井が答えた。

「頼まれた分はこれで全部よね？」

　カメラを見つめて福子が訊《き》いた。

「そうだね。助かったよ」

「それで、ここから先は私のお節介なんだけど」

　小首を傾げて微《かす》かに笑い、福子はポンと人さし指でキーを叩《たた》いた。一瞬だけモニターに地図が浮かんだが、随所に赤いマークがあった。地図が消えて福子が映り、

「今のもデータで送るからプリントして欲しいんだけど……あのね」

　ドヤ顔で土井を見つめる。リモート画面の相手と目を合わせようとすれば、モニタ

ーではなくカメラを見る必要があるが、福子は視線を合わせる達人だ。

「太田氏の胃に白飯があった謎だけど、こういうのは考えられないかしら、と、思って調べてみたの。さっきの地図は荒川上流で狼を祀《まつ》る神社の場所よ」

「なるほど、それで？」

と、土井が訊く。

「狼信仰では、お犬様やご眷属《けんぞく》様に扶持《ぶち》やエサと称して小豆飯《あずきめし》や白飯などをお供えするの。もう知ってるか……多くは毎月一度、お供えの日が決められているけれど、細かく調べてみるとそれぞれ日付が違うのよ。たぶんというか、これは私の勝手な考えだけど、同一日にごはんをあげると他の日がひもじいからだと思うのね？」

福子が何を言わんとしているのか、清花はまったくわからなかった。けれども土井は頷《うなず》きながら聞いている。

「扶持を供える場所は祭壇や神殿のこともあるけれど、山中の特定の場所に、しかも関係者以外には秘密の場所に持って行くこともあるみたい。宮司さんの記事を読んだら、次に供えに行くとき前回のごはんはスッカラカンになっているって」

ハッとした。清花は腰をかがめて福子に問うた。

「太田氏の胃にあったのもそのごはんだった？」

「地図に太田氏が見つかった場所をプロットしたけど、近くに神社が複数あるわ」

「釜山神社ですね」

と、勇も言った。

「寶登山神社もそこそこ近いのよ。清花ちゃん」

福子は清花に視線を送り、

「彰海くんがもし山にいて、扶持の置かれる場所を知ったら、少なくとも月に何度かはお米のごはんにありつける。お供えはずっと続いているわけだから」

「それを食べて生きているかもしれないと？」

思わず胸が熱くなる。

「うん……生きていて欲しいわ。返町課長に進捗《しんちょく》状況を伝えたら、少年が生きている証拠があれば捜索隊を出せるって」

「生きている証拠って？」

訊くと福子は頷いた。

「ウンチとかでもいいと思うの。髪の毛とか、DNAを採れるならなんでもいいわ。母親に協力してもらってDNAを照合すれば子供が生きてる証拠になるでしょ。ホントに余計なことだけど、もしもそうなら……」

助けてあげて。と、福子は言った。

清花は強く拳《こぶし》を握った。

福子が送ってくれたデータをプリントアウトして、それを見ながら作戦を考えた。

行くべき現場は二つあり、それは太田氏の遺体が発見された沢筋と、七年前に宮藤正隆氏が事故を起こした場所である。距離的にさほど離れていないが、どちらも大きな車を停車しておく場所がない。協議の結果、長瀞町から現地へ入り、通年営業をしているキャンプ場に車を置いて、徒歩で現地を巡る計画となった。

先ずは宮藤氏が事故を起こした道路を車で流して確認した。くねくねとカーブが続く道ではあるが、運転に慣れた者がハンドルを切り損ねるようには思えない。ただ、その区間は崖側にガードレールが設置されておらず、転落を阻止できるような立木もなく、下方に生えた木々の梢《こずえ》だけが頭を覗《のぞ》かせているような場所だった。

「このすぐ先です」

地図と照らしてカーブの数を数えながら勇が言った。指した先は崖側に空が広がっていて、見るだけでゾッとした。そこからダイブしたならば、車は空を飛ぶようだったはず。どのくらいスピードが出ていたかにもよるが、あっと思ったときにはすべてが終わっていたのではないか。土井は速度を緩めて通り過ぎ、

「ここから下りるのは危険すぎるよ」

と、呟《つぶや》いた。訓練を受け、装備を整えたレスキュー隊員でもなければ、登山靴に頼って下りていけるような場所ではない。清花も崖側に移動して窓を開け、首を伸ばして覗いてみたが、土井の意見に賛成だった。

「どうします？」

訊くと土井は勇に問うた。

「車の発見場所はどう？　下からだったら行けそうだろうか」

勇は地図を確認し、

「登山道が通ってます」

と言った。それからしばらく考えて、

「その登山道ですが、太田氏が駐車場に車を停めた釜山神社の奥の院へ続いてますね。まてよ……車が発見された場所とは離れているけど、でも、距離にして一時間とか二時間とか、徒歩で十分行けそうな……太田氏が遺体で発見されたのも、釜山神社の奥の院からあまり遠くない場所ですが」

清花はヘッドレストに取り付いて勇の地図を覗き込んだ。

「たしかに。山歩きの人は一日何時間も歩くんだから、すごく離れてるわけでもないのね。その気になれば徒歩でどちらにも行けるんじゃ」

「それは登山道を外れないか、山を熟知している人の場合だよ。ぼくらは秩父の素人だ。ガイドを雇ったほうがいいかもしれない。遭難事故の多い山だし、警官が遭難しちゃマズいしね」

「では所轄署に頼んで手配しますか？」

清花が訊くと、

「そうすべきかも」

と、土井は答えた。

「とにかく、キャンプ場に車を置いて登山道入口まで行ってみないか？　少なくとも太田氏が発見された場所までは徒歩で行けるかもしれないし。ダメなら策を考えよう」

宿泊予定地だった通年営業のキャンプ場に車を停めたころ、すでに太陽は西の山に隠れようとしていた。時刻は午後四時三十分。山に分け入るには微妙な時間だ。

通年営業といえば聞こえはいいが、そこは集落が管理する無料キャンプ場で、簡易トイレと炊事場のほかに施設はなく、炊事場の水も冬季間の凍結を防ぐために止められていた。敷地内の空き地でマレットゴルフができるようで、ゴルフを楽しむ住民のためにトイレだけは使える状態だ。外灯などの照明もなく、四方を森に囲まれている。

「牡鹿沼山村のキャンプ場を思い出すわね」

車を降りると周囲を見渡して清花は言った。

「あそこはまだ川があったけど、ここは森ばっかりだ」

「猪とか熊とか出そうっすね」

と、勇も言う。

「清花さん。トイレへ行くとき、気をつけた方がいいっすよ」

「それは私に限らないでしょ」

敷地を囲んでいるのは針葉樹の森だが、木々の隙間に雑木が生え出し、根元にクマザサが茂っている。猪や熊が出るなら笹の揺れる音でわかりそうだ。マレットゴルフ場の上に空がひらけて、夕焼けの色に変わりつつあった。

登山道とキャンプ場は敷地の外れでつながるようだ。

「ちょっと様子を見に行きますか？」

キャンプ場から延びる登山道の方角を指して勇が訊《き》いた。

「まだ明るいんで、様子だけ見に」

「そうだなあ」

と、土井が行きそうな気配を見せたので、手を挙げて清花は言った。

「じゃ、私が焚《た》き火用の薪を集めておくから二人で行って。椅子や焚き火台も準備しておくし」

「なんで？　一緒に行きましょうよ」

子供じゃあるまいし、残念そうに振り返った勇に清花は答えた。

「実はね……湯本明里さんを訪ねたときのズボンが酷《ひど》いことになってるの。まとめてビニール袋に突っ込んであるんだけど、ちょっとね……できれば外で広げて、濡《ぬ》れタオルとかで拭《ふ》き取りたいのよ」

「あー……」

と、勇は頷《うなず》いて、

「すごい臭いがしていたもんね」

と、土井も笑った。

やっぱり臭ったんだ、と清花は思って恥ずかしくなった。

「あれはまあ、早く処理したほうがいいかもね。と、言ってもここじゃ洗濯はムリだから、手当てだけ」

湯本家は生ゴミとアンモニア臭が凄《すご》かった。あえて玄関にしゃがみ込んだとき、それらをまとめて身体にまとってしまった気がする。服は着替えたが、悪臭はまだ鼻にこびりついていて、土井や勇が出かけた隙に、トイレの水場を借りてでも、自分の身体を拭き取りたかった。

「そういうわけだから、留守番してる」

男二人はキャンプ道具を外に降ろすと、夜露を避けるためのオーニングをセットして、靴を履き替えてから出て行った。夕暮れが早いから三十分程度で戻るという。

トイレへ水を汲《く》みに行き、ぬかるんだ地面に敷くためのシートを広げ、清花はその上にバケツを載せた。タオルを濡らして固く絞ると、上着を脱いでシャツの下にタオルを突っ込み、首回りや脇を丁寧に拭いた。また揉《も》み出して髪を拭き上げ、臭いを確認するためタオルを嗅《か》いだ。それほどに、あの家の臭いは強烈だった。

またもタオルを揉み出して首に当て、背中を洗うように左右に動かしているとき、こんな山奥で私は何をしているのだろうと考えて可笑《おか》しくなった。刑事だったときにはこんな姿を誰にも見せたくなかったし、ズボンの汚れを落としたいなんて口が裂けても言わなかったと思う。それなのに。

ビニール袋に突っ込んでおいたズボンを出してシートに広げ、とたんに臭いで噎《む》せてしまった。スポーツショップで買ったばかりのズボンは無惨にも灰色の毛にまみれていた。

「うわあ……」

丸めたタオルで毛をこそげ落とし、その毛が風にさらわれるのを見送った。ニホンオオカミがもしもまだ山に生息していたならば、酷い臭いに街から猫が攻めて来たと思うだろう。森を見たがクマザサがガサガサ揺れることはない。毛を取ってズボンを振り払い、裏返して毛を取って、またもズボンを振り払う。バカになってしまった鼻は臭いを確認できなくて、一通り毛を取り終えてからきれいに畳んで新しいビニール袋に入れた。袋ごと嗅いでビニール臭しかしないのを確認し、ようやく自分のリュックの一番底にそれをしまってトランクルームに放り込む。

再び手を洗いに行って焚き火台を組み立て、照明を準備してから薪拾いをした。枯れ木や小枝や、よく燃える針葉樹の葉を集めていると、土井と勇が戻ってきた。

登山道を行けば太田氏が発見された場所まで一時間程度だろうと、夕食を摂《と》りながら話をした。明日の捜査動線を打ち合わせてからスマホを確認してみると、このキャンプ場は電波が悪くて桃香にお休みを言えそうにないとわかった。アドベントカレンダーの最初の箱を開けたから、桃香は自慢したくて電話を待っているだろう。登山道を上がれば森が切れて電波が届くかもしれないと勇は言ったが、知らない土地で暗闇を歩くような真似はしてくれるなと、土井が釘《くぎ》を刺してきた。

「登山道と言ってもさ、舗装されてるわけでもないし、斜面もきつくて危険だよ」

「わかっています。桃香も私の仕事は理解しているので。その分、電話できたときにたくさん話をしますから」

そして清花は呟《つぶや》いた。

「桃香にはパパもバアバもいるわけで」

消えかけた薪の黒さと熾《おき》火《び》の赤さに、障子の破れ目から覗《のぞ》いていた湯本明里の充血した目を思い出す。湯本家の子供たちはどんな日常を過ごしていたのか。

人はなにゆえ人なんだろう。どこが獣と違うのだろう。こうした事案に出くわすたびに嫌悪と怒りで終わらせてきた自分の気持ちに、清花は初めて向き合っている。


その夜のこと。おやすみの電話ができない代わりに、清花は最後尾のベッドスペースに横たわり、勉にショートメッセージを送った。リアルタイムではないにしても、言葉と思いは勉のスマホに届くだろう。

――ママです。今日はお山の中にいて電話が届きませんでした。クリスマスカレンダーを開けてみましたか？　中身はなんだったでしょう。また教えて欲しいです。明日はお話しできるといいな。おやすみなさい――

送信ボタンを押して鼻先に迫る天井を見た。

土井も勇も静かなものだ。二人の寝場所とは通信室で隔てられているのでどんな様子かわからないけど、きっと疲れて寝ているだろう。不思議なことに、狭くて寝心地が悪そうなキャンピングカーは想像以上に熟睡できる。生き物として警戒すべき空間が狭くて済むからだと思う。動物の巣穴と同じだ。

一つ寝返りを打って眠りについた。深く引きこまれるような眠りの中をたゆたううちに、清花は、クマザサがガサガサと揺れる音を聞いていた。

夢を見ていた。おぼろげで断片的な映像が幾重にも折り重なるその奥で、クマザサは激しく揺れて、動いていた。ウーフ、ウーフ……アウアウアー……何かが哀しい声で鳴く。アウアー、アウアウアー……泣いている、ひとりぼっちの狼が。

夢で呟いた自分の言葉に、清花はハッと目を開けた。そのとき身体がスマホに触れてライトが点いた。ウーフ、ウーフ。夢じゃない。

微《かす》かだが地面をこするような音もする。清花はそっと身体を起こし、狭いベッドから降り立った。体重のせいで車体が揺れる。床はしんしんと冷えていた。

靴下を履いて上着を羽織り、足音を忍ばせて通信室を抜け出すと、ダイニングのソファベッドで勇が、その下で土井が、すでに上体を起こしていた。目が合うと土井は人差し指を唇に当て、三人揃って聞き耳を立てた。

アウアー、アウアウアー。

それは太田氏が録音した遠吠《とおぼ》えとは少しだけ違う声だった。繁殖期のそれではなくて、すすり泣くかのように悲しげだ。

(なんですか)

空気のような声で言うと、

(わからない)

と、土井が答えた。

無人のキャンプ場なので窓のシェードは開けっぱなしだ。今宵《こよい》は月の明かりも乏しくて、マレットゴルフ場は一面が影だ。その代わり星は燦然《さんぜん》ときらめいていて、靄《もや》もない。清花らは並んで窓に張り付いた。車内より外のほうが明るい。ガサガサガサ……やはりどこかで音がする。フンフンフンと鼻息も聞こえるが、姿はないのだ。それぞれに耳を傾けていると、勇が車の後部を指した。清花のベッドは下がトランクルームになっていて、夜露に濡らしたくない椅子や敷物や道具類、頻繁に使わない荷物や着替え、履き替え用の靴などが入れてある。臭いを嫌って袋にしまった清花のズボンも。

(後ろにいます)

と、勇が言った。すでに上着を着込んでいる。もう沈みそうな半月が明るさだけで居場所を示すが、その位置は森より低い。夜空は星たちの独壇場だ。

清花と勇は靴を履く。

アウア……アウ……アウ……。

外へ出るドアのロックを、勇は外した。慎重にやってもカチリと小さな音がして、途端にあたりは静まりかえった。ジージージー、と音を立て、降車ステップをセットする。ガタン。物音は極力立てたくないが、こればかりは仕方がない。清花と勇がドアの前に立ったとき、ザザ……と、土のこすれる音がした。近くにいる。間違いない。土井はその姿を捉《とら》えようと窓に張り付いて外を見ている。

息を止め、勇がドアを押し開けた。

そのときだった。真っ黒な影が、もの凄《すご》い勢いで車から離れた。薄闇を逃げていくそれは痩《や》せた猪くらいの大きさだ。細長くて体高は清花の膝《ひざ》くらい、何本かの尻尾《しっぽ》をたなびかせながら、身を隠すことのできないマレットゴルフ場を突っ切った。

「丸山くん！」

叫んで清花はステップを降り、全速力で追いかけた。勇も車を飛び降りて、挟み撃ちをする方向へ走る。勇の靴がザッと鳴り、とたんに影は方向を変えると、クマザサの藪《やぶ》へ突っ込んだ。その藪を光が照らして、清花は見た。真っ黒なたてがみを持った何かが一瞬こちらを振り返るのを。

熊だ。いや、人間だ。そうじゃない。あれはなに？

土井が車の中からライトを向けてくれたが、それが見えたのは一瞬で、すぐにクマザサの藪へ潜ってしまった。けれども藪は揺れている。波で行き先がわかるから、清花は走った。登山道の方向だ。尻尾、と、心で叫んでいた。尻尾があった。たてがみも。四つん這《ば》いで、結構大きい。

「サーちゃん、待て！」

土井が呼ぶのが聞こえたが、清花は追うのをやめなかった。勇もやめない。一瞬だけ目の端で捉えたそれが太田氏の言うヒトオオカミに違いない。いる、まだあそこに。靴の重さなんか感じなかった。走りにくさも感じない。いたんだ、見たんだ、ヒトオオカミを。秩父の山の神様を。勇が後を追いかけてきて、

「清花さん、あっち！」

と、林を指した、そのとたん、勇の姿はどこかへ消えた。

「え。うそ……丸山くん？」

立ち止まって振り返ったが、すぐそばにいた勇がいない。キョロキョロしていると道の下方で声がした。

「すみませーん……落ちましたー」

「ええ、やだ、大丈夫？」

森から突き出た登山道には半月の薄い光が当たっているが、それ以外は真っ暗だ。木々が揺れる音がして、時折何かが降ってくる。スマホのライトで下方を照らすと、茨《いばら》のように折り重なった枝々が白く光ってよく見えない。それでも慎重に光を動かし、清花は二十メートル以上も離れた下方に眩《まぶ》しそうな顔の勇を見つけた。

「怪我したのーっ？」

「ケツ打ちましたーっ。てか、全然大丈夫なんすけど……」

照らしているうちに状況がわかった。勇は着ている上着が藪に絡んで動けないのだ。バンザイするように腕をあげ、なんとかしようともがいている。もはやヒトオオカミどころではなくなった。

「待ってて、助けに行くからムリに動かないで！」

「それよりも、まずは土井さんを呼んでください」

と、勇は言った。

「俺はおとなしくしていますから。清花さんが下りるにしても、明かりを消したら真っ暗だから、ヘッドライトを持ってこないと」

わかったわ。と清花は言って、ライトを点《つ》けたままのスマホを道に置き、大急ぎで車へ走った。

「丸山くんが落ちました」

土井はトランクルームを開けてヘッドライトと鑑識セットを準備していた。

「うそマジか！　ケガは？」

「お尻《しり》を打っただけみたいです。けど、上着が藪に引っかかっているので、私が下りて外してきます」

「ホントにケガナシ？」

「ケガナシです」

清花は二人分のヘッドライトと、土井が手にしていた手袋を奪った。

「位置がわかるようにスマホを置いてきたので。すぐ行きます」

「ぼくも行くよ」

「大丈夫です」

そして鑑識セットを見下ろした。

「証拠が何かあったんですね？」

「ボディにね」

と、土井が言う。荷物を地面に降ろしてトランクルームの扉を閉めると、懐中電灯でボディを照らした。そこには、舐《な》めたような、こすったような跡がついていた。

「ここに何か入れたかい？」

食品は車内の冷蔵庫にあり、トランクルームには何もない。強いて言うなら、

「湯本家に行くとき着ていた服を袋に入れて、リュックごとここへ」

「あの酷《ひど》い臭いのヤツか」

「猫の臭いがしたんでしょうか」

「そうかもね。とにかく、おかげでＤＮＡが手に入る、かもしれない」

土井はオーニングに下げていた照明を点けた。その下で遺留資料の採取を始めるようだ。何かあったら呼んで欲しいと言われたが、大丈夫ですと清花は答えた。

ヘッドライトを装着し、靴紐《くつひも》を結び直して手袋をする。勇のライトは腰に結んで、自分のスマホの明かりを目指して戻る。闇の中、木々やクマザサが風に揺れ、不気味な音を立てていた。

「丸山く一ん、大丈夫一？」

訊《き》くとどこかで、

「オッケーでーす」

と、声がした。まったく、やり手なのか抜けているのかわからない。

苦笑しながら道を行き、スマホのライトをすぐに見つけた。回収してから地面にしゃがみ、ヘッドライトで斜面を照らす。登山道が夜露で濡《ぬ》れて、勇は剝《む》き出しの木の根で滑ったようだ。なぎ倒された枝葉の跡が勇の滑った跡である。慎重に行けばさほどの傾斜ではないように見えるが、なんと言っても知らない山だ。清花は手近な雑木を摑《つか》み、強く引っ張って折れないのを確認してから枝にすがって下へ降り、両足を踏ん張って、また別の枝を探した。

「大丈夫？」

「大丈夫です」

勇が安心できるよう、時折ライトをそちらへ向ける。とたんにそれ以外の場所が暗くなり、方向を見失う。勇を照らしながらでないと、全身を覆う藪に取り込まれてしまいそうだ。救出は朝を待つべきではなかったかとふと思い、もしも丸山くんの足下に崖《がけ》があったら危険だと、また思う。滑らないよう神経を集中していると、手を離した拍子に枝が戻って突如顔面を攻撃してくる。目を突かないようにしなければ。

「待っててね。すぐに行くから」

「いえ、大丈夫です。すみません」

足場が確認できたら両足を踏ん張り、片手を離すときは片手で必ずどこかを摑む。ああ……こんな時は梅グミなのに……口に入れてから来ればよかった。勇まであと数メートル。少し位置がずれている。横に移動するよりも斜めに近づくほうが早いと考えて伸ばした腕の、手袋と袖《そで》の隙間に毛玉のようなものが触った。清花は咄嗟《とっさ》に動きを止めて、混乱した頭で考えた。早く移動しないと尻がジワジワ滑っていく。

え。なに……？　今の。

遠くで水の流れる音がしている。それ以外は静かな夜の山。それなのに、

「さ……や……か……さん」

と、勇が怯《おび》えた声を出す。

「丸山くん？　大丈夫？」

「さやかさん……あれ……」

ヘッドライトを向けて確認すると、勇は清花のほうではなくて、どこか遠くを見つめていた。対岸の山だ。登山道の下に沢があり、沢の向こうは別の山。真っ黒で、ライトもそこまでは届かずに光が拡散してしまう。その山に、ぼう、ぼう、と、何かが見えた。ずり落ちていく尻を気にしながらも、清花は対岸のそれに見入った。霧に拡散していくロウソクのような、けれども青白い光だった。ひとつではなく無数にあって、こちらが消えたかと思えばあちらで燃える。

まさか、死ぬ前に太田氏が見たのもこれか。

もう一度腕を伸ばすと、今度は手袋と袖の隙間に息がかかった。生暖かい。ゾーッとして清花は動けなくなった。チリ……チリ……土を踏む音もする。フン、フン、と、鼻を鳴らすような音も。刺激しないよう目だけを動かしてあたりを見たが、藪《やぶ》の影以外に何も見えない。だがまたも、伸ばしたままの手に何かが触れた。

「や！」

悲鳴を上げて振り払った瞬間、バランスが崩れた。脚と同時に尻が滑って、握っていた枝葉がブチブチと切れた。ヤバい、落ちる、と思った瞬間、何かが上着の襟をガブリと嚙《か》んだ。グイッと上方に引っ張られ、身体が浮いて地面に落ちた。そこだけが、わずかに平らな場所だった。すかさず両手を地面について、尻餅《しりもち》をつきながら後ろに下がると、暗闇に二つの眼が光っていた。

──息を殺してあたりを見ると、遠くに青白く燐《りん》が燃え──

突然、太田氏の妻が語った言葉が思い出された。ヒトオオカミに会ったとき、太田氏は燐が燃えるのを見たという。勇の声も聞こえない。空気が凍り、気配は重く、ピリピリと殺気が肌を刺す。勇は尋常ならざる気配に自分の存在を隠したのだ。もちろん清花も言葉を呑《の》んだ。なに？　どうしてこっちへ近づいてくるの？

恐怖と裏腹に花のような香りを嗅《か》いだ。どこかで嗅いだ香りだが、今はそれどころではなかった。すぐ近くにアレがいる。それにしてもこの香り。茶の花か、もしくは新芽のような香りに思えた。どうして急に……まさか青い火の匂いだろうか。恐る恐る呼吸したとき、清花は体中の血液が一気に沸き立つほど恐怖に打たれた。花の香りはすっかり失《う》せて、強烈な獣臭がしたからだ。

しかもすぐそばで、戦う獣の臭いがしている。パキパキと小枝の折れる音もする。

刹那《せつな》、思ったのは勇のことだ。アレがいるのに、丸山くんを自由にしないと彼がやられる。清花は焦りに追い立てられて、枝も摑まず身体を起こした。そのとたん、

「ガウッ！」

と、鋭いうなり声がして突き飛ばされた。藪に倒され、身体がザーッと斜面を滑る。悲鳴を上げる間もなく転げ落ち、次には腕をガッと嚙まれた。牙《きば》が食い込んで、すぐ

離れ、上着の襟首を引かれて身体が止まった。身を守る訓練は受けているものの、身体が滑る斜面ではどうにもできず、手当たり次第に何かを掴んで防御体勢を取ると、それはすぐさま清花から離れた。

ウウ……グルル……と、うなり声がする。

恐怖のあまり頭の中はフル回転だ。獣は光を恐れるだろうか。防御しても、それだけでは自分を守りきれないのではないか。凄《すさ》まじい速度で思考は巡るが、警棒も、スプレーすらも持ってはいない。ここで死ぬのかと思ったとたん、勉と桃香のことが浮かんだ。二人はきっと泣くだろう。お別れすらも言っていないのに、ここで死んだら二人が悲しむ。

顔を覆った腕をどけ、手に触れたものならなんでも武器にしようと目を見開くと、すぐ鼻先にそれはいた。ヘッドライトの光をまともに浴びたそれは、真っ黒な顔に白目だけが光って、尖《とが》った前歯を剝き出していた。飛びかからんばかりに姿勢を低くし、激しく白い息を吐き、真っ黒なたてがみが頭部から背中へと流れているようだった。飛び出た鎖骨、細長い腕、全身を覆う体毛は灰色で、鼻から下が異様に長い。

ハッハッハ……獣臭をさせながら、静かに後ずさっていく。そのとき、首に蔓《つる》のようなものが絡みついているのに気がついた。いや。絡みついているというより、首飾りのように下げているのか……よく見ようと頭を動かしたとき、ヘッドライトが当たってキラリと光った。

「あっ！」

清花は叫んだ。野球バッジ、野球バッジだ。

それは後ろへ下がり続けて、草藪の中へ消えていく。

「待って！　彰海くん！　彰海くんでしょ！」

藪が揺れ、数本の尻尾《しっぽ》の先が見え、すぐ消えた。アウアー！　アウアウアー！　アウー……あちらこちらで遠吠《とおぼ》えが上がった。対岸の山や空、清花と勇を取り囲む森の奥からも聞こえて、燐が燃え、風が吹き、鋭くて濃い森林の匂いが渦巻いた。

「待って……お願い……待って！　待ってよ！」

藪の揺れは収まらない。清花はさらに大声で、

「怖がらないで。迎えに来たの！」

と、訴えた。

「帰れるのよ！　山を下りて帰れるの！　彰海くん、私が一緒に」

何としてでも引き留めようと、両手で枝を摑んで身体を起こした。

それでも藪は揺れていく。清花はついに立ち上がり、木の幹にすがって踏み出した。追いかけようと頭を振るとヘッドライトの光が動いて、さっきまで自分のいた場所を偶然照らした。斜面だと思っていたそこは藪の真下がえぐれた崖で、尖った岩場が沢

まで垂直に落ちていた。

「清花さん、清花さーん」

勇の呼ぶ声がする。さっきから呼んでいたのかもしれないが、聞こえなかった。声は清花の頭上でしている。どうやら彼より下へ滑り落ちたらしい。

「ここよ！　今行くわ」

「ひぇぇ……よかったー、生きてたんですね」

情けない声がしたので、清花は身体を回して斜面に取り付き、今度は傾斜を上がり始めた。下りるより上がる方が楽な気がするのは、行く先の状態が見えるからだ。声を頼りに上がって行くと、清花を助けようともがいたらしく、勇はさらに酷《ひど》い状態になっていた。勇の足下に四つん這《ば》いになると、身体に覆い被《かぶ》さるようにして上へと進んだ。ヘッドライトに勇の泣き笑いが浮かぶ。

「よかった。無事だったんすね、よかった……もう」

「当たり前でしょ」

腰から予備のライトを外すと、動けない勇に装着する。ベルトがちょうどコブに当たって、勇は「いてて」と顔をしかめた。清花はかまわず移動して、今度は藪に絡まった勇の上着を外し始めた。手袋があるからそれができるが、絡んでいたのはトゲの鋭い植物で、厚い上着を貫通していた。

「やだ、すごいトゲ。こんなのに突っ込んでよく無事だったわね」

「カラタチとかだと思うんですよ。幸い俺には刺さってないので」

片腕を外すと、勇は両足を踏ん張ってから上着を脱いで拘束を逃れた。

「てか、本当に大丈夫ですか？　さっき滑って落ちたでしょ。そしたらすごい遠吠えが……つか、ホントにすごいトゲだな、こりゃ」

イテテ、イテテと言いながら、勇は清花と一緒に上着を外した。

随所で燃えていた燐は消え、獣の遠吠えも止んでしまった。ライトで周辺を照らしても、ヒトオオカミはどこにもいない。嚙まれた腕に痛みがあって、もしかしたら歯形が採れるかもしれないと清花は思った。襟首もしっかり嚙まれたから、唾液《だえき》を採取できるだろう。DNAが手に入る。

「あのね。さっきは、ただ滑ったわけじゃないの」

上着を勇に渡して言った。

「おーい！　無事かー！」

土井が上で呼んでいる。懐中電灯の明かりがチラチラ動き、土井の居場所を教えてくれる。

「無事です」「無事でしたー」

清花と勇は同時に叫んだ。

「ロープいるかい？　持ってきたけど」

土井のいる場所と斜面の下を見比べて、勇が言った。

「どっちかっていうと、登るより下りるほうが近いです。少し遠回りになりますが、沢へ下りてキャンプ場へ戻ります」

「迷わないかーい？」

と、土井が訊《き》く。

「スマホがあるので大丈夫です。マップをダウンロードしてるので」

と、清花も言った。

「さすがっすね」

「丸山くんが言ったんじゃない。万羽さんが地図を送ってきたとき、遊歩道と登山道はダウンロードしておいたほうがいいって」

そうでしたっけ。と、勇はヘラヘラ笑っている。

二人は助け合って沢まで下りた。夜空の谷間のような渓流は、V字にそびえる山々の底で水が銀色に光っている。しんと冷たい風が吹き、時折山がザザザと揺れる。あまりに静かすぎるので、会話が山のモノらに聞かれる気がした。

それでも勇はこう訊いた。

「さっきのアレって見ましたか？　青いヤツ」

　ザクザクと、靴が川石を踏みつける。沢筋を少し戻ればキャンプ場へつづく道があるはずで、その案内を見落とさないよう森側にライトを当てていく。すでに暗さに目が慣れて、河原を歩く分には楽だ。清花はこくりと頷《うなず》いた。

「太田氏の言ってた燐《りん》ですかねえ」

　怖いのか、勇は両手で自分を抱いている。闇に燃えていた青い火は、恐怖より畏怖《いふ》を抱かせた。むしろ美しさに魅入られながらも、人が見てはいけないモノを見てしまったという後ろめたさが怖かった。こんなはずない。こんなモノを見るはずがない。それなのに見てしまったら、恐れなければと思うのだ。子供のころ、太田氏が狼の遺《い》骸《がい》に感じた恐れも、たぶん同じようなものだったろう。

「あのね」

　と、清花は静かに言った。

「滑って落ちたわけじゃないのよ、さっき、私は……」

　ヒトオオカミが首から提げていた物について、清花はずっと考えている。

「襲われたのよ、ヒトオオカミに」

「ファッ？」

　勇は変な声を出して立ち止まる。

「え……うそですよね。うそでしょ？」

「こんな嘘ついてどうすんの」

そう言ったときだけ普通の声で、清花は再び声をひそめた。

「足下ばっかり気にして下りたら、丸山くんがいる位置からけっこう逸《そ》れてしまったの。何かを感じて驚いて、そうしたら体当たりされて、斜めに地面を滑ったの」

「え」

と、勇はまた言った。

「落ちると思ったら腕を嚙《か》まれて」

「嚙まれたんですかっ」

「一瞬だけよ。すぐに離して今度は首を」

「ええええ」

「違う、首じゃなくて襟首ね。ジャンパーの襟首に嚙みついて、落下を止めてくれたのよ」

「え？」

清花は勇に頷いた。

「助けてくれたの。私が崖《がけ》から落ちないように」

「……え」

「ジャンパーの腕と襟に唾液がついてる。ＤＮＡ鑑定ができるはず」

勇はポカンと口を開け、清花が歩き出したのでついて来た。

「見たんですか？」

と、小声で訊《たず》ねる。

「見たわ」

「どんな」

清花は首を傾げて言った。

「ヒトオオカミ……太田氏がそう言った理由がわかった。あの子は、ヒトオオカミは、首にバッジをかけていた。野球バッジよ」

勇は何度目かの「え」を呟《つぶや》いた。

「それって彰海くんがセイチに買ってもらって、大切にしてたってヤツですか？」

「かもしれない。わからない。でも……」

「ヒトだったんですね？」

「わからないのよ。この前、丸山くんと別れて千葉大へ行ったとき、宗像先生が頭蓋《ずがい》骨《こつ》のX線写真を見せてくれたの。インドで狼と暮らしていた少年の頭蓋骨で、歯列弓だけじゃなく全身の骨が変形してたの」

「ヒトオオカミも、ですか？」

清花は頷く。

「たてがみと思ったのは毛髪だと思う。身体は体毛に覆われて、牙《きば》があったわ。唇が後退したのか、剝《む》き出しだった。裸で、尻尾《しっぽ》を下げていた。たぶん、だけど、身体に縛っているんだと思う」

「四つ足で？」

「そう思う。ヘッドライトを取りに戻ったとき、ボスがトランクルームを調べていたの。ヒトオオカミが車のボディを舐《な》めてたみたい」

「だから後部で音がしたのか。でも、なんで？」

清花は勇を見上げて言った。

「私のズボンが入っていたのよ。私、丸山くんたちがいない間に、外で猫臭いズボンを払ったの。振り払って、臭いを拡散させて、袋に入れてトランクルームへ」

「猫臭につられて来たってこと？」

「違うと思う。母親の……湯本明里の匂いを嗅《か》ぎ取ったんじゃないかしら」

宙を見て、勇はギュッと目を閉じた。苦しそうな顔だった。

彼が何を思うのか、清花はそれを訊かずに済ませた。一般論として、また刑事だったときの経験からして、親と生き別れた子供が慕うのは父親よりも母親だ。それがどんな人物であっても、子供は母親に夢を持つ。もしもあれが彰海くんなら、彼の記憶にある両親は、野球に連れて行ってくれたときの優しい二人なのかもしれない。

「遭難者の身体に傷があったのも、おそらく同じ状況だったんじゃないかと思うの。太田氏の胃にあった白飯、鉱物とマタタビ、あとヤマブドウ」

「彼が運んで食べさせたと思うんですね？」

「覚えてる？　奥さんに電話してきたとき、太田氏は支離滅裂なことを言ってたって」

「メモ取ったんで覚えてます。『ムリ』、『置いてけ』……あとは、『栄子、幻じゃなかったぞ』ですね」

「丸山くんってすごいのね」

そう言って、清花は顎《あご》に手を置いた。動かすと、噛まれた二の腕が少しだけ痛い。

「ムリだ、私を置いていけ……あの子は太田氏を安全な場所へ運ぼうとしたんじゃないかしら。歯形があったのはうなじから肩にかけてよね。動物はそこを咥《くわ》えて子供を運ぶでしょ」

「そうか……でも、ムリだったのか」

「テントもリュックも見つかっていない。自然観察をするときはテントを枝かなんかで隠すから、テントはそれで見つからないのかもしれないけれど、リュックは……太田氏が彼にあげたんじゃないかと思うの」

「ヒトオオカミに、ですか？」

「そう。太田氏は何年も彼を追っていた。もしも母親の匂いを嗅ぎ分けるほど嗅覚《きゅうかく》が発達していたのなら、向こうも太田氏を覚えていて、本当は交流があったのかもしれない」

「交流が？」

「人間同士のそれではなくて、もっとこう……互いの立ち位置を尊重し合う交流よ。山に入れば互いの気配を感じる程度の。太田氏のGPSはつながらなかった。それはリュックに付けていたせいかも。巣穴や洞窟に入ってしまうとGPSはつながらないから。彼は持ち物や防寒具を、せめてもの思いであの子に持って行かせたのかもしれないわ。どう思う？」

「なるほど……」

そして勇は天を仰いだ。沢筋に沿って開けた夜空に無数の星が筋になり、まだらな虹《にじ》を描いている。

「食べようとしたんじゃなく救おうとしたのか。ヒトオオカミは」

そうであるなら彼はまだ人間なんだと清花は思う。もしもあれが彰海くんなら、まだ、たったの十五歳。これからの長い人生を人間としてやり直すチャンスはあるはずだ。一方で、清花はこうも考えていた。名前を呼んでも、呼びかけたときも、彼は言葉を発しなかった。それはヒトオオカミが人間であることを捨てたからではなかろうかと。

車に戻ると清花の上着から唾液《だえき》を採取し、噛まれた腕の写真を撮った。二本の犬歯が皮膚に痣《あざ》を残していたが、傷は浅くて全部の歯形は採れなかった。登山用ジャンパーの特殊素材が皮膚を守ったからだ。車体についた粘液やジャンパーの唾液をDNA鑑定にかけるため、翌朝は土井が福子の許《もと》へ戻ることになり、清花と勇はまたもや途中のレンタカー店で降ろされた。

十二月二日。勇が密《ひそ》かに楽しみにしていた秩父夜祭の宵宮が開催される日になっていた。

「じゃ、ぼくは万羽さんにサンプルを届けるから、そっちも頼むよ」

宅配業者を使うより早く本部に戻れる場所にいると、どうしても動線が行ったり来たりになるものだ。清花と勇は湯本明里に協力を仰いでDNAを提供してもらうために車を降ろされたのだった。

土井のキャンカーを見送ると、早速湯本明里の自宅へ向かった。

「桃ちゃんから連絡来ました？」

レンタカーのカーナビに湯本家の住所を設定し終えて勇が訊《き》いた。

「メッセージが来たわ。学校へ行く前に話せればと思ったけど、やっぱり電波がダメだったから。アドベントカレンダーの『1』の日は、キャンディだったって」

「やった」

と、勇はガッツポーズを作った。

「ブドウ味。大きすぎて舐められなくて、バアバがそれを袋に入れて、旦那《だんな》がすりこぎで割ったんだって」

「あはは」

勇は声をあげて笑った。

「もうね……アメとかチョコレートとか、虫歯になるから食べさせないようにしてたんだけど、行動範囲が広がって、ずっと禁止というわけにもいかないし」

「ああ、でも、虫歯って感染症なんですよ？　乳幼児期の一定期間、口移しとかの感染を防げば一生虫歯にならないって」

「うん。子供を産むとき勉強したわ。だから口接触はしないようにしていたんだけど、どうなんだろう」

勇は涼やかに微笑んで、

「でも、そう考えると虫歯って、愛情を注がれた証拠ですよね。熱いかな？　辛くないかな？　もういいかな？　って、お母さんは離乳食とか確かめて食べさせるわけで」

「まあ、そうなのよね……子育てしてると余裕がなくて、ついつい同じスプーンを使いたくなっちゃう」

湯本家へ向かう道すがら、桃香の話をしているときでも、考えるのはヒトオオカミのことだった。それは勇も同様らしく、しばらくすると、こう訊いた。

「もしもあれが彰海くんだったとして、母親は彼を引き取りそうですか」

「ムリだと思う」

清花の答えは明確だ。勇がまた訊く。

「DNA鑑定の結果が出たら、返町課長は捜索をさせるでしょうかね」

清花は答えず、二度頷《うなず》いた。

彼はバッジを持っていた。大切そうに。でも、姿は人のそれではなかった。インドで見つかった少年は、保護された四年後に死んでしまった。

「お腹に土が詰まっていたって」

「え？」

清花は勇に顔を向け、

「インドで狼の巣穴から見つかった子よ。保護されてから四年生き、数は十一まで数えられるようになって、『いい』とか『いや』とか、『欲しい』『嫌い』、あと、『お母さん』という言葉は話せるようになったけど、腸閉塞《ちょうへいそく》で亡くなって、お腹に土が詰まっていたって」

勇は痛々しげに眉《まゆ》をひそめた。

「ストレスですかね……それで土を食べちゃったのかな」

ストレス。そうか。考えてもみなかった。みんながジャングルで保護された少年を人間に戻そうとしたけれど、少年は会話をしなかった。動物のように馬小屋で寝て、人間のフリを仕込まれた。データがとられ、好奇の目にさらされて、他人が望む生き方を強いられた。様々な経緯に鑑《かんが》みて、今はジャングルで子供が保護されても公にしないと宗像は言った。

「ムリに人に戻そうとして、ストレスを受けたと思うのね？」

「そりゃそうでしょう。本人がジャングルを嫌っていたならともかく」

「ヒトオオカミは幸せだと思う？」

勇は少し考えて、

「どうでしょう……俺だったら……」

と、静かに言った。

「昨夜、トゲに引っかかって宙づりになってるときに考えたんです。ああ、この位置からだと空しか見えないな……狼は地面しか見ないで生きてんのかなって」

「丸山くんは面白いことを考えるのね、あの状況で。呑気《のんき》すぎない？」

「そうかなあ？……いや、でも、実際問題、そういうことじゃないっすか。ニホンオオカミは森の巣穴に住んで狩りをする。視野が広いとしても星を見たりはしないんだろうな。もしくは見ても人間のようには感動しない。生きていくのに必要ないから。それは人間的な考えであって、彼らに星は関係ないかも」

勇が何を言いたいか、少しわかったような気がした。

「インドの少年は狼と暮らして幸せだったと思うのね？」

「幸せかどうかはともかく、それが生き方で、生活だったんだとは思います」

「保護されなかったら、まだ生きていられたのかしら」

「それもわからないですよね。ジャングルにいたら四年もしないで虎に食べられていたかもしれないけれど、そこはあんまり関係ない気がします。何年生き延びられたかよりも、どう生きたかったってことなんで。人間の価値観だけを当てはめてもね」

「でも、少年は人間なのよ」

「人間が一番偉くて幸せですか。少年にしたら、突然別の世界へつれて来られて、言葉や礼儀を仕込まれて……ていうか、その子は元々人間でしょう？　狼と暮らしていたけど人間ですよね。それとも、保護した人たちは彼をなんだと思ったんでしょうね。人間に戻そうとしたとして、それってただの人間じゃなく、自分たちが理想とする人間ってことだと思うんだよな」

「ジャングルにいたほうが幸せ?」

――アキちゃんが死んだとしても、そのほうが幸せかもと思ったんです――

湯本明里の言葉が脳裏をよぎる。インドで保護された少年は、保護者たちが望むような人間にはなれずに死んだ。では、彼は人間ではなかったのだろうか。清花は勇の言葉を考える。人は人の幸福を自分に照らして測ろうとするけれど、幸せのかたちはそれぞれだ。桃ちゃんが幸せで、清花さんも幸せで、それが一番大切なこと。いつか勇が言ったのも、家族のかたちに拘《こだわ》るよりも、一番大切なことを考えろという意味だったのだろう。それならば、どうすることがヒトオオカミのためなのか?

「入っていったいなんなんだろう」

清花は言って、昨夜食べ損ねた梅味のグミを口に入れ、ケースを開けて勇にも勧めたが、彼が選び取ったのは、酸っぱいレモンのグミだった。

湯本明里が暮らす団地は車通りがほとんどなくて、道路はすれ違い可能な程度の広さがあるため、この日はレンタカーで現場へ乗り付け、錆《さ》びて動かない青いバンの近くに駐車した。エンジン音に驚いたのか、バンの下から野良猫が何匹も飛び出してきて、もう着替えがないなと清花は思った。直接道路にまき散らされた猫エサは食べた形跡もなく残されて、西部劇の回転草さながらに抜け毛が地面を転がっている。

「行くわよ」

　と、告げて車を降りると、勇は後部座席のドアを開けてDNA採取キットが入った箱を出し、ジャンパーを脱いで濃紺の作業着を羽織った。一緒にバンの隙間を抜けて玄関に立つと、斜めに開いた隙間から障子が倒れているのが見えた。鴨居を外れて居間に落ち、その上にうつ伏せの女性が倒れて玄関に足の裏を向けている。

「丸山くんっ！」

　叫んで清花は飛び込んだ。勇も後に続いたが、玄関に入ったとたん顔をしかめた。先般の悪臭に凄《すさ》まじいアルコール臭が混じっていたのだ。

　うつ伏せた女の脇には紙パック入りの焼酎《しょうちゅう》が、障子に中身を染みこませながら転がっている。清花は靴のまま床に上がると、湯本明里の首に手を当てて脈を測った。

「生きてるわ」

　そして大きく溜息《ためいき》を吐いた。

「ビックリしたーっ」

　と、勇も言って、横目で清花の靴を見た。

　さすがにマズいので靴を脱ぎ、清花は明里の肩を叩《たた》いた。

「明里さん。湯本明里さん。大丈夫ですか？」

　高々と両手を伸ばしてうつ伏せていた彼女は、派手な金髪のウィッグをしている。

服装はピンクのスーツで、黒いタイツは破けていた。

「明里さん」

もう一度呼んで揺さぶると、振り払う仕草をしてから清花のほうへ、どぎついメイクで飾った顔をグルンと向けた。

「誰？　あんた」

「先日お伺いした鳴瀬です。大丈夫ですか？」

ゴロンと仰向《あおむ》いて天井を向くと、

「何が？」

と、訊《き》く。マスカラが溶けて目の下に隈《くま》を作っていた。

「倒れているのが見えたから。お水とか持ってきましょうか？」

すると突然起き上がり、清花の頬をピシャリと叩いた。

「よけいなことすんな！　このあばずれが！」

清花は驚いて防御もできず、勇もあっけにとられている。湯本明里はさらに吠《ほ》えた。

「他人様《ひとさま》の家に入ってなにやってんだ。あ？　警察そんなに偉いのか？　ふざけんじゃねえぞバカヤロウ！」

清花と勇は視線を交わし、勇が静かに頭《かぶり》を振った。まさかこんな展開になろうとは。

「子供が死んだらなんだってんだ！　産んでもねえのに文句を言うな！　煮て食おう

と焼いて食おうと勝手じゃねえか。バカヤロウ、畜生、どいつもこいつも死ンじまえ！」

そう言って再び清花を叩こうとしたので、今度は腕を摑《つか》んで逆さに捻《ひね》った。

「いてててて！　何しやがるんだ、こんちくしょう」

「明里さん、落ち着きましょう。今日はお知らせがあってきました。実は、ですね」

コンマ一秒思考を巡らせ、清花は言った。

「たぶん彰海くんが見つかりました。秩父の山で」

嘘だ。本当にそうなのかを知るために、ＤＮＡの提供を受けにきたのだ。あれが彰海少年だという証拠などない。けれど清花はまた言った。

「よかったですね。それで、お母さんのＤＮＡを提供していただきたいんです。彰海くんが生きていたとわかれば」

保険金が、と、言ったとたんに明里の態度は一変した。

「本当ですか？　彰海が生きてた？　ああ、うれしい」

勇はバケモノでも見たかのような顔をした。採取キットの箱を下げて玄関に立ったまま、こわばった顔で明里を見ている。清花は言う。

「七年も時間が経って容貌《ようぼう》が変わっているので、彰海くん本人かどうかを確認しないとならないんです。頰の内側からＤＮＡを採らせてください」

「DNA?」

明里はイヤそうな顔をした。

「事故当時、宮藤さんは対人賠償保険に加入されていたようなんです。彰海くんが車に同乗していた場合は適用される保険です」

そちらも嘘だ。どうしてこんなにスラスラと嘘八百が口をついて出るのか清花自身も不思議だったが、罪悪感はまったくなかった。

「いくら? いくらもらえる?」

と、明里はまた訊いた。

「だからそれは、彰海くんとの血縁関係が証明できないと」

「いいよ」

彼女は四つん這いになって玄関まで行くと、勇に身体を向けて歯科医に見せるように大口を開けた。アルコールの饐《す》えた臭いがした。

「丸山くん」

清花に急《せ》かされて勇は箱を開け、長い綿棒で明里の細胞を掻《か》き取った。袋に保存し、時間と場所と名前を書いて箱に収める。

「いつもらえるの? いつわかる?」

ニタニタしながら明里が訊《たず》ねる。

清花は勇に目配せをすると、おもむろに立ち上がってこう言った。

「もうひとつ、伺っておきたいことがあります。妹さんのことを調べましたが、そちらでも太郎くんは学校に通っていませんでした。養子縁組もされてない。妹さんにはすでにお子さんが四人いますが、太郎くんを見た人はいないんです。太郎くんはどこですか？」

電池の切れた玩具のように、湯本明里は動きを止めた。しばらくしてから、耳が奇妙な音を聞いたという素振りで自分の耳をパンパン叩き、清花を見上げてこう言った。

「なんだって？」

「太郎くんは亡くなっているのではありませんか？」

ギャー！　と言ったか、ギャオウ！　と言ったか、その瞬間、明里は清花に飛びかかり、馬乗りになろうとしたところを勇に抱き留められた。しかし凄まじい反撃は止まず、後頭部で勇に頭突きを喰《く》らわせるや、腕をすり抜けて清花に襲いかかってきた。清花は姿勢を立て直して、明里の攻撃を待っていた。腕を摑んで逆さに捻り、床に押しつけたとき、勇が加勢に加わった。

「人殺し！　離せ！　帰れクソッタレ、この淫売《いんばい》！」

耳を覆いたくなるような言葉が次々飛び出す。

「公務執行妨害！　公務執行妨害の現行犯！」

清花はスマホから最寄り署に通報したが、明里の暴れ方はもの凄《すご》く、口角から泡を飛ばしながら叫び続けた。おそらくこの家のことには干渉せずにおこうと決めていたであろう近所の人々が様子を覗《のぞ》きに来るほどには大騒ぎを続けた。

そうはいっても痩《や》せて身体の小さい女性だ。逆手に取った腕を摑んで床に伏せさせ、背中に乗って押さえるうちに、声は次第に小さくなった。かなりアルコールが入っているので清花は水を飲ませようとしたが、口に含ませたとたん、清花に吹きかけて大声で笑った。ハンカチで顔を拭《ぬぐ》う清花を、「大丈夫ですか」と、勇は案じたが、「平気よ」と答えながらも、清花は明里の視線をずっと追いかけていた。

玄関から続く部屋は六畳と四畳半の二間であり、奥の四畳半には押し入れがあった。太郎くんは亡くなっているのではありませんか、そう聞いたときからずっと、明里は四畳半を気にしている。その部屋はゴミで埋まっていたが、清花はツカツカと奥へ行き、押し入れの前に積み上げられたあれこれを崩し始めた。

「何しやがる！　クソアマ、あばずれ！」

勇に乗りかかられているというのに、脚をばたつかせて叫び始めた。

「どうしたんです？　何をするつもりですか」

「いいからしっかり押さえてて」

ヒトオオカミは本当に、母親の匂いを懐かしんでキャンプ場にやって来たのか。

それともここの悪臭に他の何かを感じていたのか。

この前来たときから気になっていた。どうして彼女は、こんな悪臭の中に平気で住んでいられるのだろう。それとも野良猫をおびき寄せてまで隠したい臭いがあったのだろうか。シミで汚れた布団や座布団、丸めた衣服に食べ物のゴミ、雑誌に空き瓶、中身が入ったままのペットボトル、カピカピに乾いたカレーがこびりついた鍋《なべ》、ゴミの袋にバケツに、なぜか大人の紙おむつ。あらゆるものをよけていくと、ようやく押し入れの襖《ふすま》が現れた。障子は破れているというのに、襖は比較的新しいままだ。

「メスブタ！　人殺し！　バカヤロウ！」

明里はもはや声にならない声で叫んでいるが、清花は容赦なく襖を開けた。

部屋はこんなに散らかっているのに、押し入れの中にはゴミがない。そこには半透明の衣装ケースが、いくつも積み上げて入れられていた。内部にあるのはぼろ切れや新聞紙、フレーク状の薬剤と、小さくてまばらな人骨だった。もしくは干物のような塊。パトカーのサイレンが近づいてくる。一つの衣装ケースに頭部がふたつあるものも。衝撃で、清花は思考の一部が停止した。ケースを数え、透けて見えるはずの骨を見て、でも、何人いるのかわからなかった。何が起きたかもわかろうとしない。明里の声が遠のいて、秩父の山が頭に浮かんだ。

ヒトオオカミは泣いていた。臭いに気付いて泣いたんだ。わずかばかりの思い出を宝物のように胸に抱き、ヒトオオカミは、神霊の家族と山にいる。
人間が一番偉くて幸せですか。
清花は勇のその問いを、今こそ自分に訊ねていた。

地域潜入班の通報で、湯本明里の身柄は甲府警察署に拘束された。押し入れから出た遺体は六体で、古いもので二十年、新しいもので一年未満ということがわかった。太郎くんらしき骨もあり、亡くなって五年以上が経過していた。遺骨のＤＮＡは明里との血縁関係を示していたが、父親のＤＮＡはまちまちだった。もはや死因を調べることはできないが、衣服を身につけていたのが太郎くんだけだったこともあり、ほかの遺体は産み落とされてすぐ死亡、もしくは殺害されたものらしかった。

市営住宅から多数の子供の遺体が見つかったことは大きなニュースになったが、被疑者の子供のうち一人が行方不明であることは、ついに報道されなかった。湯本彰海くん（生きていれば十五歳）の遺体もその中に含まれると報道陣は理解したのだ。

遺体について、湯本明里はまっとうな供述を一切していないという。聴取がどんな状況なのか、直接話した清花と勇には想像がつく。おそらくは鑑定留置の措置が執られるだろう。

皮肉なことに、勇があれほど楽しみにしていた秩父夜祭が終わってから、清花らは再び秩父を訪れようとしていた。清花の上着についた唾液《だえき》と湯本明里のDNAを照合するのに十日程度もかかったからだ。

十二月十二日。清花と勇は土井に誘われて釜伏山の近くへ向かっていた。狭い山道と駐車スペースのなさに懲りた土井は、返町の車を借りて運転している。彼の愛車はSUV車で、山道の走りには定評がある。

「DNA鑑定の結果だけどね」

助手席に勇が、後部座席に清花が乗っていたのだが、車が小さいので土井の声はよく聞こえた。土日を挟んだので、出たばかりの鑑定結果を初めて聞くのだ。

「仮にあれをヒトオオカミと呼ぶとして、ヒトオオカミのDNAは湯本彰海くんの母親のDNAを含んでいた。肯定確率は九十九パーセント以上だってさ」

「やっぱり」

と、清花は言った。自分でも整理のつかない複雑な感情が湧いてきて、シートベルトを握る指先が冷たくなる。

「でも、それだけじゃないんだなあ」

土井はルームミラーで清花の表情を窺《うかが》った。

「サーちゃんの上着についていた唾液は彰海少年のもので間違いないけど、ぼくの車のトランクから採取したほうに、ヒト以外のDNAが混じっていたって」

「マジすか」

勇が言った。

「え、じゃあ、あのとき熊とかもいたってことですか？　鹿とか猿とか」

「犬とかね」

と、土井が笑った。

「犬……犬なんか……え」

勇が清花を振り返る。

「あのとき、あのときっていうのは俺が登山道から落っこちていたときですけど、狼の遠吠《とおぼ》えみたいのを聞いたんですよ。それだけじゃなく」

「山で燐《りん》が燃えるのを見ました。私も丸山くんも、二人で見たから間違いないです。匂いも……そういえば私、あのとき不思議な匂いを嗅《か》いだのよ」

清花は身を乗り出して運転席の背もたれを摑《つか》んだ。

「獣臭を感じる前、燐が燃えていたときに、お茶の花のようないい香りが辺り一面に漂っていたの。あれは何かしら、丸山くんも気がついた？」

「気がつきました。グリーン系柔軟剤みたいな？」

「また、ロマンの欠片《かけら》もない喩《たと》え」

「わかりやすくていいじゃないですか。冬なのに何だろうと思ったけども」

土井はニヤニヤ笑いながら、

「遠吠えと燐、そして匂いね、残念ながらぼくは気付かなかった。キャンプ場にいたからね」

「でも遠吠えは？」

土井はわずかに振り返って、

「遠吠えも。気付かなかった」

と、答えた。

「スピリチュアルな体験をしたね。亡くなった太田氏同様。でも、まあ、車の近くに何かが来たのは間違いなくて、それは彰海くんと一緒にいたってことだよな」

「どうするんですか？　彼が生きてる証拠があれば捜索すると返町課長は」

「返町は捜索するとは言ってない。捜索してもいいと言ったんだ」

くねくね道をハンドルワークでやり過ごしながら、独り言のように土井は言う。

「どうするべきか、正直ぼくにもわからない。大切なのは、どうすることが彰海くんにとって幸せなのかだ。だからさ、ちょっと話を聞いてみようと思ってさ。山のことをよく知ってる人に」

土井が二人を連れて来たのは、清花らがヒトオオカミを見たキャンプ場だった。

あの夜の登山道を登っていくと、高いところに東屋があって、そこだけ視界が開けていた。三峯神社の遙拝所《ようはいじょ》には遠く及ばないものの、燐が燃えていた対岸の山や、下を流れる沢が見下ろせる。その場所で、老いて小柄な宮司さんが待っていた。

「どうも、お忙しいところを申し訳ありません」

東屋の手前で腰を折り、土井は宮司に頭を下げた。宮司は神職の衣装を着ているものの、日に焼けた顔や、筋張って筋肉質な身体は修験者を思わせた。

「電話した特捜の土井火斗志です。こちらは丸山、あと、鳴瀬です」

「丸山勇です」

「鳴瀬清花です」

「植月《うえつき》です」

順番に挨拶《あいさつ》すると、宮司はニコニコしながら、
と、頭を下げた。

「植月さんの神社は毎月十七日がお炊き上げの日で、他言無用の場所にご眷属《けんぞく》様のエサを供えにいくんだよ」

「うちの一族がもう三百年以上、欠かすことなくお世話をしておりますでなあ」

小柄な宮司の眼差《まなざ》しは澄んでいて、けれど確固たる力強さを持っていた。

「サーちゃんたちが山で見たという青い火や、ヒトオオカミの話をしたんだ。宮司さんはご存じだったよ」

「え」

清花と勇は同時に老齢の神職を見つめた。

「ご存じだった？」

繰り返すと、宮司は温厚な顔で頷《うなず》いた。

「エサはエサですから、ご眷属様は食べますわな。不思議なことではありません。ご眷属様の大きなものは、姿をお見かけするようになったのが、そうですねえ、今から七、八年前というところでしょうか。時折は神社のほうへも下りてきて、参道で遊んでおられることもありますわ。はしゃぎ過ぎて狛犬《こまいぬ》の脚が折れたりと、まあ、参道のご眷属様とも懇意です。鳴き声もですが、ここのところはよく聞こえます」

でもそれは、彼は元々、生きた人間の子供なんです。清花はそう言いたかったが、

「宮司さんはご存じだった」

もう一度自分に言い聞かせるように呟《つぶや》いた。

「あれがお山にいることが、いいのか悪いのか案じておられると聞きました。ですが、それは……だーれも」

と、宮司は乱ぐい歯をチラリと見せて、

「勝手に決められません」

と、頷いている。

「あの。私たちが見た青い火は……あれはそ、う、い、う、も、の、なんですか？」

そ、う、い、う、も、の、がどういうものかもわからないのに、清花は訊《き》いた。

燐だというならそうかもしれない。鬼火や狐火と呼ばれるものだと言われれば、それを見たのかもしれない。けれどもあれは、あの火には、魂があるとなぜか感じた。境内に並ぶ狛狼たちの魂が集っているように思われた。天気の話でもするように、宮司は平気な声で言う。

「つい忘れがちになりますけどな、山も木も、なんでも人と同じに生きております。人が呼吸をするように、瘴気《しょうき》も吐けば霊気も吐きます。霧に見えることも、火に見えることもある。それだけのことですわ……儂《わし》などは、朝も晩も神社に暮らしていますしな、境内でも、お櫃《ひつ》を担いで行くときも、火が燃えるのはよく見ます。ご眷属様が暮らす山です。静かであっても騒がしいです」

そうなのか……そうかもしれない。清花には返す言葉がなかった。

少年が山を選んだのだろうか。森に開いた巣穴のどこかでおおかみたちに囲まれて、暖かく眠っているのだろうか。少年の身体は変形していた。四つん這《ば》いで山を駆け、巣穴で眠るのに便利なように。そして言葉を話さなかった。バッジを下げていたというのに、立ち止まってもくれなかった。遭難者を助け、食べ物を分けた。自分を助けてほしいとは、ひとことも言わずにそれをした。もしも彼を保護したら、どんな人生を約束できる？　私はそれに責任を持てるのか。彼を満足させられるのか。

宮司は静かに微笑んでいる。

少年が山を選んで、山もまた彼を選んだ。死んだ仲間たちの尻尾《しっぽ》を身につけ、言葉を捨てて神霊となった。おおかみもまだ山にいる。けれども姿は現さない。当然だ。神とあがめてそれを狩る、人はそういう生き物だから。

宮司は立ってニコニコしたまま清花らの顔を順繰りに見つめ、土井と視線が合うとこう言った。

「そろそろよろしいですかな？　よろしいようなら儂はおいとましますけど」

そう言って登山道を去って行く宮司を、清花らは深いお辞儀で見送った。崖下からは水音が聞こえ、枝ばかりになった梢《こずえ》にへばりついていた枯れ葉が揺れた。

「あ……雪ですよ」

空を見上げて勇がささやく。薄水色の空からは、チラチラと雪が舞い降りてくる。

「初雪ですね」

かざした手のひらに雪を受けようとする勇を見て、確かに人は好んで空を眺めるなあと清花は思った。少年はどうだろう。たまには空を眺めるだろうか。いや、もしかして狼たちは人よりずっと多くのものを眺めているのかもしれない。ニホンオオカミは絶滅したと、人が滅ぼしてしまったと、清花は娘に語ったけれど、人が彼らを滅ぼしたのではなく、彼らが人を捨てたのかもしれない。自然の一部であることをやめた人間に、狼を滅ぼす力はきっとない。

清花は両手をメガホンにして、眼前に広がる尾根に叫んだ。

「あきみくーん！」

土井も勇も何も言わない。

「湯本彰海くーん！」

あきみくーん、あきみくーん、と、こだまが返る。声は山々に響いているのか。

「助けてくれてありがとうーっ！」

ありがとうー、ありがとうー、たすけてくれて、ありがとうー。

それは遭難者たちが心で発したお礼の言葉だ。彼を勘違いして恐れたとしても、伝えるべきだった心の声だ。おおかみの遠吠《とおぼ》えが返ってくるかと期待したけど、微《かす》かな雪が舞い散るばかりで、風の音しか聞こえなかった。

エピローグ

警察庁特捜地域潜入班は、秩父荒川上流で狼を祀《まつ》るそれぞれの神社に一通一通、あえて手書きで手紙を書いた。未確認ながら人との接触を拒んで山中に暮らす人物がいるという情報があり、病気、ケガなどで助けを乞《こ》われたり動けなくなっている姿を発見したりした場合は、姿形の奇怪さを嫌うことなく最寄り署もしくは潜入班へ連絡して欲しいという内容だ。加えて、信仰の地を護《まも》り神使を労《ねぎら》う姿勢に心からの感謝を伝えた。

福子や返町とも協議を重ねた結果、清花らが下した結論は、山を捜索しないというものだった。ことの顚末《てんまつ》は千葉大の宗像にも報告し、清花の腕から採った歯形と彰海少年以外のDNAを調査結果として提供した。

クリスマスイブ。

アドベントカレンダーが24まで開いて、箱からサンタクロースのオーナメントが出た夜に、清花と勉と勉の母はリビングで秘密の会議を開いた。今年はホワイトクリスマスにはならなくて、イブの晩も星が出ていた。

クリスマスのごちそうを食べた桃香はサンタさんを待って早々と眠りについて、三人のサンタクロースが会議中というわけだった。

「羊のメイちゃんの靴下と、あと、桃ちゃんの髪飾り。それとハンカチ、キラキラクレヨン」

義母《はは》のプレゼントは細かい品がたくさんで、桃香が枕元に置いておいた手編みのソックスに詰め込んである。

「枕元に置きますね」

清花はそれを預かると、絵本の包みを出して共犯サンタの勉に見せた。

「羊と狼が仲良くなる絵本。たぶんこれがサンタさんへの手紙に書いた本だと思うわ」

絵本はクリスマス柄のペーパーで包み、赤とグリーンのリボンでラッピングしてもらった。サンタに手紙を書くために『絵』という漢字を練習していたのだから、欲しいのは絵本で間違いないはずだ。当の手紙は切手も貼らずにどこかのポストに投函《とうかん》してきたらしく、もはやどうにもならないし、内容もわかっていない。

「あと、これは」

清花はさらに、仕事用のバッグからプレゼントを三つ取り出した。

「土井班長から、来年用のスケジュール帳だって。子供用でシールがついているやつが小学校で流行《はや》っているって、どこから情報を仕入れてくるのか謎なんだけど。こっちは万羽さんからで、クリスマスマーケットで買ったお菓子らしいわ。かわいい外国の缶に入っているって。で、これは」

と、出したのはさほど大きくない本で、勇からのプレゼントだった。

「ドングリ虫が載ってるからって。たぶん図鑑じゃないかと思う。そういうところが男の子よね」

「へえ、気が利くなあ」

勉のほうが嬉《うれ》しそうな顔をする。

「今年はプレゼントが一杯ね。どうする？　枕元に置けそうもないわ」

共犯サンタらは一計を案じ、ソックスと絵本以外はツリーの根元に置くことにした。

桃香に気付かれないようにそっとプレゼントをセットして、起こさぬようにベッドに入り、そしてクリスマスの朝を迎えると、

「サンタさんが来た！　サンタさんが来たよ！」

いつもより三十分も早く桃香の声で起こされた。

「そうなの？　よかったわねえ」

腕を伸ばして時間を確認、眠い目をこすりながら桃香を見ると、プレゼントも娘ももういない。とっくにリビングへ行ったらしく、

「バアバ、すごいの！　サンタさんがね、ねえ、起きて」

義母を起こす声がした。

「子供のパワーはとんでもないな」

勉は枕で頭を隠している。

「顔を見ないの？　サンタを喜んでくれるのなんて、今だけよ」

勉は渋々起き上がり、パジャマをめくりあげて腹を掻《か》きながらリビングに出た。桃香はすでに包みを開け始めている。最初はバアバのソックスで、

「メイちゃんのお靴！　毛糸でできてる」

サンタさんがメイちゃんにも贈り物をくれたと飛び上がって喜んでから、中身を次々に床に並べた。それから土井のスケジュール帳を開け、

「ミチオくんが持っているやつ！」

と、大はしゃぎした。

清花らの絵本は後回しで、福子がくれた缶入りお菓子を「かわいい」と言い、ついに二つになった本の包みを見比べて、清花らの絵本から包みを開いた。大喜びするかと思ったら、

「サンタさん……間違えたのかなあ」

と、微妙な表情で首を傾げる。清花と勉は顔を見合わせた。

「絵本をお願いしたんじゃないの？　羊と狼の」

「ママ。これ、羊じゃなくてヤギとオオカミだよ。それに、お願いしたのと絵が違う」

よく見れば確かにそうだ。あらしのよるに出会うのは、羊じゃなくてヤギとオオカミだ。なんたる失態。

勉は呆れて笑っている。

「サンタさん。メイちゃんをヤギだと思ったのかなあ」

言いながら勇の包みを開けると、それは昆虫図鑑であった。

「あっ」

桃香は瞳《ひとみ》をキラキラさせて、図鑑を胸に抱きしめた。

「それは勇お兄ちゃんがくれたのよ」

清花は桃香の隣に座り、土井の手帳や福子のお菓子を順繰りに指した。

「手帳は土井のおじちゃんからで、缶のお菓子は万羽さん」

桃香は何度も頷《うなず》いている。

「図鑑は勇お兄ちゃん。今度会ったらお礼を言ってね」

「わかった！　でも、サンタさん。お手紙やっぱり届いてた」

そして図鑑に頬ずりをした。勉と義母が呆《あき》れた顔で眺めているので、桃香がきちんとお礼を言えるか、清花は少し不安になった。

「サンタさんじゃなくて、ママのお友達の」

と、言いかけると、

「わかってる」

桃香はとても大人びた顔をして、図鑑を抱きしめたまま母親の前に正座した。思わず清花も正座すると、桃香は言った。

「あのね、ママ。クリスマスは、お外にたくさんサンタさんが来るでしょう？」

商業的なサンタクロースのことを言っているのだと思う。

「でもね、それはサンタさんの服を着た人なの。本物のサンタさんはね」

桃香は難しい顔をして、中空を見つめて言葉を探した。

「本当のサンタさんは見えないんだよ。見えないけれどちゃんといて、桃香にプレゼントをくれたんだよ。だってお手紙出したんだもん。ドングリ虫の絵がある本が欲しいって」

見えないけれどちゃんといる。

幼い娘の語った言葉が、清花はなぜか腑《ふ》に落ちた。クリスマスの夜、サンタクロースの魔法は世界を駆け巡り、たくさんの人がサンタに変わる。そして誰かに贈り物をして、世界を笑顔で包むのだ。

「ママ、後でこれ読んで。『あらしのよるに』。オオカミも羊もひとりぼっちで、でもお友だちになるのかな」

「そうね。みんなで読みましょう。パパもバアバもみんなで一緒に」

——結婚しているとかいないとか。……関係ないんじゃないですか？……桃ちゃんが幸せで、清花さんも幸せで、それが一番大切なことなんじゃ——

世界は不思議に満ちている。山で青白く燃えていたおおかみの火も、お茶の香りもヒトオオカミも、自分がいま桃香や家族とここにいられることも。プレゼントの包み紙を片付けながら、桃香にリボンを巻き取らせていく。

「昨日はケーキも食べたんだから、お菓子は一度に食べたらダメよ」

義母の言葉に桃香は応《こた》える。

「はーい」

清花は彼女と微笑みを交わし、自分が幸せである事実を噛《か》みしめた。

それを彼にも分けられないか。授かった子供に幸福を感じる余裕のない人たちと分け合えないか。たとえば山に燃えていた青い火のように、たとえば見えないサンタクロースのように、誰かの思いを誰かに届けて、小さな希望を分けられないか。人が人として生きられるように。

雪に閉ざされる山奥で、小さな巣穴に丸くなり、おおかみと眠る少年は笑う。
いいけど、それは誰の価値観ですかと。

to be continued.

参考文献

『アドルフ・フォン・ハルナックにおける「信条」と「教義」　近代ドイツ・プロテスタンティズムの一断面』加納和寛　教文館　2019年
『法歯学の出番です　事件捜査の最前線』鈴木和男　中公文庫　1986年
『図説憑物呪法全書』豊嶋泰國　原書房　2002年
『あらしのよるに』木村裕一／作　あべ弘士／絵　講談社　1994年
『やさしいみんなの秩父学　ちちぶ学検定公式テキスト』
千嶋壽／監修　秩父市・秩父商工会議所／編　さきたま出版会　2007年
「甲州周辺における狼信仰　笛吹市御坂町に伝わるニホンオオカミ頭骨をめぐって」
植月　学『山梨県立博物館研究紀要　第2集』　2008年
『狼の民俗学　人獣交渉史の研究』菱川晶子　東京大学出版会　2009年
「スポットライトは焼酎火『見狼記 ～神獣ニホンオオカミ』【インタビュー】宮田章＋新倉美帆＋金尾礼仁」『幽』vol.17　メディアファクトリー　2012年
「スポットライトは焼酎火　丹波山村・七ツ石神社整備委員会　寺﨑美紅インタビュー」『怪と幽』vol.004　KADOKAWA　2020年
「スポットライトは焼酎火『蒼い夜の狼たち』　玉川麻衣インタビュー」『怪と幽』vol.010　KADOKAWA　2022年

『名語記』経尊／著　田山方南／校閲　北野克／写　勉誠社　１９８３年
大滝歴史民俗資料館　秩父市
https://www.city.chichibu.lg.jp/4522.html
「レッドリストの基本的な考え方」石井実　ＷＷＦジャパン　２０１８年
https://www.wwf.or.jp/activities/data/20180615_wildlife04.pdf
「令和３年における山岳遭難の概況」警察庁生活安全局生活安全企画課　２０２２年
https://www.npa.go.jp/publications/statistics/safetylife/chiiki/r03sangakusounan_gaikyou.pdf

※現在、このＵＲＬではアクセスできません。ただし、執筆時に参照された資料を示す原則のもと、そのまま記載しています。

本書は書き下ろしです。
この作品はフィクションであり、実在の人物、団体、事件等とは一切関係ありません。

BEAST《ビースト》　警察庁《けいさつちょう》特捜《とくそう》地《ち》域《いき》潜入《せんにゅう》班《はん》・鳴瀬《なるせ》清花《さやか》

内藤《ないとう》 了《りょう》

角川ホラー文庫　23911

令和5年11月25日　初版発行

発行者———山下直久
発　行———株式会社KADOKAWA
〒102-8177　東京都千代田区富士見2-13-3
電話 0570-002-301（ナビダイヤル）
印刷所———株式会社暁印刷
製本所———本間製本株式会社
装幀者———田島照久

ISBN978-4-04-113564-8　C0193